봉명도
鳳鳴刀

FANTASTIC ORIENTAL HEROES

송진용 新무협 판타지 소설

봉명도 6

송진용 新무협 판타지 소설

초판 1쇄 찍은 날 § 2009년 5월 27일
초판 1쇄 펴낸 날 § 2009년 6월 5일

지은이 § 송진용
펴낸이 § 서경석

편집장 § 문혜영
편집 § 서지현 · 주소영

펴낸곳 § 도서출판 청어람
등록번호 § 제1081-1-89호
등록일자 § 1999. 5. 31
어람번호 § 제2-1752호

주소 § 경기도 부천시 원미구 심곡동 2동 163-2 서경B/D 3F (우) 420-822
전화 § 032-656-4452 팩스 § 032-656-4453
http://www.chungeoram.com
E-mail § eoram99@chollian.net

ISBN 978-89-251-1823-9 04810
ISBN 978-89-251-1517-7 (세트)

독행혈로(獨行血路)

6

FANTASTIC ORIENTAL HEROES

송진용 新무협 판타지 소설

대체 누가 적이고 누가 동지인 것이냐?

내공 없이도 잘 싸운다. 그러나 내공이 있으면 더 잘 싸운다. 봉명도(鳳鳴刀)를 찾아 종횡강호하는 중에 드러나는 어둠의 실체.

봉명도
鳳鳴刀

난세를 종식시킬 봉명도의 비밀은 하늘에 있으니, 봉황이 날아오르는 날 운명은 그를 영원히 잊혀지지 않을 전설로 만들어 주리라.

청람

目次

第一章
음흉한 늙은이들

鳳鳴刀
봉명도

음흉한 늙은이들

"어라?"

콧노래를 흥얼거리며 터벅터벅 걷던 장팔봉이 귀를 쫑긋 세웠다.

병장기 부딪치는 소리와 고함 소리, 비명 소리들이 바람을 타고 들려왔던 것이다.

십 리 밖에서 나는 소리인데, 장팔봉의 귀에는 바로 앞에서 나는 소리처럼 확연하게 들린다.

정신을 집중하자 그 소리는 더욱 또렷하게 들렸다.

천이통(天耳通)이라는 신공절학을 익힌 바 없어도 절로 그렇게 되는 것이다.

"찰리가화?"

장팔봉이 눈을 부릅떴다.

앙칼진 고함 소리가 분명히 그녀의 것이었기 때문이다.

"그 못된 계집애가 왜?"

고개를 갸웃거리던 그가 땅을 박찼다.

쉬앙—

그 즉시 그의 몸이 허공에 한줄기 잔상을 남기고 초원을 가로질러 사라졌다.

그때 찰리가화는 낯선 스무 명의 무사에게 에워싸여 악전고투하고 있었다.

홍포단의 수하 열 명 중 살아 있는 자는 고작 세 명에 불과했다.

그들도 온몸에 크고 작은 부상을 입어 민활하게 움직이지 못한다.

성한 사람은 오직 찰리가화 한 명뿐이었는데, 적들은 그녀를 사로잡아 갈 요량인 듯 살수를 펼치지는 않고 있었다.

그러나 찰리가화는 쉴 새가 없었다.

아직 살아 있는 제 수하들을 도와주어야 하는 한편, 수시로 닥쳐드는 적들을 상대해야 하기 때문이었다.

그러는 동안 그녀는 점점 지쳐 갔다.

이러다가는 탈진해서 더 이상 대항하지 못하고 쓰러지게

될 게 뻔했다.

적들이 노리는 건 바로 그것이었다.

그들 스무 명의 괴한은 이무련을 암중에서 돕기 위해 나온 천화상단의 척살조였다.

강호에는 알려져 있지 않지만, 그들 하나하나가 무공이 강하고 행적을 은밀하게 하는 데에 능숙한 자들이다.

그러나 그들은 아직 이무련이 죽었다는 걸 모르고 있었다.

장팔봉의 출수가 워낙 신속해서 이무련이 미처 그들에게 호각 신호를 보내지도 못했기 때문이다.

이무련을 치기 위해 급히 나섰던 찰리가화는 뭐가 뭔지도 모르는 상태에서 그들의 매복에 걸리고 말았으니, 그녀에게는 지독히 운 나쁜 일이었지만 그들에게는 그야말로 굴러들어 온 떡이나 다름없었다.

창웅방주의 딸을 사로잡아 돌아간다면 큰 공을 세우는 게 될 테니 그렇다.

찰리가화의 무공이 뛰어나지 않았다면 벌써 그녀의 수하들은 전멸을 당하고, 그녀 또한 사로잡히는 수모를 겪었을 것이다.

그러나 찰리가화의 무공은 그들이 예상했던 것보다 훨씬 고강했다.

여자의 몸으로 펼치는 검격이 마치 남자의 그것처럼 힘이 있으면서 신법이 재빠른데다가 그 투지 또한 어떤 사내보다 훌륭했다.

"혹!"

기어이 세 번째 수하가 찰리가화의 검에 찔려 쓰러지는 걸 본 우두머리가 부드득 이를 갈았다.

"성한 몸으로 데려가려고 했더니 앙칼진 살쾡이 같아서 안 되겠다. 팔다리를 하나쯤 잘라도 좋다. 목숨만 살려서 데려간 다!"

그의 말을 들은 자들이 비로소 조심성을 버리고 사납게 사방에서 그녀를 들이치기 시작했다.

"으아악!"

기어이 마지막 수하까지 적들의 검에 찔려 목숨을 잃는 걸 보면서도 찰리가화는 어떻게 손써볼 수가 없었다.

그게 원통해서 피가 나도록 입술을 악물고 눈물을 흘려보지만 대세는 그녀가 원통해하고 악을 쓴다고 해서 되돌릴 수 있는 게 아니었다.

이제 찰리가화는 다만 죽기를 바랄 뿐이었다.

그들에게 사로잡혀 가 온갖 치욕을 당하고 죽지도 살지도 못하게 되느니 차라리 깨끗하게 죽기를 소망한다.

전장에서 사로잡힌 여자는 남자들의 노리개가 될 뿐이다. 그런 다음에 죽지 않으면 노예가 되거나 매음굴로 팔려 나간 다.

찰리가화는 제 처지가 그렇게 비참한 지경으로 떨어지기

전에 스스로 목숨을 끊겠다고 결심했다.

창—

한 놈의 검을 가까스로 쳐낸 그녀가 비틀거리며 물러섰다.

재빨리 검을 돌려 제 목에 갖다 댄다.

"멈춰!"

우두머리가 날카롭게 소리쳤다.

찰리가화가 원독이 풀풀 날리는 눈으로 그자를 노려보며 저주의 말을 퍼부었다.

"나는 스스로 목숨을 끊지만 내 영혼은 귀신이 되어서 끝까지 네놈을 괴롭힐 것이다. 네놈에게 자식이 있다면 대대손손 나의 저주를 받아야 할 것이다. 남자는 문둥이가 되고 여자는 창기가 될 것이다."

"지독한 년."

우두머리가 이를 갈았다.

자식과 후손에 대한 저주를 참고 넘길 사람은 아무도 없다.

우두머리 또한 찰리가화의 그 지독한 말에 그녀를 사로잡아 가겠다는 생각을 버렸다.

"네년이 스스로 목숨을 끊기 전에 내 손으로 죽여 그 목만 가져갈 테다."

스산하게 말하고 검을 뽑아 든 채 다가간다.

찰리가화의 입가에 비웃음이 떠올랐다. 지독한 눈으로 우두머리를 노려보며 손에 힘을 주었다.

조금만 더 힘을 주면 검이 그녀의 목을 베고 깊이 들어갈 것이다. 그러면 원통한 삶이 끝난다.

그때였다.

"그렇게 죽으면 누가 너를 열녀, 열사라고 칭송할 것 같으냐?"

불쑥 귀에 익은 음성이 들려왔다.

"아!"

찰리가화가 깜짝 놀라 돌아보고, 천화상단의 척살조들도 일제히 소리가 들려온 곳을 바라보았다.

커다란 바위 위에 장팔봉이 태연하게 걸터앉아 있었는데, 그가 언제 왔는지, 언제부터 그곳에 있었는지 아는 자가 아무도 없었다.

찰리가화가 어리둥절해서 그런 장팔봉을 바라보았다.

음성은 틀림없이 그의 것인데, 얼굴 생김은 전혀 다른 사람이니 혼란스러워진다.

그녀는 아직 면구를 쓴 장팔봉을 보지 못했던 것이다.

"너는 누구냐?"

우두머리가 심상치 않은 기색을 느끼고 소리쳤다.

"장구봉."

"아!"

찰리가화와 우두머리의 입에서 동시에 놀란 외침이 터져 나왔다.

어느덧 찰리가화의 검은 목에서 떨어졌고, 우두머리와 척살조의 검사들이 일제히 장팔봉에게로 돌아섰다.

장팔봉이 천천히 바위 위에서 몸을 일으켰다.

우두둑, 하고 손마디를 꺾으며 스산하게 말한다.

"너희들도 천화상단의 개들이지?"

"제 발로 잘도 나타나 주었구나."

"오늘 크게 살계를 열기로 작정했으니 한 놈도 요행을 바라지 마라."

"헛소리!"

버럭 소리친 우두머리가 수하들에게 '쳐라!' 하고 명령을 내리려고 입을 열었을 때였다.

쉬앙—

장팔봉이 바위를 박차고 그대로 한줄기 뇌전이 된 것처럼 떨어져 내렸다.

그 맹렬함이 처음 보는 것이고, 그 쾌속한 경공신법 또한 여태까지 보지 못한 것이라 우두머리는 두 눈을 부릅뜨고 입만 딱 벌렸을 뿐이다.

찰나의 순간이었다.

픽!

우두머리의 머리통이 원래 그랬던 것처럼 사라져 버린다.

허공에 뇌수와 선혈이 자욱하게 뿜어질 때 장팔봉은 이미 척살조들 속으로 뚝, 떨어져 거침없는 춤을 추고 있었다.

"으악!"

"아악!"

"컥!"

그의 손이 휘젓고 발이 움직일 때마다 처절한 비명성이 끊이지 않고 터져 나왔다.

장팔봉은 찰리가화가 알고 있던 그 장팔봉이 아니었다.

피에 굶주리고 살육에 굶주린 악귀이면서 야차다.

아니, 저승의 악귀 야차라고 해도 지금 그녀가 보는 장팔봉처럼 무자비하고 사납지 않을 것이다.

장팔봉은 독안효 공자청의 염왕진무를 펼치고 있었는데, 그의 어깨가 흔들리고, 손이 뻗어나가며 휘어져 잡아챌 때마다 혈무가 자욱하게 피어나고 뼈가 갈라지고 부서지는 끔찍한 소리들이 끊이지 않았다.

그는 미친 듯 춤추는 사람이었다. 스무 명의 척살조 속에서 미친 듯 움직이고 휩쓸어가는 질풍이기도 하다.

춤추는 질풍이라고 하면 맞을지 모른다.

그의 손가락이 무른 진흙을 찌르듯 좌우에 있는 자의 이마를 뚫어버리고, 그의 손바닥이 두부를 으깨듯 마주 선 놈의 가슴을 으깨 버렸다.

검이 가로막으면 그것을 두려움없이 맨손으로 붙잡아 비틀어 버렸고, 칼이 가로막으면 단지 손가락을 튕기는 것만으로 그것을 가루로 만들어 버린다.

천화상단이 비밀리에 키워낸 척살조들은 강호의 일류고수로 꼽히기에 부족하지 않은 자들이었지만 지금 장팔봉의 미친 춤 앞에서는 그저 짚단으로 만든 허수아비에 지나지 않았다.

아무리 맹렬하고 재빠르게 검을 휘둘러 후려쳐도 이미 장팔봉은 그 자리에 없었고, 아무리 전력을 다해 몸을 피해도 이미 장팔봉의 주먹은 머리통에 떨어지고 있었다.

대여섯 살 먹은 어린아이들 속에 뛰어든 한 마리의 흉포한 호랑이를 떠올리게 한다.

닥치는 대로 찢어버리고 물어뜯어 버리니 그것이 지나간 자리에는 처절한 주검과 뚝뚝 떨어지는 선혈이 있을 뿐이다.

찰리가화는 생전 처음 보는 그 끔찍한 광경에 그들이 적이라는 것도 잊은 채 마구 소리쳤다.

"그만 해! 그만 해! 제발 그만 해!"

뚝—

그녀의 공포에 질린 아우성을 들은 것일까?

장팔봉이 우뚝 멈추어 섰고, 참혹하리만치 갑작스런 적막이 밀려들었다.

두 손으로 얼굴을 가리고 있던 찰리가화가 눈을 뜨고 손가락 사이로 슬며시 엿보았다.

장팔봉이 한 놈의 목줄기를 움켜쥐고 우뚝 서 있을 뿐, 땅을 딛고 서 있는 자가 아무도 없다.

우두둑—

마지막 한 놈의 목줄기가 그의 손아귀 안에서 꺾이는 끔찍한 소리가 적막을 깨뜨렸다.

그게 끝이었다.

그리고 이어지는 죽음보다 무거운 적막.

장팔봉이 딛고 서 있는 땅은 말 그대로 죽음과 피의 땅이 되었다.

그것을 바라보는 찰리가화의 눈에 두려움이 가득했다.

툭툭, 손을 턴 장팔봉이 면구를 벗었다.

찰리가화가 부르르 몸을 떤다.

마치 그가 제 얼굴 가죽을 제 손으로 벗겨내는 것처럼 보였던 것이다.

그래서 악귀 야차였던 장팔봉은 간데없이 되었고, 원래 그녀가 알던 그 장팔봉만 남았다.

그가 다가온다.

"안 갈 거냐? 더 구경하고 있을래?"

"아!"

찰리가화는 제가 한바탕 악몽을 꾼 모양이라고 생각했다.

아직도 얼이 빠진 채 장팔봉의 손에 이끌려 가면서 자꾸만 뒤돌아본다.

거기에 온통 살기와 흉악한 본성으로 으르렁거리는 장팔봉이 아직도 서 있는 것 같아서였다.

　　　　　*　　　*　　　*

　"이제부터 시작일세."

　"그렇지요. 이제부터 시작이지요."

　"두렵지 않은가?"

　"뭐가 말입니까?"

　"혼자 몸으로 천화상단을 상대해야 한다는 게 말일세."

　"……."

　창웅방주 찰리가륵이 폐부를 꿰뚫을 것 같은 눈으로 장팔
봉을 바라보았다.

　그 눈길을 이마에 따갑게 받으면서 장팔봉은 내심 그를 욕
하고 있었다.

　'교활한 늙은이 같으니. 천화상단의 일은 네가 혼자서 했
으니 모든 책임도 너 혼자서 지라는 것이로군. 창웅방은 이
일에 끝까지 모르쇠로 일관하겠다는 말 아니겠어?

　그런 불만이 있었지만 달리 생각해 보면 그게 처음부터 자
신의 계획이었으니 뭐라고 트집을 잡기도 싫다.

　"미리 입막음할 것 없어요. 나 혼자서 할 테니까. 창웅방은
가만히 앉아서 어부지리를 얻으면 되는 겁니다."

　"이 사람, 그런 뜻이 아닐세."

　"됐습니다. 어쨌든 나는 천화상단과 한 하늘을 이고 살 놈

이 아니니까."

"지독한 원한이 있는 모양이군."

"잠자는 호랑이의 뒤통수를 후려쳐 깨웠으니 그 책임을 져야 할 때가 된 거죠. 나를 건드리면 어떻게 된다는 걸 만천하가 알게 될 겁니다."

"……."

"떠나렵니다."

"가긴 어디로 간단 말인가? 이곳이 자네 집이라 여기고 편하게 있게."

"다른 사람은 말할 것도 없고, 방주님 역시 말은 그렇게 하지만 속으로는 나를 꺼림칙하게 여기고 있지 않습니까?"

"아니, 이 사람 내가 언제……."

"그게 아니라면 부탁 하나만 들어주십시오."

"무엇이든 말하게."

"사고를 부탁합니다. 그녀는 병중이라 나를 따라 먼 길을 여행할 수가 없어요."

"걱정 말게. 내 혈육처럼 보살펴 주겠다고 약속하지."

찰리가륵은 아직 백무향의 정체를 알지 못했다. 그녀가 겉으로 보이는 것처럼 중년의 미부라고 믿는다.

장팔봉이 크게 머리를 끄덕였다.

"토족의 말 한마디는 목숨만큼이나 무겁다는 걸 알고 있습니다. 더구나 다른 사람도 아니고 방주님의 약속이니 하늘이 무너져도 변하지 않겠지요."

"······."

"또 한 가지 부탁이 있습니다."

"말해보게."

"아무래도 나 혼자서 그 넓은 중원을 돌아다니자면 듣고 보는 일에 어려움이 있지 않겠습니까?"

"그 말은······."

"그런 면에서 창응방의 호접전이 꽤 믿을 만하더군요."

"호접전의 힘을 빌리고 싶다는 말인가?"

"그렇게 해주시면 제가 천화상단이 이곳을 넘보지 못하도록 막는 데 큰 도움이 될 것 같습니다만······ 정 싫으시면 뭐, 아쉬운 대로 그냥 나 혼자서 하지요."

"끄응—"

"많은 걸 요구하진 않습니다. 그냥 한 사람만 제 곁에 붙여 주시면 됩니다."

"누구를 말인가?"

"목랍길."

"일교 목랍길 말인가?"

"그자가 제법 똑똑하고 바지런해서 마음에 들었거든요."

"끄응—"

찰리가륵은 절로 한숨이 나왔다.

목랍길을 붙여준다는 건 곧 그에게 속해 있는 호접전의 수하 열 명을 함께 붙여준다는 것이기 때문이다.

*　　　　*　　　　*

"정말입니까?"

장팔봉이 눈을 둥그렇게 뜨고 빤히 바라본다.

백무향이 배시시 웃었다.

"그럼 정말 나를 데리고 다닐 작정이었느냐?"

"그거야……."

"솔직하게 말해도 좋다. 다 짐작하고 있는 일이니까."

"제가 사고가 싫어서가 아닙니다. 짐이 될 거라고 생각해서도 절대로 아니고요."

"그 말이 더 그렇다는 말로 들리는구나."

"그게 아니고…… 저는 이제부터 장구봉이라는 새로운 인물이 되어 강호로 돌아가는데, 가는 곳마다 주검이 넘쳐 나고 피가 냇물이 되어 흐르지 않겠습니까?"

"신나겠구나."

"그런 아수라장에 사고가 있다면 위험할 게 뻔하기 때문에 그런 겁니다."

"지켜줄 자신이 없어?"

"저는 혼자 몸이고 장차 적이 될 자들은 셀 수 없이 많은데, 저 혼자서 그놈들을 다 어떻게 가로막을 수 있겠습니까?"

"그러니 네가 싸우러 가고 없을 때 어떤 놈이 슬그머니 나를 해치면 속수무책이란 말이구나?"

"뭐, 그런 거지요."

"알았다."

"그런데 정말 여기 혼자 계셔도 괜찮겠어요?"

장팔봉이 어렵사리 말을 꺼냈는데, 당분간 창응방에 몸을 의탁하고 있어달라는 것이었다.

그로서는 백무향이 펄쩍 뛸 것을 걱정하고 있었다.

그녀에게도 창응방은 생면부지의 낯선 곳인데다가, 그녀도 중원으로 돌아가고 싶은 마음이 클 테니 그렇다.

그런데 의외로 백무향은 기다렸다는 듯이 간단하게 대답했다.

"그러마."

그 한마디에 장팔봉은 오히려 뒤통수를 맞은 것처럼 멍해졌다.

백무향이 다시 배시시 웃고 말했다.

"창응방에 며칠 있어보니 이곳의 사람들이 마음에 든다."

"그러세요?"

"용감하면서 순박하고 거짓이 없어. 방주도 그렇고 찰리가문도 진심으로 나를 공경해 준다."

"네, 그러시군요."

"찰리가화도 마음에 들어. 예쁜데다가 여느 속 좁은 계집

애처럼 꽁하지도 않고 말이다. 속이 탁 트인 아이야."

"어련하시겠어요."

"어째 대답하는 게 영 시원찮구나."

"제가 뭘요?"

장팔봉은 괜히 심통이 나 있는 중이었다.

백무향이 굳이 따라가겠다고 고집을 부리면 어쩌나, 하고 근심했던 일은 까맣게 잊었다.

그녀가 마치 잘 되었다는 듯이 대뜸 '그러마' 하고 대답한 순간 버림받은 것 같은 배신감마저 느꼈으니 제가 생각해도 이상한 마음이었다.

그래서 대답 소리가 저도 모르게 퉁명스러워지는데, 백무향은 그게 재미있는 모양이었다.

"그럼 너를 따라갈까?"

"음, 그러니까 그게……."

"호호, 이것도 마음에 안 들고 저것도 마음에 안 들고…… 떼쓰는 아이처럼 왜 그러느냐?"

"아, 모르겠다. 그냥 사고가 하고 싶은 대로 하세요."

"나는 여기가 마음에 들어. 너 혼자서 가렴."

"그러세요."

퉁명스럽게 말하고 벌떡 일어나 백무향의 처소를 나오면서 장팔봉은 문득 이상하다는 생각을 했다.

"혹시?"

고개를 갸우뚱거리다가 피식 웃는다.

"에이, 그럴 리가……."

제 생각이 엉뚱하다 못해 어이없다고 여긴 것이다.

그건 백무향이 혹시 방주인 찰리가륵을 마음에 들어하는 건 아닐까? 하는 생각이 뜬금없이 들었기 때문이었는데, 따지고 보면 아무 이유도 없이 그런 건 아니었다.

정원을 어슬렁거리던 장팔봉은 연못가의 바위에 털썩 주저앉았다.

지난 일들을 더듬어 곰곰이 생각해 보니 수상쩍은 게 한두 가지가 아니다.

우선 찰리가륵이 혼자 몸이라는 게 제일 마음에 걸렸다.

그다음으로 백무향을 바라보던 그의 눈빛이 달랐다는 걸 새로이 느끼게 되었다.

다른 사람을 대할 때의 그는 무심한 눈길이 변하지 않았는데, 백무향이 자리에 끼어 있을 때는 매우 반짝였던 것이다.

그건 백무향도 다르지 않았다는 게 새롭게 알아진다.

찰리가륵을 훔쳐보는 그녀의 눈길 또한 반짝였는데, 그건 저나 다른 사람을 바라볼 때의 그런 눈길이 아니었다.

"무언가 두 사람에게 감정이 생겼군."

비로소 그런 걸 생각하게 되는 자신의 아둔함에 속이 상한다.

그러고 보니 찰리가문이 유독 백무향에게 공손하고 깍듯

이 대하는 것도 수상쩍었다.

그 역시 아버지의 마음이 남다르다는 걸 눈치채고 있었기에 그랬을 것이라는 짐작이 선다.

"이제 보니 아주 음흉한 늙은이들 아니냐고."

불쑥 투덜거리다가 히죽 웃었다.

찰리가륵이 아직 백무향의 정체를 모른다는 걸 생각했던 것이다. 그러니 보기 좋게 속아 넘어가고 있다는 생각이 들어 괜히 흐뭇해진다.

질투라면 질투였다.

그러나 장팔봉은 곧 다른 생각을 하게 되었다.

'그래 봐야 백 사고가 방주보다 일곱이나 여덟 살 많은 데에 지나지 않다. 그게 큰 흠이 되는 건 아니지.'

겉으로 보기에는 오히려 열 살도 넘게 어려 보이지만 실제 나이는 그 정도 차이가 난다.

그러나 젊어서 만나 서로 눈이 맞아서 부부의 인연을 맺고 지금까지 살아왔다면 아무도 그 정도의 나이 차이를 이상하게 여기지 않을 것이다.

게다가 백 사고는 누가 보든 중년의 미부로 여길 것이니 문제가 될 게 없다.

더구나 그 두 사람 모두 말년이 외로운 처지이니 서로 의지하면서 사는 것도 좋을 것이라는 기특한 생각이 들기도 했다.

백 사고가 창웅방의 안방마님이 되어 눌러앉아 있으면 중원에서야 그것을 알 리 없으니 그녀에게 복수하겠다고 찾아와 귀찮게 할 자도 없을 것이다.

또 있다고 한들 이곳에서야 창옹방의 힘이 막강한데 제가 어쩔 것인가.

그건 백무향을 위해서도 더없이 좋은 일이 아닐 수 없다. 완벽한 은신처를 얻는 셈이니 그렇다.

"아, 모르겠다. 두 노인네들의 일이야 그들이 알아서 잘하는 거지 뭐. 중간에 매파가 설 일도 없고 절차를 따질 것도 없으니 더 잘된 일 아닌가?"

아직 어느 것도 확실한 게 없는데도 장팔봉은 제 생각에 빠져서 그게 옳다고 믿어버렸다.

그런 생각으로 저의 질투하는 마음을 떨쳐 버리고 일어선 그가 '엇?' 하고 놀랐다.

저쪽, 연못가에 있는 정자의 난간에 숨듯이 기대서서 저를 훔쳐보고 있는 한 사람을 보았기 때문이다.

찰리가화였다.

장팔봉과 눈이 마주치자 얼른 숨어버린다.

그날, 천화상단의 추살대를 일방적으로 도륙해 버리던 장팔봉을 본 뒤부터 찰리가화는 달라졌다.

그를 우습게 여기고 업신여기던 마음이 그에 대한 두려움으로 바뀌었던 것이다.

생각만 해도 끔찍하다.

그래서 장팔봉을 애써 피해 다녔지만 어떤 때는 불쑥 그가 다시 제가 알던 상거지 꼴의 그놈으로 돌아왔으면, 하고 바라게 되기도 한다.

그러면 괜히 가슴이 답답해지고 심술이 나서 못 견딜 지경이 되곤 했다.

제 마음이 왜 그런 건지 그녀로서는 알 수 없었다. 처음 겪어보는 묘한 감정인 탓이다.

그러면 행여 그를 먼발치에서나마 볼 수 있을까 하여 혼자서 그의 거처 주변을 맴돌기도 했다.

그러나 좀체 그를 볼 수 없어 속이 상했는데, 오늘은 이렇게 그를 보게 된 것이다.

제 꼴이 우습기도 하고, 화가 나기도 하면서, 저놈이 속으로 저를 얼마나 비웃었을까, 하는 생각에 부끄럽고 속상하기도 했다.

"이리 나와봐."

그 보기 싫은 장팔봉이 손짓을 한다.

"괜찮아. 안 잡아먹을 테니 나와봐라. 때리지 않을게."

그 말에 찰리가화가 발끈했다.

"흥!"

코웃음을 치더니 턱을 치켜든 채 해볼 테면 해보라는 듯 씩씩하게 다가온다.

그것을 바라보던 장팔봉이 빙긋 웃었다.

'역시 미인인걸?'

그런 엉뚱한 생각이 들었던 것이다.

'미쳤지. 내가 무슨 생각을 하는 거냐? 진소소 그 요악한 년에게 그렇게 당해놓고 또 예쁜 여자라면 침부터 흘리다니. 정신 차려라, 이 멍청한 놈아.'

곧 제 자신을 나무란다.

그래서 애써 눈에 힘을 주고 그녀를 노려보듯이 바라보니 찰리가화는 더 이상 다가갈 수가 없었다.

두려움이 왈칵 밀려드는 건 꿈에도 나타나 가위눌리게 하던 그때의 그 모습 때문이다.

"뭐야? 나를 왜 그렇게 짐승 바라보듯이 하는 거냐?"

장팔봉이 인상을 쓰며 다가서자 찰리가화가 움찔, 놀란다. 저도 모르게 뒷걸음질을 치는 것이 단단히 겁먹은 모습이었다.

'이거 재미있는데?'

그래서 장팔봉은 그녀를 더 놀려주고 싶어졌다.

*   *   *

대전 안에 무거운 적막이 감돌았다.

아니, 천화상단의 총단이 자리하고 있는 불귀림의 귀태호 주변이 온통 무거운 적막에 휩싸여 있다.

원래 천화상단은 절강성 금화(金華)에 자리하고 있었다.

바다가 가까운 곳이기도 하고, 강소와 안휘, 복건으로 통하는 교통의 요충지이기도 한 곳이다.

그곳에서 대륙의 상권을 꿈꾸며 일어선 천화상단인데, 어찌 된 일인지 지금은 금화에서 일천여 리 떨어진 육동산(六洞山) 아래의 순림(巡林)으로 옮겨와 있었다.

달리 불귀림(不歸林)으로 불리는 울창한 소나무 숲이 있는 곳이면서 그 복판에 귀택호(鬼宅湖)라는 을씨년스런 이름의 호수가 있는 곳이기도 하다.

그곳에서 진소소는 장팔봉을 기다리며 허름한 주루, 풍우주가(風雨酒家)를 운영하고 있지 않았던가.

풍곡양이 오갔으며, 언제나 가중악이 있었고 종자허가 있었던 곳이기도 하다.

손대면 죽는다는 종자허의 법칙이 지배하던 곳.

그곳에서 장팔봉과 진소소는 운명적인 만남을 갖기도 했다.

다 쓰러져 가는 허름한 건물 풍우주가는 여전히 예전의 그 모습 그대로 거기 있었다.

주루임을 나타내는 낡은 깃발 대신 천화상단의 깃발이 위풍당당하게 펄럭이고 있는 게 유일하게 달라진 점이다.

진소소는 무슨 생각인지 그 풍우주가를 천화상단의 총단으로 삼고 이주해 왔다.

그녀가 있는 곳이면 어디든지 그곳이 곧 총단이 되는 셈이니 별문제가 될 건 없었다. 그녀가 금화의 번거로움에서 벗어나 귀택호변의 한가로움을 즐기고 싶은 모양이라고 생각하면 그만이다.

그러나 그녀의 행적에 대해서 아는 사람들은 그 일을 두고 진소소가 가중악과 풍곡양, 종자허를 잊지 못해서라고 말했다.

그들의 희생과 헌신을 기념하기 위해 군이 화려하고 안락한 금화의 총단을 버리고 이 을씨년스러운 곳으로 와 머무는 것이라고 믿는다.

진소소(秦素昭).

그 이름보다 삼선밀교(三仙蜜嬌)라는 외호로 더 잘 알려져 있는 사람.

세상은 그녀를 두고 천하제일미라고 부르기를 서슴지 않았다.

학식은 삼교구류를 꿰뚫었고, 무공은 무산과 곤륜, 아미, 삼선의 진전을 물려받아 측량이 불가하다고 전해지는 여인.

이제는 중원의 상권을 한 손에 거머쥔 천화상단의 총단주.

강호에서는 황제보다 그 부가 많고 권위가 있다고 인정받는 그녀가 수심이 깃든 얼굴로 앉아 있었다.

누가 보든 천화상단의 단주라기보다 수탈하고 검소한 아낙이라고 여길 법한 모습이다.

주청에 있는 탁자며 의자들도 예전의 모습 그대로였다.

대나무를 엮어 만든 들창도 옛날처럼 활짝 열어두었다.

단지 변한 거라면 그곳에 늘 앉아 있던 가중악이 보이지 않는다는 것이고, 저쪽 음침한 구석 자리에 앉아 우울한 얼굴로 술잔을 기울이던 종자허가 보이지 않는다는 것뿐이다.

그녀의 앞에는 다섯 명의 노인이 엄숙한 얼굴로 앉아 있었다.

천화상단을 움직이는 장로들이다.

안에서 그녀의 유모인 추파파가 찻주전자를 들고 들어왔다. 진소소가 천천히 일어나 그것을 받아 들더니 탁자 사이를 돌아다니며 손수 그 다섯 노인에게 차를 따라주었다.

그때의 진소소는 천하의 상권을 손에 쥐고 있는 거대한 상단의 주인이 아니라 원래 이 풍우주가에 있던 그 벙어리 소녀로 돌아온 것 같았다.

다섯 노인이 황송해하며 공손히 찻잔을 들어 그녀가 따라주는 차를 받는다.

다시 자리에 앉은 진소소가 눈짓으로 한 노인을 가리켰다.

허연 턱수염이 가슴까지 늘어져서 보기 좋고, 얼굴색이 밝으며 부리부리한 두 눈에 정광이 가득한 풍채 좋은 노인이었다.

다섯 장로 중 천화상단에 속해 있는 호위무사들을 총괄하고 있는 제이장로로서 구룡검노(九龍劍老) 화문무(華文武)인

데, 강호에서는 오래전부터 명성을 날리던 절정의 고수이기
도 하다.

　지금은 명숙의 반열에 올라 한 문파의 장문인과 동격의 대
우를 받는 그가 자리에서 일어났다.

　공손하되 당당한 모습으로 입을 연다.

第二章

큰일을 하기 위해서는 돈이 필요한 법

鳳鳴刀
봉명도

큰일을 하기 위해서는 돈이 필요한 법

"모두 죽었습니다."

화문무의 침통한 말에 주청의 분위기가 더욱 어두워졌다.

한동안 무거운 침묵이 흘렀다.

화문무가 헛기침을 하고 나서 다시 말했다.

"스무 명의 척살조는 물론 당주인 이무련도 죽었습니다. 저희가 급히 수색대를 보냈을 때 그들의 시체는……"

차마 말하지 못하고 진소소의 눈치를 본다.

진소소가 어둠이 깃든 눈으로 그를 가만히 바라보았다. 재촉하는 것이다.

"짐승들에게 심하게 훼손되어서 형체를 알아보기 힘들 정도였습니다."

마지못해 한 화문무의 말에 진소소의 얼굴이 더욱 어두워졌고, 듣고만 있던 나머지 네 노인 중 이적(李笛)이라는 노인이 발끈해서 소리쳤다.

그는 장팔봉에게 죽임을 당한 이무련의 당숙이 되기도 하는지라 더욱 화가 난 것이다.

"대체 장구봉이라는 놈이 누구이기에 그렇게 할 수 있단 말이오? 설마 창응방에 절세무적의 고수라도 숨어 있었던 건 아니겠지?"

화문무가 떨떠름한 얼굴로 대답했다.

"그거야 아무도 알 수 없는 일이지 않소? 창응방은 한 번도 중원에 들어와 활동한 적이 없으니 그들의 내막을 아는 자가 우리 중에는 없지."

"흥! 나는 그자들이 감히 우리 천화상단에 대적하려 한다는 것 자체가 마음에 들지 않았소! 그런데 이런 만행까지 저질렀으니 그대로 둘 수 없지!"

"그 일을 창응방에서 했다는 증거는 어디에도 없소. 이번 일의 흉수가 분명한 장구봉이라는 자는 이름도 처음 들어보는 자일뿐더러, 그자가 창응방의 사람이라고 확신할 수도 없소."

"증거는 무슨 증거? 그 참극이 창응방의 세력권 안에서 일어났다는 것만으로도 그들에게 충분히 책임을 물을 수 있소!

아니면 그들 손으로 장구봉이라는 놈을 잡아서 넘기라고 요구할 수도 있는 것 아니오?"

"이건 그렇게 감정적으로 처리할 일이 아니란 말이오!"

그들의 음성이 높아지자 다시 한 노인이 나섰다.

천화상단의 모든 정보를 관장하는 천뇌자(千腦子) 염극생(廉極生)이다.

그가 두 손을 흔들어 화문무와 이적을 제지하며 점잖은 음성으로 말했다.

"확실히 이번 일은 의외이고 또 그만큼 놀랍소. 이무련이라면 세상이 다 인정해 주는 고수인데 그가 참극을 당했다는 것도 그렇거니와, 스무 명이나 되는 척살대원이 하나도 살아남지 못했다는 것도 그렇소."

"……."

"오직 이무련을 따라갔던 짐꾼들만 무사히 살아 돌아왔는데, 그들이 하나같이 장구봉이라는 자가 그렇게 했다고 증언하니 거짓이 아닐 것이오."

이적이 소리친다.

"하지만 우리는 그자에 대한 아무런 정보도 가지고 있지 못하오!"

염극생이 심각한 얼굴로 고개를 끄덕였다.

"그렇소. 그게 문제요. 대체 그자가 누구이기에 그런 흉악무도한 짓을 했으며, 대체 얼마나 무공이 높기에 혼자서 이무련과 스무 명이나 되는 척살조를 몰살시킬 수 있단 말이오? 나는 도저히 믿을 수가 없구려."

"……."

사람들이 제 말에 귀를 기울이는 걸 본 염극생이 헛기침을 해서 목청을 가다듬고 말을 계속했다.

"수하들을 풀어 철저하게 조사해 본 바로는 흥수가 한 놈이 분명하오. 혼자서 그 일을 했다니, 이건 내 귀를 의심하지 않을 수 없었소."

"장구봉이라는 놈이 그랬단 말이지?"

"그렇소. 그러니 우리는 서로 으르렁댈 때가 아니라 그자에 대해서 먼저 상의해 봐야 할 것이오. 대체 그자의 정체가 무엇인지, 왜, 무슨 이유로 우리 천화상단을 적대시하는 건지 그걸 밝혀내야 하지 않겠소?"

"그런 일을 하라고 바로 염 늙은이 당신이 있는 것 아니오? 이건 당신의 일이란 말이야."

"흥, 나는 지금도 믿을 수 없어. 염 전주의 수하라는 놈들이 어디서 실컷 놀다가 돌아와서는 거짓 보고를 한 건지도 모르지."

다섯 노인이 일제히 떠들어대기 시작하자 주청 안이 시장 바닥처럼 시끄러워졌다.

그런 노인들을 바라보며 그린 듯 앉아 있는 진소소의 얼굴에 그늘이 더욱 짙어졌다.

'장구봉, 장구봉…… 그 이름이 왜 자꾸만 마음에 걸린단 말이냐? 왜 자꾸만 그 사람이 떠오른단 말이냐?'

진소소는 제 마음의 불안이 그것임을 알고 있었다.

장구봉이라는 이름을 처음 들었을 때 대뜸 장팔봉이 떠올랐던 것이다.

그러나 그와 장구봉은, 비록 한 자이기는 하지만 엄연히 이름이 다르다.

게다가 장팔봉은 그날 풍화곡의 그 바위 절벽에서 떨어져 죽었다.

제가 그의 등짝을 후려쳐서 떨어뜨리지 않았던가.

그가 천야만야한 절벽 아래로 떨어지는 모습을 제 눈으로 똑똑히 보았다.

그곳에서 떨어진 이상 그 누구라도 살 수 없다. 그러니 세상 모두가 장팔봉이 죽었다고 믿는 게 조금도 잘못되지 않은 것이다.

비록 그의 시체를 찾진 못했으나 산짐승이 물고 갔을 수도 있으니 크게 문제될 일은 아니다.

그런 생각으로 마음을 진정시키지만 자꾸만 가슴이 뛰고 얼굴에 열이 올랐다.

"아가씨, 안 되겠군요. 들어가서 좀 쉬어야겠어요."

그녀의 상태를 제일 먼저 안 추피피기 진소소를 부축해 일으켰다.

여전히 떠들어대고 있는 다섯 노인을 매섭게 노려보며 빽, 소리친다.

"시끄러! 아가씨의 몸이 지금 좋지 않다는 걸 잘 알면서 그렇게 떠들어대다니! 이 쓸모없는 늙은이들 같으니! 아가씨를 귀찮게 하지 말고 너희들이 알아서 해야 할 거 아냐!"

추파파의 고함에 다섯 노인이 비로소 잠잠해졌다.

걱정스런 얼굴로 진소소를 바라본다.

추파파의 부축을 받아 내실로 들어가면서 진소소는 여전히 가슴이 두근거렸다.

                    *   *   *

청해로 가기 위해 서녕(西寧)을 나서면 나타나는 곳이 바로 황토 언덕이 끝없이 펼쳐져 있는 누런 황토의 땅 황계(黃界)다.

천산 아래의 오로목제를 목표로 정한 대상이라면 반드시 통과해야 하는 곳이기에 하루도 사람과 짐승의 왕래가 그치는 날이 없다.

그날, 바람이 몹시 불어 눈을 뜨기 힘들 만큼 궂은 날씨 속에 장팔봉은 꺼덕꺼덕 그 황계로 찾아왔다.

중원에서 청해로 떠나는 마지막 관문인 그곳은 거꾸로 청해에서 중원으로 들어오는 최초의 관문이 되기도 한다.

누런 바람이 가득한 그 황토 언덕, 망해구(望海丘)에는 여전히 두 개의 삼층 누각이 우뚝 서 있었다.

그리고 도사들은 여전히 먼 길을 목전에 둔 대상들을 위해 축문을 읽으며 제를 드려주느라고 바쁘다.

장팔봉은 얼굴을 때리는 지독한 모래바람에 잔뜩 낯을 찌푸린 채 누각 아래쪽의 주루로 들어섰다.

얼굴을 둘둘 감고 있는 수건 때문에 두 눈만 빠끔 내놓은 몰골이다.

수상해 보이지만, 지금 이곳에 찾아오는 자는 누구나 그러니 아무도 그것을 이상하게 여기지 않았다.

주루에 들어서자 달착지근한 음식 냄새와 함께 주향이 코를 찔러 회가 동한다.

감고 있던 수건을 걷어낸 장팔봉의 얼굴은 투박하고 못생긴 얼굴이었다.

퉁퉁 부은 것처럼 보이기도 하는데, 면구를 쓰고 있기 때문이다.

원래 그 면구는 서역에서 온 자가 지니고 있던 것을 창웅방주 찰리가륵이 거금을 주고 구입한 것이었다.

그 면구에 어떤 사연이 있는진 모르지만 서역의 나그네는 팔기를 한사코 거부했었다.

하지만 청혜에 발을 들인 이상 어찌 찰리가륵의 뜻을 거스를 수 있으랴.

결국 그에게 넘겨줄 수밖에 없었고, 지금은 장팔봉의 차지가 된 것이다.

장팔봉은 그 얼굴이 마음에 들었다. 무언가 불만에 차 있는 것 같으면서 화가 잔뜩 난 것처럼 무뚝뚝해 보이는 터라 그렇다.

제 감정을 제대로 나타낸 얼굴이라고 여기는 것이다. 게다가 면구가 두터우니 자신의 본래 표정이 드러나지도 않는다.

아무리 화가 났어도 면구의 얼굴은 여전히 무뚝뚝하고, 아무리 좋아 죽겠어도 면구의 얼굴은 여전히 무표정한 것이다.

애써 노력하지 않아도 제 감정을 잘 감출 수 있으니 장팔봉에게 면구는 기특한 물건이었다.

굳이 벗지 않아도 음식을 먹을 수 있고, 세수도 할 수 있을 만큼 잘 만들어진 것이기도 한지라 더욱 마음에 든다.

그래서 며칠 계속 쓰고 있었더니 이제는 살에 찰싹 달라붙어서 그게 원래 제 얼굴이었던 것처럼 자연스러워졌다.

쪼르르 다가온 점원에게 몇 가지 술과 안주를 시키고 나서 장팔봉은 비로소 주위를 두리번거렸다.

십여 명의 손님들이 드문드문 앉아 있었는데 하나같이 상인들이거나 짐꾼들이었다.

그들은 이문을 남기기 위해 낙타 등에 화물을 싣고 먼 길을 떠나려는 자들이고, 장팔봉은 복수를 하기 위해 맨주먹으로 중원에 들어가려는 참이니 서로의 길이 달라도 한참 다르다.

그러니 같은 술을 마시더라도 그 느낌과 감회 또한 다르리라.

그들이 마시는 술은 벌써 고향을 그리워하고 반드시 다시 그리로 돌아가겠다는 불망향주(不忘鄕酒)이고, 장팔봉이 마시는 술은 원한을 잊지 않겠다는 불망원주(不忘怨酒)인 것이다.

거푸 들이켠 몇 잔의 술로 뱃속이 홧홧해졌을 때 한 사람이 슬그머니 들어왔다.

장팔봉이 창웅방주를 졸라 기어이 수행종사로 삼아 데리고 나온 목랍길이다.

재빠르게 주위를 두리번거린 그가 태연히 장팔봉의 탁자로 다가와 마주 앉았다.

한 번 훑어본 것만으로도 벌써 주청 안의 분위기와 위험 요소, 그리고 수상쩍은 자가 있는지 없는지를 제 손바닥처럼 파악한 것이다.

"수하들은?"

문 쪽을 힐끔거리던 장팔봉이 의아해했다.

원래 목랍길에게 속한 호접전의 수하가 열 명인데, 목랍길은 그 중 눈치 빠른 세 명만 골라서 데리고 나왔다.

전주인 영불교화가 펄펄 뛰는 탓에 수하들을 죄다 데려오지 못했던 것이다.

그들이 목랍길을 따라 들어오지 않으니 장팔봉이 궁금해 하는 게 당연하다.

목랍길이 히죽 웃는다.

"그놈들이야 원래 고생을 타고난 놈들이니 신경 쓸 것 없습니다."

"너도 참 못된 놈이구나. 이 빌어먹을 날씨에 수하들을 바깥에 팽개쳐 두고도 태평하다니."

"그렇게 고생을 하면서 커야 인내심도 생기고 오기도 생기고 그러는 겁니다. 그래야 장차 저처럼 훌륭하고 완벽한 교령(敎領)이 되는 게지요. 히히—"

장팔봉이 타박을 해도 목랍길은 속없는 놈처럼 히죽거리기만 했다.

'이건 참 미워할 수 없는 놈이라니까.'

장팔봉이 피식 웃었지만 그런 그의 표정이 절대로 드러나지 않았다.

면구의 얼굴은 그저 무뚝뚝하고 잔뜩 화가 나 있는 것 같을 뿐이다.

목랍길은 그 사정을 다 아는 자인만큼 신경 쓰지 않았다. 점소이가 가져온 음식을 게걸스럽게 탐한다.

먹고 마시는 걸 조금도 주저하지 않는 것이, 마치 장팔봉과 십년지기는 되는 듯했다.

염치와 넉살이 또한 대단한 자인 것이다.

그런 목랍길을 물끄러미 바라보던 장팔봉이 어쩔 수 없다는 듯 한숨을 쉬고 젓가락을 들었다.

장차 이놈이 소심한 늙은이 영불교화의 뒤를 이어서 호접전주가 된다면 이놈 때문에 찰리가문이 골치깨나 아플 거라는 생각이 들어 피식피식 웃음이 나왔다.

찰리가문은 제 아비 찰리가륵의 뒤를 이어 창응방주가 될 텐데 그때 목랍길의 힘을 크게 필요로 할 것이다.

그걸 알고, 제 뒷배경의 든든함을 믿기에 목랍길이 이처럼 자신만만하게 행동하는 것인지도 모른다.

하지만 장팔봉은 그런 목랍길을 미워할 수 없었다. 마치 거침없이 행동했던 저를 보는 것 같았기 때문이다.

부지런히 먹고 마시기를 마친 목랍길이 시원하게 트림을 하고 나서 장팔봉을 빤히 바라본다.

"이제는 잘 어울리는군요. 소생은 어떤 게 장 대형의 본래 얼굴인지 모르겠습니다. 아니, 본래 얼굴이 생각나지도 않는군요."

"떠들어댈래?"

"뭐 어때요? 여기에는 우리가 하는 말을 알아들을 자가 아무도 없는데."

목랍길이 다시 한 번 주청을 휘둘러보고 히죽, 웃는다.

"끄웅—"

"그나저나 찰리가화 아가씨의 소식이 궁금하지 않습니까?"

"떠나온 지 며칠이나 됐다고 벌써 궁금해? 아니, 몇 년이 지났다고 해도 나는 하나도 궁금하지 않을 것이다."

"히히, 그렇지 않을걸요? 그 면구 속의 얼굴에는 어서 말해 달라는 표정이 가득한뎁쇼?"

"이놈이?"

"장 대형의 사고님께서 아가씨를 제자로 삼으셨답니다."

"뭐라고?"

그 말은 생각지도 못했던 것이라 장팔봉이 크게 놀라 저도 모르게 소리쳤다.

"아니, 그게 정말이냐?"

"총단에 다녀온 수하가 조금 전에 해준 말이니 틀림없습지요."

"어허—"

장팔봉은 기가 막혔다.

'대체 사고는 무슨 생각을 하고 있는 거냐?'

그런 생각과 함께 어이가 없는 것은 그녀가 자신의 정체를 밝혔을지도 모른다고 여겼기 때문이다.

찰리가륵은 물론 창응방의 그 누구도 백무향의 정체에 대해서는 알지 못하고 있었다.

다만 장팔봉의 사고이고, 병이 깊어서 요양을 필요로 한다는 것 정도만 알고 있을 뿐이다.

그런 그녀에게 찰리가륵이 제 딸을 선뜻 맡겼다면 그건 백 무향이 바로 자신이 염라화로 불리던 절대고수이자 절대마녀 라는 걸 밝혔기 때문이 아니겠는가.

그걸 찰리가륵이 받아들였다는 추측도 하게 된다.

"아니, 도대체 그 두 늙은이는 무슨 생각을 하고 사는 거 야?"

장팔봉이 볼멘소리로 투덜거리자 목랍길이 히죽 웃었다.

"뭐, 꼭 청춘남녀만 사랑에 빠지라는 법이 있는 것도 아니 잖습니까?"

목랍길은 이미 눈치채고 있었던 듯했다.

"미운 놈이 미운 짓만 골라서 하는구나. 그렇게 눈치 빠른 놈치고 크게 되는 놈을 보지 못했다."

"하하, 예외라는 건 언제나 있는 법입지요. 이 목랍길이 바로 그 예외적인 인간이라는 걸 머지않아 아시게 될 겁니 다."

"끄응—"

무슨 핀잔을 줘도 능글맞게 받아넘기는 데에 장팔봉은 더 할 말이 없었다. 질리고 만다.

"그나저나 여기까지 오셨으니 한 건 해야지요?"

"······?"

"강호로 돌아가는 기념으로 무언가 세상이 깜짝 놀랄 만한 그런 일을 하는 것도 의미가 있지 않겠습니까?"

"여기 뭐가 있단 말이냐?"

"여기에는 그저 신당을 겸한 누각이 있을 뿐이고, 일은 저 아래 서녘에 있습지요."

"말해봐라."

목랍길이 주위의 눈치를 힐끔 보더니 몸을 기울였다.

장팔봉의 귀에만 들리도록 속삭인다.

"말도 안 되는 소리!"

장팔봉이 버럭 소리쳤다.

"쉿—"

목랍길이 당황한 표정을 지어 보이지만 눈은 웃고 있었다.

                    *   *   *

황계에서 가장 높은 황토 언덕.

망해구 위에 동서로 나뉘어 서 있는 두 개의 누각 중 동편에 있는 누각은 망향루(望鄕樓)이고, 서편의 누각은 망천루(望天樓)다.

장팔봉은 그 서편 망천루에 올랐다.

굳이 망향루에 오르지 않고 망천루를 택한 건 제 처지가 미지의 먼 길에 대한 두려움과 걱정을 달래며 무사행로를 비는 상인들과 다르지 않다고 생각했기 때문이다.

그는 중원에서 나고 자랐지만 이제 다시 그곳으로 돌아가는 길이 낯설기만 했다.

그러므로 그에게는 어느덧 중원을 바라보는 게 상인들이 저 먼 서쪽 하늘을 바라보는 것처럼 한탄과 한숨이 나오는 일이 된 것이다.

그래서 도사에게 은전을 듬뿍 집어주고 무사행로를 비는 축경을 읽어달라고 부탁한다.

저를 대신해서 도사가 제를 올리고 경(磬)을 두드리며 축문을 읽는 걸 물끄러미 바라보고 있는데 다른 사람이 들어왔다.

목랍길이다.

그가 장팔봉을 제실 밖으로 끌고 나가더니 속삭였다.

"방금 수하 한 놈이 확인했다는 보고를 해왔습니다."

"벌써?"

장팔봉은 적지 않게 놀랐다.

이곳에서 서녕까지는 못해도 일백여 리 길이 된다.

그것을 저녁 식사를 하고 차를 마시고 이처럼 망루에 올라와 제를 드리고 있는 동안 벌써 다녀왔단 말인가? 하는 생각에 의심이 더럭 들었다.

길어야 한 시진 남짓 걸렸을 뿐이기 때문이다.

그런 장팔봉의 속내를 눈치챈 목랍길이 피식 웃었다.

제 품을 살짝 열어 보이는데, 전서구 한 마리가 얌전하게 웅크리고 있지 않은가.

그렇다고 해도 여전히 놀라운 건 마찬가지였다.

수하가 그 시간에 서녕까지 달려갔고, 또한 원하는 정보를 얻어서 보고서까지 작성해 올렸으니 그렇다.

"저희가 하는 일은 속도전이지요. 누가 더 빠르고 정확하게 정보를 취하느냐에 따라 승패가 갈리는 겁니다. 그러니 신속정확, 이것보다 중요한 게 또 있겠습니까?"

장팔봉이 크게 고개를 끄덕였다.

─먼저 보는 자가 이긴다.

그가 뼛속에 새겨 넣고 있는 사부의 그 가르침과 일맥상통하는 말이었기 때문이다.

"서녕까지 일백여 리 길이라지만 그놈은 발이 빠른 놈이니 냅다 달려서 반 시진에 돌파했을 겁니다. 나머지 반 시진은 그저 놀았겠지요."

"허─"

장팔봉이 눈을 크게 떴다.

설마 이 정도였단 말인가? 하는 놀람을 어쩔 수 없었기 때문이다.

반 시진 동안 일백여 리 길을 쉬지 않고 달려갈 수 있다는 건 내공이 그만큼 튼실하다는 것이고, 경공신법도 대단하다는 것 아니겠는가.

그런 자가 정보를 취득하는 수단 또한 뛰어나니 과연 이런 일에 그보다 적격인 자는 없을 거라는 생각이 든다.

그런 자를 수하로 부리고 있는 목랍길의 능력에 대해서 새삼 다시 생각하고 놀라게 된다.

창웅방이 오래도록 청해의 패자로 군림할 수 있었던 게 이해된다.

목랍길이 다시 속삭였다.

"원래 전장(錢場)이라는 곳은 비리가 많은 곳입지요. 장물에 대한 뒷거래도 은밀하게 이루어지고 고리채 영업도 겸하는 곳 아니겠습니까?"

"……."

"단지 급한 사람에게 돈을 빌려주고 이자를 받아 운영하고, 전표 발행의 수수료로 이득을 얻는 곳만은 아니라는 겁니다."

"그건 나도 알아."

"또 있습지요. 그러니 전장에는 언제나 은자가 바리바리 쌓여 있게 마련입니다. 온갖 진귀한 물건들도 그렇겠지요."

"그래서, 나에게 지금 그걸 털라는 것이냐? 고작 강도질이나 하려고 내가 중원으로 가는 줄 알아?"

"어허, 말을 꼭 그렇게 해야 맛이랍니까? 좋은 말도 얼마든지 있지 않습니까."

"뭐야?"

"자금 마련. 예, 그거입지요. 활동하려면 자금이 반드시 필요한데 장 대형께서는 지금 얼마나 가지고 있습니까?"

"……."

"내가 짐작하건대 품속의 전낭에 고작 스무 냥 남짓 남아 있으면 많이 남아 있을 겁니다."

"끄응―"

"큰일을 하겠다는 양반이 그래, 그걸로 뭘 할 수 있겠습니까? 큰일에는 그만큼 큰돈이 필요하다는 것쯤은 잘 아실 텐데요?"

장팔봉은 여태까지 돈에 신경을 쓰면서 살아본 적이 없었다.

있으면 쓰고 없으면 안 쓰면 그만이라는 게 그의 경제관이었던 것이다.

험한 음식과 험한 잠자리에 익숙해져 있는데다가 홀몸이고, 달리 치장할 줄도 모르니 사실 돈이 그렇게 필요하지도 않다.

하지만 이제는 달랐다.

천화상단을 상대하려는데 힘만 가지고 될 일이 아니라는 걸 알기 때문이다.

그들이 돈을 무기로 삼는 자들이니 가장 확실하게 짓밟아주는 일은 역시 돈으로 이기는 것 아니겠는가.

하지만 고작 스무 냥 남짓한 돈으로는 그야말로 바위를 깨뜨리겠다고 계란을 던지는 꼴밖에는 되지 않을 것이다.

"끄응—"

장팔봉이 다시 된 숨을 내쉬자 그것 보라는 듯 묵랍길이 히죽 웃었다.

"전장에는 언제나 크고 작은 도둑이 들게 마련이지요. 대게는 죄다 잡혀서 죽습니다만 더러 성공한 놈은 큰돈을 쥐게 되는 겁니다. 이건 늘 있는 일이라 어느 전장이 털렸다고 해도 관에서도 별로 신경 쓰지 않습지요."

"그러니까 네가 해서 나에게 가져다주면 안 되겠느냐?"

"쳇, 이게 어디 내 일입니까? 나야 마지못해 장 대형을 따라나온 몸인데 그런 일까지 해야 하는 거라면 당장 그만두겠습니다."

"끄응—"

"나는 어디까지나 장 대형을 도와주는 사람이라는 걸 잊으시면 안 됩니다."

그러니 있을 때 잘하라는 듯 장팔봉을 흘겨보며 헛기침을 한 묵랍길이 다시 말했다.

"그리고, 그런 전장에는 당연히 경비무사가 있게 마련 아니겠습니까? 큰 전장일수록 막강한 경비무사들이 있겠지요.

만약 내가 그곳의 담을 넘어 들어간다면 일각도 버티지 못하고 이렇게 되고 말 것입니다."

혀를 빼물고 제 목을 긋는 시늉을 한다.

비록 엄살이 섞여 있지만, 장팔봉은 그의 말이 구구절절이 옳다는 걸 부정할 수 없었다.

목랍길이 다시 채근했다.

"시간이 없습니다. 오늘 밤중으로 해치워야 합니다."

"어째서?"

"내일 아침 일찍 보물이 빠져나갈 테니까요."

"보물이라니?"

"그곳에 감숙성을 관장하는 도지휘사가 황궁의 실권을 쥐고 있는 사례감의 환관에게 보내기 위한 보물을 맡겨두고 있답니다. 수하가 알아온 정보로는 주먹만 한 야명주라더군요."

"주먹만 한 야명주?"

장팔봉이 눈을 휘둥그레 떴다.

정말 그만한 야명주라면 어디에 내놓든 적어도 일만 냥은 거뜬히 받을 수 있을 것이다.

이만저만한 보물이 아닌 것이다.

"내일 장성 수비대의 병사들이 와서 그것을 호송해 간다는군요. 그들과 마찰을 일으킬 수는 없지 않습니까? 그러니 오늘 밤밖에는 기회가 없는 겁니다."

"그렇군. 그럼 처음부터 제 처소에 두고 병사들로 하여금 지키게 하지 않고 하필 전장에 맡겼대?"

"생각해 보세요. 그런 보물이라면 황제에게도 있을까 말까 할 텐데, 그런 걸 감숙의 도지휘사가 지녔다는 게 알려지면 입장이 곤란해지지 않겠습니까?"

"오라, 그러니까 철저히 비밀로 붙이고 믿을 만한 곳에 맡겨두었다는 거로군."

"그렇습지요. 서녕성에서 그곳보다 더 믿을 만한 곳은 찾을 수 없을 겁니다."

"그런 다음에 북경의 환관 우두머리의 집에까지 보내야 하는데, 그 운송은 병사들에게 맡긴다고?"

"심복 무장을 시켰겠지요. 아마 저희들이 가져가는 게 무언지도 모를 겁니다."

"음—"

장팔봉의 생각에도 그렇다면 오늘 밤밖에는 기회가 없었다. 병사들을 털 수는 없지 않은가.

장성 수비대라면 최정예의 병사들이다.

그러나 꺼림칙한 건 그들과의 마찰이 아니라 그들을 건드림으로 해서 생기게 될 후환인 것이다.

장팔봉은 망설이지 않을 수 없었다.

시간이 촉박하다는 것도 그렇고, 출처야 어떻든 명백히 남의 것을 강탈하는 일이니 그렇다.

그걸 부추기고 있는 목랍길이 얄밉게도 보인다.

장팔봉이 머뭇거리자 목랍길이 그럴 줄 알았다는 듯이 채근했다.

"어차피 내시들 수중에 들어갈 뇌물입니다. 그것마저도 정당한 방법으로 획득했을 리가 없지요. 가치가 일만 냥에 해당하는 것이라니 말입니다. 도지휘사가 설마 제 녹봉을 모아서 그것을 구했겠습니까?"

일리가 있다.

"으음—"

목랍길이 그래도 선뜻 결정하지 못하고 머뭇거리는 장팔봉의 마음에 쐐기를 박았다.

"그리고 그곳이 바로 천화상단에서 운영하는 전장이라는 겁니다. 더 망설일 이유가 있나요?"

*   *   *

서녕제일장(西寧第一場)

서녕은 작은 성읍이 아니지만 그렇다고 다섯 개의 전장이 들어서야 할 만큼 커다란 도읍지도 아니다.

그런 곳에 전장이 그렇게 많이 생겨난 건 역시 천산북로를 오가는 대상들을 상대하기 위해서였다.

전장은 그 크기와 규모 못지않게 신용을 중요하게 여겼다. 신용이 없으면 누구도 그 전장을 이용하려 하지 않을 테니 그 무엇보다 신용에 신경을 쓴다.

서녕에 있는 다섯 개의 전장들 중 서녕제일장이 가장 크고 신용도 좋았다.

여태까지 한 번도 도적의 침노를 받지 않았을 뿐만 아니라, 다른 전장보다 환전과 전표 발행의 수수료를 한 푼이라도 덜 받으니 당연히 이용하는 고객이 넘쳐나지 않을 수 없다.

무엇보다 서녕제일장에 물품을 맡기면 안전하다는 것도 빼놓을 수 없는 장점이었다.

그건 서녕제일장이 고용하고 있는 경비무사들의 수준이 그만큼 높다는 걸 직접적으로 증명해 주는 일이기도 하다.

그러니 제아무리 솜씨가 좋은 도둑도, 제아무리 거칠고 사나운 녹림도들도 감히 서녕제일장을 털 생각은 하지 못했다.

서녕을 오가는 사람치고 그 서녕제일장이 대륙의 상권을 쥐락펴락하고 있는 천화상단에서 운영하는 곳이라는 걸 모르는 사람은 없었다.

그래서 더욱 신뢰를 하게 되는 것이다.

그 서녕제일장을 책임지고 있는 장주는 강호인이 아니었다.

관에서 오래 관직 생활을 한 관료 출신이다.

대신의 반열은 아니더라도 제법 요직에 올랐던 자였던지라 서녕의 지부대인과도 좋은 관계를 유지하고 있었다.

관과의 유대관계를 원만하게 유지한다는 건 어느 장사를 하든지 중요한 일인데, 특히 기루와 전장의 영업이 그랬다.

때로는 은밀한 거래가 이루어지기도 하기 때문이다.

관에서 짐짓 눈감아주지 않으면 불가능한 일들도 하는 것이다.

그런 점에서 장주, 호금적은 적격인 사람이었다.

그가 장주로 온 뒤부터 서녕제일장이 더욱 번성하고 있다는 게 그 좋은 증거이리라.

그래서 그는 천화상단의 전폭적인 지지와 신임을 받고 있는 사람이기도 했다.

그날 밤. 호금적은 웬일인지 쉽게 잠들지 못하고 뒤척이다가 기어이 일어나 앉았다.

잠시 생각하더니 밖에 대고 소리친다.

"나 총관은 무엇하고 있느냐?"

밖에서 수직을 서던 하인이 즉시 고했다.

"순찰조를 점검하고 있습니다."

"일이 끝나는 대로 금옥당으로 오시라 해라."

바삐 나가는 하인의 발소리가 들리고 잠시 후에 그가 금옥당에 왔다는 전갈이 왔다.

천천히 옷을 입은 호금적이 느릿느릿한 걸음으로 침실을

나갔다.

오래 관록을 먹은 티가 뚝뚝 흐르는 팔자걸음으로 천천히 금옥당으로 향한다.

총관은 나대승(羅大昇)이라는 사십대의 호리호리한 사내였다.

고수인데, 강호에서는 그를 인면사신(人面死神)이라는 외호로 부르기도 했다. 무정하고 잔혹하기 짝이 없는 자였던 것이다.

그만큼 냉정한 자이기도 하다.

인면사신 나대승이라면 지금도 치를 떠는 자들이 강호에는 허다하다.

그 나대승이 무슨 까닭인지 육칠 년 전에 강호를 떠나 천화상단에 몸을 의탁하고 있었다.

그리고 지금은 서녕제일장의 총관이라는 직함으로 행세하는 것이다.

자잘한 업무를 냉정하고 침착하게 잘 처리해서 조금의 실수도 없었으므로 장주인 호금적의 신임을 듬뿍 받고 있었다.

또한 그는 전장에 소속되어 있는 경비무사들을 통솔하고 감독하는 일까지도 도맡아 했다.

그러므로 서녕제일장에 그가 없으면 두 개의 기둥 중 한 개가 빠진 격이 되므로 오래 유지되지 못할 것이다.

　장주 호금적이 대외적인 영업 활동과 금전의 출납 문제를 맡고 있다면 나대승이 경비와 내부 업무를 책임지고 있기 때문이다.

　그들, 서녕제일장의 두 기둥이 금옥당에 마주 앉았다.

第三章

장팔봉, 수만금을 손에 넣다

鳳鳴刀
봉명도

장팔봉, 수만금을 손에 넣다

"아무 문제도 없겠지?"

호금적의 말에 나대승이 빙긋 웃는 걸로 대답했다.

"내일 아침까지는 무사해야 할 텐데……."

"걱정하지 않으셔도 됩니다."

"제발 그래야지."

잠시 침묵하던 호금적이 의자에 깊숙이 기대며 넌덜머리를 쳤다.

"다시는 이따위 부탁을 들어주지 않을 테다. 생기는 것도 별로 없이 마음고생만 하게 되잖아."

"그래도 도지휘사께서 우리 전장에 물건을 맡겼으므로 인해 얻은 것도 적지 않잖습니까?"

"그거야 그렇지. 그는 우리에게 큰 신세를 진 셈이니 장차 무리하다 싶은 부탁을 해도 들어주지 않을 수 없겠지. 하지만 그동안 가슴 졸인 걸 생각하면 아주 치가 떨리네."

"내일 아침에 물건을 호송해 갈 병사들이 온다니까 이제 몇 시진 남지 않았습니다."

"에휴— 지난 닷새가 마치 오십 년은 되는 것 같았어."

"그러셨을 겁니다."

"자네도 고생이 많았네. 한시도 쉴 새 없이 점검을 하고 무사들을 감독하느라고 말일세."

사실 지난 닷새 동안 그 누구보다 마음고생을 심하게 한 사람은 바로 경비를 책임지고 있는 나대승이었다.

만에 하나 도지휘사가 맡긴 보물을 도둑맞기라도 한다면 그 뒷일을 감당할 수 없지 않은가.

그래서 온 신경을 곤두세운 닷새였는데, 이제 그 임무가 끝나가는 것이다.

두 사람은 도지휘사가 맡긴 물건에 대해서는 약속이라도 한 듯이 한마디도 꺼내지 않았다. 다른 사람들은 그것이 무엇인지도 모를 것이다.

"아무튼 오늘 밤이 고비일세. 다들 정신 바짝 차리라고 하게. 오늘 밤만 무사히 넘기면 끝나는 거야."

나대승이 빙긋 웃는다.

"수하들에게 며칠 휴가를 주어도 되겠습니까?"

"여부가 있나. 그동안의 노고를 치하하는 의미에서 은전도 듬뿍 내려주겠네. 하하—"

호금적은 마음이 든든했다.

불안하다가도 이렇게 나대승을 보고, 그의 자신만만한 말을 들으면 마음이 안정되는 것이다.

"이제는 푹 잘 수 있을 것 같군."

"이곳의 일은 저에게 맡기고 편히 쉬십시오."

"그럼 부탁하네."

호금적이 팔자걸음으로 느릿느릿 사라지고 나자 나대승도 몸을 일으켰다.

한 번 더 경비 상황을 점검하고 수하들을 독려하기 위해 후원으로 나선다.

그리고 그곳에서 누런 얼굴의 낯선 자 한 명을 만났다.

'응?'

처음 그를 보았을 때 나대승은 제 눈을 의심했다.

피곤해서 헛것을 보았다고 여긴 것이다.

하지만 눈을 씻고 다시 봐도 얼굴 누런 자는 거기 그대로 있었다.

후원 구석의 음침한 곳.

한 그루 커다란 자작나무 둥치에 달라붙듯이 서 있었는데,

이쪽을 바라보는 눈빛이 번쩍인다.

마치 짐승 한 마리가 먹이를 노리고 어둠 속에 웅크리고 있는 것 같았다.

"누구냐!"

비로소 침입자라는 걸 깨달은 나대승이 버럭 소리치고 몸을 날렸다.

그러자 그자가 훌쩍 뛰어올라 자작나무의 높은 가지 위로 올라갔다. 빠르고 날렵하기가 사람의 움직임 같지 않았다.

'역시 허깨비인가?'

그러나 머리 위, 저 높은 가지 위에 그자는 사라지지도 않고 우뚝 서 있다.

"이놈!"

나대승이 즉시 검을 뽑아 쥐고 역시 훌쩍 뛰어올랐다.

그의 경공신법도 대단한 것이어서 두어 길이나 되는 나뭇가지 위로 뛰어오르는 걸 힘 하나 들이지 않고 한다.

그러자 얼굴 누런 자가 마치 그를 놀리기라도 하듯이 다시 훌쩍 뛰어내렸다.

냅다 달리더니 후원 한복판, 파초가 무성한 화단에 우뚝 선다.

나대승은 화가 났다. 저놈이 저를 놀린다고 생각한 것이다.

어금니를 악문 그가 나뭇가지를 박차고 몸을 띄웠다.

그는 커다란 검은 야조(夜鳥)가 된 것 같았다.

아무 소리도 없이 그대로 침입자를 덮쳐 간다.

무려 십여 장을 그렇게 날아 머리 위에 떨어지는 나대승을 보면서 얼굴 누런 자, 장팔봉이 '흠―' 하고 머리를 끄덕였다.

나대승의 무공이 어느 정도인지 알아본 것이다.

쉭―

머리 위에 그의 검이 떨어졌다.

인정사정없이, 일격에 반드시 죽이고 말겠다는 의지로 가득 차 있는 검격이다.

머리를 아래로 하고 다리를 위로 한 채 떨어져 내리며 후려치는 검격이 신랄하고 무섭기 짝이 없었다.

"흠, 제법이군."

장팔봉이 일부러 음성을 무겁고 탁하게 하여 한마디를 던지고는 재빨리 물러섰다.

원래는 제자리에 선 채 그의 공격을 받아낼 작정이었는데 어쩔 수 없이 한 걸음 물러선 것이다.

성―

검이 아슬아슬하게 이마를 스치고 지나갔다.

머리카락 몇 올이 잘려 허공에 너풀거린다.

장팔봉이 그만큼 가까운 거리에서 나대승의 검격을 흘려보낸 것이다.

훌쩍 몸을 뒤집어 내려선 나대승이 번쩍이는 눈으로 그를 노려보았다.

내심 상대방의 그 대담함에 감탄한다.

"너는 이곳이 어디인 줄 알고 월장해 온 것이냐?"

무표정하고 투박한 누런 얼굴에는 아무 표정도 없었다. 다만 입꼬리가 슬쩍 말려 올라가는 걸로 보아 웃는다고 짐작할 수 있을 뿐이다.

장팔봉의 느물거리는 여유에 나대승은 더욱 화가 났다.

그가 검을 고쳐 쥐며 스산하게 말했다.

"오늘 너는 매우 운이 좋은 줄 알아라. 지금 돌아간다면 아무 일 없이 가도록 해주지."

아무리 봐도 정이 가지 않는 투박하게 생긴 누런 얼굴의 입꼬리가 다시 실쭉 올라갔다. 그리고 느릿느릿한 말이 흘러나왔다.

"싫다면?"

"그렇다면 죽음뿐이지."

말과 함께 더 생각할 여유도 주지 않겠다는 듯 나대승이 기합성도 없이 그대로 미끄러졌다.

쉭—

짧고 격한 파공성이 들렸을 때 그의 검격은 벌써 장팔봉의 가슴 앞 요혈들을 찍어대고 있었다.

일격에 다섯 군데의 요혈을 노리는 현란하고 매서운 검법이다.

"흠, 역시 제법이야."

거듭 감탄한 장팔봉이 슬쩍 몸을 틀며 손가락을 튕겨댔다.

따다당—

그의 지력 몇 가닥이 한 치의 오차도 없이 그토록 재빠르고 변화무쌍한 나대승의 검을 일일이 두드렸고, 그때마다 낭랑한 쇳소리가 경쇠를 치는 소리처럼 터져 나왔다.

"으헛!"

나대승은 장팔봉의 그 대담하면서 정확하고 위력적인 탄지의 수법에 크게 놀랐다.

그의 손가락에 맞을 때마다 보검이 곧 부러질 듯 윙윙 울며 떠는 것이 아닌가.

그렇게 몇 초식을 나누는 동안 그 소란을 감지한 그날 밤의 경비무사들이 후원으로 밀려들었다.

모두 여섯 명이다.

"밖에는?"

나대승이 눈으로는 여전히 장팔봉을 붙들어두면서 수하들에게 그것부터 물었다.

장팔봉의 퇴로를 차단하고 좌우를 에워싼 이들 중 한 명이 소리쳐 대답했다.

"아무 이상 없습니다."

"그래? 그렇다면 혼자서 월장해 들어왔단 말인가? 흥, 그건 믿기 힘든 일이군."

머리를 갸웃거리는 나대승을 두고 장팔봉은 저를 에워싼 자들의 면면을 쓸어보았다.

"이게 다냐?"

비웃음을 날린다.

"쳐라!"

화가 난 나대승이 버럭 소리치며 다시 달려들었다.

그의 검법은 조금 전보다 훨씬 무겁고 침착해져 있었다.

장팔봉은 진심으로 머리를 끄덕였다. 훌륭한 검법이었던 것이다.

예전 같으면 이와 같은 검법 앞에서 일초 반식도 견디지 못하고 죽었을 것이다.

그러나 지금의 그는 예전의 그 장팔봉이 아니었다.

장팔봉은 살기를 실은 검봉이 지척에 쇄도해 드는 그 순간에 엉뚱하게도 풍화곡 안에서 만났던 괴수들의 손톱 공격을 생각했다.

그것이 얼마나 신랄하고 끔찍했던가.

촌각의 순간에 스쳐 지나간 생각들이지만 장팔봉의 행동은 번갯불이 번쩍이는 것보다 빨랐다.

그가 빙글 도는 것 같더니 불쑥 주먹을 내뻗었다. 그것이 나대승의 검끝을 때릴 것처럼 마주쳐 나온다.

'미친 건가?'

나대승에게 그런 생각이 들었다. 맨주먹으로 검끝을 때리려는 것처럼 보이니 그렇다.

하지만 나대승은 곧 자신의 생각이 크게 잘못되었다는 걸 깨달았다.

장팔봉이 움켜쥐고 있던 손가락을 활짝 편 것이다. 그것이 검봉을 연달아 두드린다.

따라라랑—

경쾌하고 낭랑한 쇳소리가 방울소리처럼 들렸다.

어느새 장팔봉의 주먹은 다시 소매 속으로 사라져 보이지 않는다.

나대승 정도 되는 고수였기에 그것이 나오는 걸 보았지, 어지간한 자라면 대체 어떻게 된 일인지 영문조차 몰랐을 것이다.

그건 풍화곡의 괴수들이 비수 같은 손톱을 불쑥 내밀어 상대의 목을 긋고 몸뚱이를 찢을 때의 그 수법이었다.

눈에 보이지도 않을 만큼 빠르게 펼쳐 내고 거두어들이지 않았던가.

"흑!"

나대승이 놀란 숨을 들이켰다.

손에 쥐고 있던 검이 모래처럼 부서져 떨어지는 걸 보았기 때문이다.

"물러서!"

그가 뒤로 훌쩍 몸을 날리며 급하게 소리쳤다.

그때 장팔봉을 에워싸고 있던 수하들이 일제히 그를 들이쳤는데, 막 지척에 닿고 있었던 것이다.

서녕제일장의 경비무사들은 모두 강호에서 일류고수로 꼽히기에 손색이 없는 자들이었다.

하지만 눈앞의 이 괴인의 상대는 아니다.

그런 생각이 들었지만 반걸음 늦고 말았다.

나대승이 눈을 부릅떴다.

장팔봉이 두 팔을 활짝 벌린 채 빙글 한 바퀴 도는 걸 본 것이다.

고수는 눈이 빠르고 몸이 빠르다. 나대승 또한 누구보다 눈이 빠른 사람이었다.

하지만 그는 장팔봉이 대체 무슨 수법을 어떻게 쓴 건지 제대로 보지 못했다.

"으아악!"

"끄악!"

수하들의 참담한 비명 소리만 귀청을 찢을 듯 파고들었을 뿐이다.

장팔봉이 춤을 추듯이 옷자락을 펄럭이며 완전히 한 바퀴 맴돌아 바로 섰을 때, 그를 사방에서 에워싸고 일제히 들이쳤던 여섯 명의 경비무사가 천천히 뒤로 넘어가고 있었다.

하나같이 가슴이며 목이 뼈가 드러나도록 길게 찢긴 채 악다문 이 사이로 선혈을 흘리며 꽃잎이 벌어지듯이 장팔봉을 중심으로 쓰러져 눕는다.

마치 날카로운 비수로 베어버린 것 같다.

장팔봉의 손가락에서 한 자나 뻗어 나온 예리한 기운이 그렇게 했던 것이다.

그러나 나대승은 물론 죽은 자들도 그걸 알아보지 못했다.

제가 왜 죽는지도 모르고 죽었을 뿐이다.

"이, 이, 이…… 이건……."

나대승은 얼이 빠졌다. 제대로 말을 잇지 못한다.

붉은 피로 활짝 핀 꽃잎 가운데 우뚝 서 있는 장팔봉의 그 누렇고 무표정한 얼굴이 끔찍하게 보였다.

"워, 원하는 게 뭐냐?"

"지부대인의 보물."

"으음—"

나대승이 얼굴을 잔뜩 찌푸렸다. 설마 했는데 기어이 이런 일이 벌어지고 말았으니 보물이 화를 부른다는 옛말이 하나도 틀리지 않다고 느낀다.

나대승은 여러 말 해봐야 소용없다는 걸 알았다.

저로서도 어떻게 해볼 수 없는 자 아닌가.

저 정도의 고수가 작심하고 찾아왔을 때는 백 마디 천 마디의 말로 달래도 소용없는 것이다.

오직 힘으로 내쫓는 수밖에 없는데, 이제 그럴 수 없다는 걸 알았으니 절망적이다.

"나는 강호에 당신 같은 고수가 있다는 말을 듣지 못했소. 당신의 이름을 물어도 되겠소?"

그의 말투마저 바뀌었다.

장팔봉을 저보다 뛰어난 고수로 인정하고, 그에 걸맞은 예우를 갖추는 것이다.

"장구봉."

"장구봉?"

처음 듣는 이름이다. 그래서 나대승은 더욱 어리둥절해지고 말았다.

강호에 고수가 많다고 하지만 결코 제 눈앞에 있는 얼굴 누런 자만 한 고수는 흔치 않을 것이라고 믿는다.

그렇다면 얼굴은 처음 본다 할지라도 그 이름만큼은 들어 알고 있어야 정상이다.

그래서 나대승은 장팔봉이 저를 감추려고 거짓 이름을 말해준 거라고 믿었다.

그가 포권하고 다시 말했다.

"당신만 한 고수라면 이 넓은 천하를 뒤져도 열 명을 찾기 힘들 것이오. 그런데 그토록 뛰어난 사람이 스스로를 떳떳하게 밝히지 못하는 건 그만큼 지금 자신이 하고 있는 일이 옳지 못하다는 걸 잘 알기 때문 아니겠소?"

"……"

"원하는 건 모두 드리겠소. 그러나 지부대인의 물건은 안 되오."

단호하다.

제 목숨을 내줄지언정 맡은 물건은 내줄 수 없다는 그의 단호함에 장팔봉은 내심 감탄하지 않을 수 없었다.

그만큼 책임감이 있는 자라면 선악과 무공의 고하를 떠나서 사내대장부라고 인정해주지 않을 수 없다.

나대승이 다시 말했다.

"원래 이런 일은 당신 같은 고수가 나설 일이 아니지 않소? 그러나 이왕 오셨으니 전고(錢庫)를 활짝 열어드리리다. 은자라면 충분히 있으니 가져갈 수 있는 만큼 가져가시오. 싣고 갈 수레가 필요하다면 그것도 내드리겠소. 그러나 도지휘사 각하의 보물은 우리에게 맡겨주시오. 그게 우리 것이라면 기꺼이 당신에게 드리겠으나 우리 물건이 아니니 마음대로 할 수 없기 때문이라오."

이 정도로 간곡하게 말했다면 스스로 부끄러움을 느끼고 돌아가야 옳다고 믿는다.

그게 고수 된 자의 체통인 것이다.

천하를 굽어볼 만한 고수가 어찌 항복한 자를 무참히 짓밟을 것인가. 그런 짓은 비열한 녹림도들이나 하는 짓이다.

나대승은 그런 생각으로 한 가닥 희망을 가져보았지만 헛되고 또 헛된 것이었다.

장팔봉이 이곳에 온 진짜 이유를 조금도 짐작하지 못하니 그럴 수밖에 없다.

"다 필요없다."

장팔봉이 여전히 억눌린 듯한 음성으로 낮게 말했다.

"내가 원하는 건 오직 그 물건 하나일 뿐이야."

나대승이 한숨을 쉰다.

'그동안 강호를 주유하면서 악행도 많이 했고 선행도 많이
했다. 돌이켜보면 후회없는 사람이 없겠지만 나는 내 삶을 후
회하지 않는다.'

그런 생각이 드는 건 이제 곧 자신이 죽게 될 것임을 알았
기 때문이었다.

'여기까지가 하늘이 나에게 허락한 삶이었고, 이제 그것이
끝날 때가 된 것뿐이다.'

죽음 앞에서 초연해진 나대승이 손을 쭉 내밀었다.

그러자 땅에 떨어져 있던 수하의 검이 허공에 둥실 떠오르
더니 빨려들 듯이 그의 손바닥 안으로 들어간다.

특출한 허공섭물의 그 공부 하나만으로도 나대승은 과연
강호에서 내로라하는 고수가 틀림없었다.

그러나 오늘 밤 장팔봉을 만났다는 게 그의 불운이라면 불
운일 것이다.

"소생의 간곡한 말조차 통하지 않으니 그대는 마음이 돌처
럼 굳고 차가운 자가 틀림없을 터. 나를 죽이고 원하는 걸 가
져가시오. 그전에는 한 걸음도 내딛을 수 없을 것이오."

결연하게 말하고 천천히 검을 들어 장팔봉의 가슴을 겨눈다.

장팔봉은 그가 아깝다는 생각을 했다.

저만한 사내를 만나기란 쉽지 않을 것이다.

친구로 사귈 만한 자이지만 이런 곳에서 마주쳤다는 게 아쉽고, 그가 천화상단의 무사라는 게 분할 뿐이다.

월장을 해 들어왔을 때는 이미 마음을 독하게 먹었기 때문이고, 서슴없이 살계를 열리라 작정했기 때문 아니던가.

독하지 않으면 대장부가 아니라는 말처럼 독해져야 할 때는 제 몸뚱이라도 끊어 던질 수 있을 만큼 독해져야 하는 것이다.

"고통없이 죽여주지."

그게 장팔봉으로서는 지금 나대승을 위해 베풀어줄 수 있는 최대의 호의였다.

"감사하오."

빙긋 웃은 나대승이 '이얏!' 하는 기합성과 함께 검을 휘둘러 쳐들어왔다.

그는 평생 수련해 온 자신의 무공이 이 한 초식으로 모두 사라져 버리게 되리라는 걸 절실히 느끼고 있었다. 그러니 그 일격은 그의 평생을 모두 실은 것이었다. 그 어떤 자의 검격보다 무시무시하다.

땅—

장팔봉이 손등으로 그런 나대승의 검격을 쳐냈다.

그리고 남은 한 손을 불쑥 내민다.

픽!

그의 손가락 하나가 바위처럼 단단한 나대승의 이마 한복판을 뚫고 깊이 꽂혔다.

"……."

나대승의 눈이 찢어질 것처럼 커졌다. 핏발이 선다. 그리고 초점이 빠르게 사라져 버렸다.

신음 소리조차 없이 그가 주저앉듯이 스르르 무너졌다.

"으음—"

장팔봉의 침음성이 적막한 허공에 무겁게 퍼져 나갔다. 나대승의 죽음을 보면서 부드득 이를 간다.

"천화상단……."

그것에 대한 미움이 더욱 커졌다. 그만큼 진소소에 대한 원한도 더 커진다.

그러나 그건 어쩌면 나대승 같은 자를 죽여야만 했던 제 자신에 대한 미움인지도 몰랐다.

그것을 저를 이처럼 무정하고 비정한 놈으로 만들어 버린 진소소와, 그녀가 이끌고 있는 천화상단에 대한 미움으로 증폭시키는 것이다.

그가 천천히 후원을 벗어났다.

월동문을 지나 전원으로 나오자 거기 모여 서 있던 십여 명의 무사들이 우르르 물러선다.

잔뜩 겁먹은 그들을 보면서 장팔봉이 으르렁거리듯 말했다.

"가라. 지금 내 눈앞에서 꺼지는 자는 목숨을 구할 것이지만 그렇지 않은 자는 한 놈도 살지 못할 것이다."

무사들이 슬금슬금 눈치를 보더니 그 중 서너 명이 뽑아 들고 있던 검을 거두고 슬며시 돌아섰다.

남은 자들은 이를 악문 채 죽기를 각오한 얼굴로 장팔봉을 노려본다.

장팔봉은 정작 죽어야 할 자들은 바로 저렇게 떠나버리는 자들이라는 걸 알면서도 그렇게 할 수 없었다.

어금니를 악물고 손마디를 뚜두둑 꺾으며 저를 가로막고 있는 자들을 바라본다.

―서녕제일장이 털렸다.

―장주인 호금적이 죽었고, 총관 나대승은 물론 경비무사들도 대부분 죽었다더라.

―흉수가 천하제일의 고수라도 되는 거냐? 어떻게 그럴 수가 있지?

―천화상단에서 가만히 있지 않을 텐데…….

―서녕이 시끄러워지기 전에 일찌감치 떠나는 게 최고야.

그런 흉흉한 말들이 아침 일찍부터 온 서녕에 퍼져 나갔다.

서녕성 전체가 술렁이고 거기 머물고 있던 상인들은 서둘러 짐을 챙겼다.

곧 관병들이 성을 가득 메운 채 대대적인 수색을 벌일 게 뻔하지 않은가.

작은 트집만 잡혀도 목이 떨어질지 모른다.

그로부터 열흘이 지났다. 그러나 흉수에 대해서는 감감무소식이었다.

누구도 그가 왜, 무엇 때문에 감히 천화상단이 운영하는 전장을 털었는지 알지 못했다.

그것도 보라는 듯이 서녕제일장을 피바다로 만들어놓은 채 유유히 떠났으니 그 의도가 심히 의심스럽다고 수군거릴 뿐이다.

그로부터 다시 열흘이라는 시간이 흘렀다.

도지휘사의 보물을 훔친 자는 흔적없이 사라져 나타나지 않았고, 잔뜩 화가 난 도지휘사의 호통 소리는 언제나 다름없이 서녕성을 두려움에 떨게 만들었다.

소식을 듣고 급히 천화상단의 총단에서 달려온 자가 수습을 했는데, 서녕제일장이 지니고 있던 이만 냥의 현찰로 도지휘사의 보물 값을 변상해 주는 데에서 일단락을 지은 건 그나마 다행이었다.

그러나 서녕제일장은 더 이상 영업을 할 수 없게 되고 말았다.

지니고 있던 현찰을 모두 소진한데다가, 도지휘사의 미움을 받았고, 무엇보다 신용에 돌이킬 수 없는 흠이 남았기 때문이다.

서녕제일장이 문을 닫았다.

그 소문은 한동안 서녕성을 뒤숭숭하게 만들었다.

나머지 네 곳의 전장들은 혹시 자신들도 피해를 당할까 봐 전전긍긍했지만 더 이상 아무 일도 일어나지 않았다.

그렇게 스무날이라는 시간이 정신없이 지나가자 사람들은 조금씩 서녕제일장의 일을 잊기 시작했다.

하루하루의 삶이 고되고 바쁘기도 하려니와, 기억하고 있어봐야 두렵기만 할 뿐 조금도 행복해지지 않는 일이기 때문이다.

*   *   *

다시 십여 일이 지난 한 달 뒤, 장팔봉은 감숙 제일의 도성인 난주(蘭州)에 와 있었다.

서녕성과는 비교도 할 수 없을 만큼 크고 번화한 곳이다.

그는 여전히 면구를 쓰고 있었으나, 옷차림만은 몰라보게 바뀌어 있었다.

화려한 비단옷을 입고 당혜를 신었으며, 머리에는 관을 쓴 것이, 부유한 호족의 태가 났다.

짧은 수염을 붙이고, 쭉 찢어졌던 눈매를 내렸으며, 콧대를 조금 더 높이고 광대뼈가 드러나도록 한 건 목랍길의 솜씨였다.

그래서 장팔봉은 같은 면구를 쓰고 있으되 전혀 다른 사람처럼 보였다.

거들먹거리며 주루에 출입하는 건 물론, 보라는 듯이 펑펑 돈을 뿌려대기를 여러 날 동안이나 했다.

스스로 사천에 사는 등 가라고 했으므로, 난주성의 주루며 객잔, 기방 등에서는 사천의 부호인 등 대인이 왕림했다는 소문이 돌았다.

그는 서역에서 들어온 귀한 물품들을 구입하기 위해 은천으로 가는 길이라고 했는데, 아무도 그 말을 의심하지 않았다.

드디어 그가 은천으로 떠났다는 말이 돌았고, 그렇게 며칠이 지난 어느 날, 장팔봉이 불쑥 나타난 곳은 난주성에 있는 커다란 표국이었다.

운룡표국(雲龍鏢局).

난주성에서 제일 큰 표국이면서, 북으로는 몽고, 남으로는 사천과 귀주에 이르기까지 운송로를 확보하고 있는 이름난 표국이다.

등 대인이 왕림했다는 소리에 즉시 총관인 하후명이 허둥거리며 달려나왔다.

수하의 안내를 받으며 팔자걸음으로 들어오는 비단 화복의 사내를 보고 함빡 웃음을 짓는다.

"등 대인께서 여기는 어인 일이십니까?"

"왜? 나는 오면 안 되는 곳이오?"

"어디, 그럴 리가 있습니까? 하도 뜻밖이라 드린 말씀입지요."

총관 하후명이 손을 비벼가며 최대한 친절하고 사근사근하게 달라붙었다.

내방객을 잠시 쉬게 하는 난화정에 들자 아리따운 시비가 향기로운 차를 따라준다.

돈의 위력은 어디를 가든 위대했다.

총관 하후명은 등 대인이라는 사람의 근본을 알지 못한다. 그가 정말 사천에서 왔는지, 부호인지도 알지 못하는 것이다.

그러나 지난 열흘 동안 난주성을 떠들썩하게 한 그 이름은 들었다.

하후명에게는 오직 그게 중요할 뿐이다.

'그가 스스로 찾아온 것은 무언가 일거리를 맡기기 위해서이겠지. 그리고 그건 작지 않은 건수일 것이다.'

그런 생각으로 조심스럽게 장팔봉의 눈치를 살핀다.

찻잔을 내려놓은 장팔봉이 드디어 그가 고대하고 있던 말을 꺼냈다.

"나에게 한 가지 보물이 있는데, 이것을 맡기고 싶소."

"그러십니까? 그렇다면 아주 잘 찾아오신 겁니다. 저희 운
룡표국으로 말씀드리자면 난주성 내에서 가장 큰 표국일뿐더
러……."

"아, 됐소."

장팔봉이 손을 내둘러 그의 말을 막았다.

"신용이 확실하고, 어디든 고객이 원하는 곳이라면 가지
못하는 곳이 없으며, 운송을 맡은 화물에 대해서는 끝까지 책
임을 진다는 거겠지."

"그렇습니다. 게다가 저희 표국의……."

"아, 됐다니까. 운룡표국의 표사들은 하나같이 무공이 뛰
어나고 충직해서 어떤 물건이든 안심하고 맡겨도 된다는 말
아니오?"

"그, 그렇습니다."

"그런데 내가 부탁하려는 물건은 좀 귀한 것이라서 말이
야."

"어떤 물건을 맡기려고 하십니까?"

장팔봉이 품속에 손을 넣은 채 주위를 두리번거렸다.

그의 의중을 눈치챈 하후명이 웃으며 말한다.

"걱정하실 것 없습니다. 이곳에는 등 대인과 저밖에 없고,
명령이 없는 한 누구도 들어오지 못합니다."

"그래야지."

비로소 안심했다는 듯 고개를 끄덕인 장팔봉이 품에서 옥함 한 개를 꺼냈다.

손바닥 두어 개 정도 크기의 옥함인데, 그것 자체만으로도 꽤 값이 나가 보이는 귀한 것이었다.

"이걸 사천의 내 집까지 가져다주었으면 좋겠소."

"안에 무엇이 들어 있습니까?"

"그건 책임질 사람이 아니면 말해줄 수 없소."

"제가 이곳의 총관입니다."

"운송을 맡은 화물에 대한 모든 책임을 지고 있소?"

"그건 국주님만이 지실 수 있는 일이지요."

"그렇다면 당신은 물어볼 자격이 없소."

하후명이 곤란하다는 얼굴이 되었다.

"안의 물건이 무엇인지 알아야 운송 비용을 말씀드릴 수 있습니다."

"운송 비용은 내가 정하지. 무사히 내 집에 도착하면 그 즉시 삼천 냥을 주겠소. 선불로 일천오백 냥을 내고 나머지는 물건이 도착한 다음에 지불하는 조건이오."

"삼천 냥이라고 하셨습니까?"

"그렇소."

"허—"

하후명의 입이 딱 벌어진다.

이 조그만 옥함 하나를 사천까지 운송해 주는 데 삼천 냥이라면 과해도 이만저만 과한 금액이 아니었던 것이다.

그건 운룡표국이 일 년간 벌어들이는 운송비와 별 차이가 나지 않는 거금 아닌가.

"잠깐만 기다리고 계십시오. 소생이 국주님께 말씀을 드려 보겠습니다."

서둘러 난화정을 나가는 하후명의 뒷모습을 보던 장팔봉이 씩 웃었다.

第四章

또 하나의 흉계

鳳鳴刀
봉명도

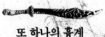

또 하나의 흉계

국주 전서국(全瑞國)은 올해로 예순여섯 살이라고 했다.

하지만 붉은 얼굴과 단단해 보이는 몸은 절대로 그 나이의 노인으로 보이지 않는다.

여느 장정 못지않은 괄괄함에 노숙함까지 더해져 범상치 않아 보이는 사람인 것이다.

강호에서는 비천응신(飛天鷹身)이라는 외호로 더욱 유명했는데, 그만큼 경공신법이 뛰어난 고수이기 때문이었다.

천화상단에서 난주의 운룡표국을 사들인 다음에 그를 끌어들여 국주의 일을 맡겼을 때는 그에 대한 믿음이 크기 때문이었다.

그가 무공은 물론 사업을 하는 수단 또한 뛰어난데다가, 강호의 정사 양도를 걷는 호걸들과의 교분도 원만했으므로 그만한 적임자를 따로 찾을 수 없었다.

그리하여 전서국을 국주로 영입한 지 오 년이 지났을 뿐인데 운룡표국은 난주는 물론 서안성에 있는 그 어떤 표국보다 크고 튼튼해졌다.

장차 중원 전체를 아우르는 대표국으로 발전하리라는 걸 누구나 믿어 의심치 않았다.

그래서 운룡표국은 천화상단이 일으킨 사업들 중 가장 성공한 대표적인 사업으로 꼽히기도 했다.

천화상단의 자랑거리인 것이다.

그 국주 전서국이 태연히 차를 마시면서 암암리에 장팔봉의 면면을 뜯어보았다.

'보통내기가 아니군.'

그런 느낌을 받는 건 장팔봉의 깊고 흔들림없는 눈길 때문이었다.

그저 돈만 많이 가지고 있는 부자가 아니라는 느낌이 온다.

이런 자들은 상대하기가 여간 까다로운 게 아니다.

전서국이 헛기침을 하고 나서 말했다.

"물건의 출처에 대해서 물어도 되겠소?"

"며칠 전 은천에 가서 서역의 상인들을 만났지요. 과연 내가 원하는 물건이 있기에 거금을 들여 구입한 것입니다."

사천에서 온 등 대인이 물건을 구입하기 위해 은천으로 떠났다는 소문이 파다하게 퍼졌던지라 전서국도 들어 알고 있었다.

그가 그곳에서 원하던 물건을 얻은 모양인데 그게 무엇인지는 알 수 없다.

장팔봉이 다시 말했다.

"내가 직접 사천의 내 집까지 가져가려고도 생각해 보았지만 나는 아직 이곳에 볼일이 남아 있는지라 당장 그럴 수 없소이다. 또한 이와 같은 귀물을 오래 품에 지니고 있으면 반드시 탈이 날 테니 걱정도 되고 말이오."

"우리 운룡표국에 맡긴다면 그런 걱정은 하지 않으셔도 좋소."

"바로 그렇기 때문에 이렇게 찾아온 것이지요."

"잘 결정하신 거요. 하지만 안의 물건을 확인해야 하오."

"믿지 못해서입니까?"

"확인하지 않으면 운송을 무사히 마치고 난 뒤에라도 문제가 생길 수 있기 때문이라오."

"내가 물건이 잘못 배달되었다고 생트집을 잡을까 봐서로군요?"

"뭐, 꼭 그런 건 아니더라도 표국의 관행이라고 이해해 주면 고맙겠소."

국주의 말이 간곡했지만 장팔봉은 단호한 얼굴로 고개를

가로저었다.

"나는 안의 물건을 그 누구에게도 보여줄 수 없습니다."

"그건 곤란한데……."

"일만 냥의 가치가 나가는 보물입니다. 표국의 정상적인 표행 대가라면 그것의 십분지 일인 일천 냥을 수고비로 받아야겠지요. 하지만 나는 그 세 배인 삼천 냥을 지불하겠다고 약속했소이다. 그렇다면 어느 정도의 예외는 허락해야 한다고 생각합니다만?"

거금을 지불하는 화주의 뜻이 우선되어야 하는 것 아니냐는 말이다.

그런 말귀를 알아듣지 못할 전서국이 아니었다.

그가 난감한 기색으로 망설일 뿐 대답하지 못하자 장팔봉이 제안을 했다.

"그럼 이렇게 합시다."

"말해보시오."

"이 자리에서 옥함을 봉인하는데, 국주와 내가 함께 봉인하는 거외다. 내 집에 무사히 배달되었을 때, 봉인이 그대로 있으면 아무 탈도 없다는 게 증명된 것이니 삼천 냥의 운송비를 기꺼이 드리겠소."

"음—"

"하지만 만약 봉인이 뜯겼거나, 뜯겼던 흔적이 있다면 그 안의 물건이 무사하다고 해도 운송비는 한 푼도 줄 수 없소.

게다가 운송 도중에 만일 물건을 분실하거나 강탈당하기라도 한다면 국주께서 책임을 지는 것이오."

"으음—"

"그럴 때 표국에서 배상해 주는 기준이 있을 테지요?"

"물론이오. 일천 냥 이하의 물건에 대해서는 세 배. 일만 냥 이하의 물건에 대해서는 다섯 배, 그 이상의 귀물에 대해서는 열 배의 배상을 약속하고 있소이다."

고가의 물건일수록 배상 비율도 높아지는 건 당연한 일이다. 그만큼 귀한 물건이기 때문이다. 따라서 표국의 책임도 중해지고, 운송비도 저가의 물건보다 훨씬 높게 책정될 수밖에 없다.

그러므로 일만 냥 이상의 가치가 있는 물건에 대해서는 그 가치의 십분지 일만큼을 운송비로 받는다.

그런데 장팔봉은 제가 맡기는 물건이 일만 냥의 가치가 있는 것이라고 장담하고 있었다.

정말 그만한 가치가 있는 것인지 감정해 볼 수는 없었지만, 그가 제시한 운송비는 기준보다 세 배나 높은 삼천 냥이었으니 국주 전서국으로서는 유혹을 뿌리치기 힘들었다.

그 어떤 사람이라도 그럴 것이다.

게다가 그 물건이라는 게 작은 옥함 안에 들어 있으니 운송하기도 간편하지 않은가.

고수가 품에 넣고 혼자서 가도 되는 일인 것이다.

오히려 그게 표국의 깃발을 내걸고 요란하게 표행에 나서는 것보다 안전할지도 모른다.

그런 저런 생각으로 망설이던 전서국이 드디어 결심을 했다.

"좋소. 하지만 세 겹의 봉인을 하도록 합시다."

"좋소이다."

그렇게 해서 운송이 결정되었다.

옥함을 국주와 장팔봉이 함께 봉인을 하고, 그것을 다시 구리 상자 안에 넣은 뒤 두 번째 봉인을 했으며, 다시 철 상자에 넣고 또 봉인을 했다.

그러자 이제 귀물이 들어 있는 상자는 목침만 한 크기가 되었다.

봉인이 끝나자 조금 전에 말한 내용을 그대로 문서로 작성하고 서로 지장을 찍었다.

그 모든 일이 끝나자 장팔봉은 그 자리에서 홍안석(紅眼石) 구슬 다섯 알을 선금으로 내놓았다.

누가 보아도 일천오백 냥의 가치가 충분해 보인다.

게다가 홍안석 자체가 귀한 보물인지라 전서국은 두말하지 않고 받아 넣었다.

그렇게 함으로 해서 드디어 위험한 운송 계약의 절차가 모두 끝난 것이다.

장팔봉이 돌아가고 나서 전서국은 고민에 빠졌다.

눈앞에 있는 상자를 뚫어지게 바라보는데, 그대로 밤을 새울 것 같았다.

"대체 이 안에 들어 있는 물건이 무엇이기에 그처럼 까다로운 조건을 제시했단 말이냐?"

궁금증을 참을 수 없다.

하지만 봉인을 뜯는 그 순간에 계약을 이행하지 못한 게 되니 뜯어볼 수가 없다.

삼천 냥이라는 막대한 운송비를 받고 못 받고를 떠나서 계약을 제대로 이행하지 못하면 운룡표국이 쌓아온 명성에 커다란 흠이 갈뿐더러 제 자존심이 상하게 되는 것이다.

그걸 생각하면 상자는 위험하기 짝이 없는 유혹 덩어리였다.

이걸 어떻게 운송할까 한참 고민하던 전서국은 결국 자신이 직접 몸에 지니고 가기로 결정했다.

다음날, 전서국은 간편한 차림으로 표국 내에서 무공이 뛰어난 표두 한 명과 눈치가 빠른 표사 한 명만 대동한 채 운룡표국을 나섰다.

먼 길을 가는 사람들이 흔히 그렇듯이 보퉁이 한 개를 등에 지고 있었다.

나그네의 보퉁이에는 옷과 신발 등 꼭 필요한 일상용품 몇 가지가 들어 있는 게 일반적이었다. 하지만 전서국은 그 보퉁이 속에 옥함이 든 상자를 넣어두고 있었다.

사소한 짐으로 위장을 하고 제가 직접 몸에 붙들어 맨 채 나선 것이다.

삼환표(三環鏢)로 불리는 표두 석추명과 표사 이몽환이 전 서국의 그림자처럼 곁에 따라붙었다.

그들은 마치 휴가를 받아 멀리 있는 혈족을 방문하러 가는 사람들처럼 보였다.

한가로운 걸음이고, 느긋한 여정이었던 것이다.

그들이 그렇게 아침 일찍 운룡표국을 나서자 거리를 빗질 하고 있던 초로의 구부정한 노인이 빗자루를 끌고 어슬렁거 리며 골목 안으로 들어가 사라졌다.

"방금 수하가 보고해 왔군요. 그들이 드디어 떠났답니다."

"그래?"

목랍길의 말에 침상에 누워서 빈둥거리고 있던 장팔봉이 즉시 뛰어 일어났다.

"그럼 따라가야지."

서둘러 옷을 입고 칼을 챙기는 그를 보면서 목랍길이 혀를 찼다.

"쯧쯧, 대체 그런 생각은 어떻게 하신 겁니까? 하나를 가르 쳐 주면 열을 아는 사람이 있다더니 장 대형이 바로 그런 사 람인 줄 이제야 알았소이다."

"원래 사람은 말이다, 나쁜 일은 노력하지 않아도 저절로 배우게 되는 거니라."

운룡표국을 턴다는 생각은 순전히 장팔봉의 머리에서 나온 것이었다.

처음 그의 계획을 들었을 때 목랍길은 멍하니 장팔봉을 바라보기만 했었다.

서녕제일장을 털자고 했을 때는 그렇게 망설이더니 이제는 제 스스로 기막힌 꾀를 내어가면서까지 또 다른 강도질을 하려고 하니 어이가 없었던 것이다.

장팔봉의 교활함에 무섭다는 생각이 들기도 했다.

어쨌거나 그게 다 천화상단을 무너뜨리기 위한 일 아닌가. 그래서 목랍길은 박수를 쳐줄망정 그런 장팔봉의 계획을 나무랄 수가 없었다.

한숨을 쉰 목랍길이 장팔봉의 얼굴을 만져 주기 시작했고, 그는 다시 전혀 다른 사람으로 변했다.

이번에는 짝눈에 주먹코, 입은 죽 찢어지고 광대뼈가 두드러진 못생기고 험악한 인상의 장한으로 거듭난 것이다.

거울을 들여다 본 장팔봉이 매우 만족한다는 듯 머리를 끄덕였다.

"이건 정말 재미있구나. 너는 보면 볼수록 재주꾼이다. 대체 이런 역용술은 언제 배운 거냐?"

"훌륭한 정탐꾼이 되려면 역용술은 기본 아니겠습니까? 내

솜씨가 그중에서도 좀 특출하기는 하지요."

"좋아, 좋아. 이제 되었으니까 너는 쑥 빠져 있어라. 이번 일은 나 혼자서 한다."

"예?"

엉뚱한 말에 목랍길의 눈이 휘둥그레졌다.

"못 들었어? 나 혼자서 하겠다고. 너는 사천으로 가서 얌전히 기다리고 있어라. 서둘러야 할걸?"

"사천에는 왜?"

"만월산장으로 가 있으란 말이다. 그럼 알게 돼."

만월산장은 창응방이 사천에 심어두고 있는 근거지였다. 창응방 내에서도 그런 곳이 있다는 사실을 아는 사람은 극소수에 불과하다.

창응방은 사천뿐 아니라 하남과 산동에도 그와 같은 은밀한 거처를 마련해 두고 방 중의 심복들을 수시로 보냈다.

그곳을 근거지 삼아서 중원의 소식을 시시각각 전해 듣는 한편, 중원으로 보낸 자들의 거점으로 삼고 있었던 것이다.

그러니 그들의 꿈은 단지 청해에만 있는 게 아닌지도 모른다.

외지인인 장팔봉이 그런 사실을 알 리가 없었다. 다만 사천에 만월산장이라는 곳이 있고, 그곳의 주인이 등 대인으로 행세하는 유령인간이라는 걸 목랍길에게서 들었을 뿐이다.

이번 일을 계획하자 한참 생각하던 목랍길이 부호로 행세

하려면 근거지를 가지고 있어야 할 것이라면서 만월산장에
대해서 말해주었던 것이다.

그것이 장팔봉이 지금까지 사천에서 온 등 대인으로 위장
하고 있는 이유였다.

장팔봉이 목랍길에게 히죽 웃어 보이고는 성큼성큼 방에
서 나갔다.

저자의 병기점에서 열 냥을 주고 산 칼 하나를 허리에 차고
있으니 누가 보든 인상 고약한 왈패로 여길 것이다. 산에서
만났다면 흉악한 산적이라고 믿을 그런 모습인 것이다.

그때에 전서국은 민산 높은 봉우리가 바라보이는 고개 아
래의 골짜기를 지나고 있었다.

협조하(峽洮河)라고 부르는 급류를 따라 올라가고 있는 중
이다.

사천에 가까워질수록 산은 험하고 골은 깊어졌다.

차마의 통행이 어려울 정도로 비탈지고 좁은 길을 벌써 몇
번이나 지났는지 모른다.

민산과 대파산으로 둘러싸여 있는 사천은 어느 곳에서 가
든지 편한 길이 없다.

깊은 산골과 급한 여울을 건너면서 전서국은 과연 등 대인
이 몸에 보물을 지니고 이와 같은 길을 가기에는 두려웠을 거
라고 생각했다.

산이 높으면 산채가 있고, 골이 깊으면 맹수가 있게 마련
아니던가.

그날 밤 전서국은 산중의 굴속에서 하룻밤을 보냈고, 다음
날 감조현(鑑洮縣)에 이르렀다.

이틀 사이에 그 험한 길을 무려 삼백여 리나 왔으니 어지간
히 서둘러 온 셈이다.

난주성에서는 보란 듯이 천천히 걷다가, 성을 나오기 무섭
게 걸음을 빨리해서 쉬지도 않고 날 듯이 온 것이다.

이 꺼림칙한 화물을 하루, 한시라도 빨리 목적지인 성도 외
곽의 만월산장(滿月山莊)에 전해주고 싶다는 생각이 간절했기
때문이다.

이 화물에서 벗어나야 비로소 두 다리를 쭉 뻗고 편하게 잘
수 있을 것이라고 생각한다.

하지만 일이라는 게 어디 사람의 뜻대로만 진행되던가.

언제 어디에서 예기치 못한 변수가 생길지 누구도 알 수 없
는 일이다.

전서국의 사천행도 그와 같았다.

나흘째 되는 날, 그는 협조하 상류, 민산의 눈 덮인 칼 같은
봉우리가 가까이 보이는 곳에 이르렀다.

그곳은 거칠고 사내답기로 유명한 강족(羌族)들의 땅이었
다.

그들은 한족과 달리 뼈대가 굵고 체구가 커서 장사가 많이

나왔다.

직선적이고 급한 성격이라 그들과 마찰이 생기면 곧장 목숨을 건 싸움으로 번지기 일쑤였다. 자존심이 강하고, 한족에 대한 미움이 크기 때문이다.

전서국은 극히 조심하지 않을 수 없었다.

이번 표행을 잘하면 큰 이득을 얻겠지만, 그렇지 않으면 여태까지 쌓아온 자신의 명성이 곤두박질치게 될 것이니 그렇다.

자신은 물론 운룡표국의 흥망이 이 한 번의 표행에 있다고 생각하자 부담감이 날이 갈수록 그의 두 어깨를 짓눌러댔다.

그래서 전서국은 뒤늦은 후회를 했다.

"거절할 걸 그랬다. 아무리 많은 돈을 준다고 해도 이런 모험은 하는 게 아니었어."

표두 석추명이 위로의 말을 했다.

"그렇지 않습니다. 국주께서 이렇게 몸소 나섰는데 잘되지 않을 리가 있습니까? 천하에 누가 운룡표국의 국주님을 곤란하게 할 수 있단 말입니까?"

그 말에 적잖이 위안을 받은 듯, 전서국이 빙그레 웃으며 석추명의 빈 잔에 넘치도록 술을 따라주었다.

그들은 강족의 고을인 오호촌(五戶村)에 들기 전에 우선 길가의 허름한 주막에서 잠시 쉬고 있는 중이었다.

오호촌은 말이 촌이지 골짜기에 오백여 가구가 모여 사는 강족의 큰 부락이었다.

사천으로 들어가는 길목에 자리 잡고 있으므로 평소에도 외지인들의 왕래가 잦은 터라 그곳의 강족들은 개방적이었다.

그렇지만 안심할 수 없다.

말 한마디라도 그들의 심기를 거스르는 소리를 했다가는 그들의 거센 칼을 받아야 하기 때문이다.

그래서 전서국은 그 오호촌에 머물지 않고 그대로 통과할 작정이었다.

그곳에 가면 깨끗한 잠자리를 마련할 수 있겠지만 그것보다는 위험 요소를 피하고 싶은 마음이 절실한 것이다.

비록 깊은 산중에서 노숙을 하게 되는 한이 있더라도 곧장 연화산(蓮花山)을 넘을 계획을 세우고 있었다.

그전에 밥과 술을 배불리 먹어둘 작정으로 열심히 먹고 마시는데 문이 벌컥 열리더니 한 사람이 안으로 쑥 들어왔다.

"어서 오시우."

주모 겸 점소이 겸 주방장을 혼자서 다 하던 노파가 반색을 하고 맞이한다.

체구가 듬직한 청년이었는데, 광대뼈가 튀어나오고 얼굴의 윤곽이 뚜렷하며, 뼈대가 굵어 보이는 것이 강족의 젊은이가 틀림없어 보였다.

막 사냥에서 돌아오는 길이라도 되는 듯 활과 몇 대의 화살이 아직 남아 있는 전통을 지녔고, 허리에는 칼을 차고 있다.

그를 훑어본 전서국은 저 위 오호촌의 청년이라고 단정했다. 늙은 주모가 반색을 하는 것으로 보아 익히 아는 사람인 것 같으니 그렇다.

낯선 청년에 대해서 경계심을 푼 전서국은 다시 먹고 마시기를 계속했다.

그러는 동안 머리 위에 있던 해가 어느덧 슬그머니 서쪽 산마루로 기울어지고 있었다.

"이제 그만 가자."

그가 일어서자 저쪽에서 늙은 주모와 시시덕거리고 있던 청년이 의아하다는 듯 돌아보았다.

"곧 날이 저물 텐데 묵고 가지 않는단 말이오?"

"길이 바빠서 그러네."

"그럼 저 위에 오호촌이 있으니 거기서라도 하룻밤 묵고 가시오. 어두워진 다음에 무사히 연화산을 넘은 사람은 아무도 없다오."

생긴 것과 달리 사근사근한 구석이 있는 청년이다.

전서국이 빙그레 웃으며 포권했다.

"형제의 충고는 고맙게 받겠네. 하지만 우리는 호랑이나 곰 같은 짐승을 무서워하지 않는다네. 갈 길이 멀고 시간이 촉박하니 그냥 지나가겠네."

청년이 안타깝다는 듯 혀를 차고 말한다.

"연화산에는 못된 짐승들뿐만 아니라 괴수며 요괴도 산다오. 그것들이 밤만 되면 온통 설치고 다니는 통에 오호촌의 용사들도 두려워하지. 그런데 고작 당신들 세 명이서 그 산을 넘을 수 있을 것 같소?"

전서국이 빙그레 웃었다.

무공이 무엇인지 모르는 순박한 청년이라고 생각하자 정감이 우러났던 것이다.

"우리가 무서워하는 건 짐승도 요괴도 아닌 바로 사람이라네. 하지만 자네의 말을 들어보니 밤에는 그 연화산에 들어가는 사람이 없겠군. 그러니 그거야말로 우리에게는 다행스런 일 아니겠는가?"

"어허, 이제 보니 당신들이 바로 요괴로구려? 그러니 요괴도 짐승도 무서워하지 않는 게지. 몰랐소이다, 몰랐어."

전서국의 말에 청년이 놀란 얼굴을 하고 손을 내둘렀다.

오호촌을 일부러 외곽으로 돌아가는데, 마주치는 강족의 사람들마다 이상하다는 듯 바라보았다.

날이 저물어가는 이때에 고작 얼굴 허연 한족 세 명이서 연화산으로 향하고 있었기 때문이다.

게다가 그중 한 명은 수염 난 늙은이가 아닌가.

뒤에서 손가락질하며 수군거리는 강족들을 외면한 채 전

서국은 걸음을 더욱 빨리했다.

마을을 돌아가려니 길이 아닌 곳을 갈 수밖에 없다. 험하고 거칠기가 과연 강족의 땅이구나, 하는 생각이 절로 들게 한다.

마을을 멀찍이 벗어난 곳에서부터는 경신술을 발휘해 날듯이 산을 타고 달렸다.

그들 중 표사인 이몽환의 경공신법이 가장 뒤떨어지는지라 그에게 보조를 맞추어야 하니 전서국으로서는 답답한 일이었다.

그러나 그가 땀을 뻘뻘 흘리고 거친 숨을 몰아쉬면서도 열심히 따라오고 있는 걸 보면 안쓰러워진다.

"여기서 좀 쉬었다 가자."

전서국이 넓고 평평한 바위를 가리켰다.

"한 바퀴 둘러보고 올 테니 잠시 기다리고 있어라."

이몽환과 석추명이 숨을 헐떡이며 앉아 쉬는 걸 본 전서국이 내쳐 몸을 날렸다.

골짜기와 산 능선까지 바람처럼 오가며 주변의 기척을 살핀다.

과연 사람의 기척이라고는 없었다. 뿐만 아니라 짐승의 기척도 없으니 저 아래 주가에서 만났던 강족 청년의 말이 허풍이었다고 여겨진다.

전서국은 멀리까지 잘 내다보이는 능선 위에 우뚝 섰다.

어둠에 함몰되어가고 있는 연화산의 높고 낮은 줄기와, 저 멀리 희뿌옇게 솟아 있는 민산의 고봉들을 바라보았다.

호연지기가 절로 인다.

가슴을 내밀고 크게 심호흡을 하자 단전에서 뜨거운 기운이 솟구쳐 사지백해를 타고 달려갔다.

상쾌하기가 이루 말할 수 없다. 몸과 마음이 최상의 상태인 것이다.

지금 같아서는 그 어떤 요괴, 괴수는 물론 막강한 강호의 고수가 덤빈다고 해도 죄다 물리칠 수 있을 것 같았다.

"감숙 땅에서 누가 감히 나 비천응신 전서국을 무시할 수 있으랴."

허공에 대고 그렇게 말하자 자부심이 구름처럼 일었다.

그는 단지 경공신법만 뛰어난 게 아니라 지난바 무공 또한 특출하게 높았는데, 그중에서도 한 자루의 연검을 잘 썼다.

회초리처럼 낭창거리는 검으로 사방을 휩쓸어가는 질풍검(疾風劍) 이십사식은 강호의 고절한 절기로 꼽힌다.

그 밖에 권장의 수법에 있어서도 전서국은 박투의 고수들을 우습게 여길 만큼 대단했다.

게다가 육십 년 동안이나 쉬지 않고 수련하여 지니게 된 내공 또한 막강하고, 신공이라 할 수 있는 호신기공마저 익히고 있지 않은가.

그러니 자부심과 함께 자신감이 크지 않을 수 없다.

그가 한껏 도도해져서 시원한 바람에 수염을 날리며 우뚝 서 있는데, 잿빛 땅거미를 뚫는 날카로운 바람 소리가 들려왔다.

"응?"

깜짝 놀란 전서국이 본능적으로 손을 휘둘렀다.

위잉—

강한 힘이 실린 화살 한 대가 그의 손에 맞아 튕겨져 나간다.

손등이 얼얼해지는 것이어서 전서국은 크게 놀랐다. 가슴이 서늘해진다.

"누구냐!"

날카롭게 외치자 다시 한 대의 화살이 대답해 왔다.

피잉—

그것이 허공을 가르는 소리가 끔찍하게 들린다.

완연히 어두워지고 있는 날이라 쏟아져 온 화살을 눈으로 확인하기가 쉽지 않았다.

소리와 감각에 의지할 수밖에 없다.

"흥!"

전서국이 코웃음을 치며 다시 그것을 쳐냈는데, 조금 전보다 더 큰 힘이 실린 화살이었다.

부르릉, 하고 떨리는 소리를 내며 튕겨져 나가는 그것에 등골이 오싹해진다.

누구인지 팔 힘이 대단한 자가 틀림없었다.

이와 같은 힘이 실린 화살이라면 빠르기가 다른 것보다 배는 더할 것이니 바위라고 해도 뚫을 것이다.

전서국은 세 번째 화살이 날아올 것에 대비해 잔뜩 경계하며 사방을 두리번거렸다. 그리고 저쪽, 골짜기 건너편 소나무 아래 우뚝 서 있는 자를 비로소 발견했다.

빠르게 짙어지고 있는 땅거미 속이라 누구인지 알아볼 수가 없다.

하지만 요괴도 아니고 괴수도 아닌 사람이 분명하다.

전서국이 허리를 쭉 펴고 잔뜩 힘을 실어 소리쳤다.

"누구냐? 나는 짐승이 아니라 사람인데 어찌 나에게 활을 쏜단 말이냐?"

저쪽에서는 아무 대답이 없었다.

그자가 시위에 다시 한 대의 화살을 걸고 있었다.

힘껏 당기는가 싶었는데, 퉁— 하고 활시위 튕기는 소리가 울렸다.

씨이—

거의 동시에 매서운 바람 소리를 내며 화살이 지척에 쇄도해 든다.

그 빠름에 눈이 휘둥그레지면서도 전서국은 역시 손을 휘둘러 그것을 쳐냈다.

"저놈이?"

자신을 놀리고 시험해 보는 거라고 생각한 전서국은 바짝 약이 올랐다. 화가 난다.

"이놈, 게 있어라!"

그가 버럭 외치며 바위를 박차고 몸을 날렸다. 한줄기 급한 바람이 되어 쏘아져 나간다. 괴한이 날린 화살보다 오히려 빠르고 맹렬한 것 같은 경공신법이었다.

그것을 보았다면 누구나 과연 비천웅신이라는 별호가 아깝지 않다고 생각할 것이다.

피잉—

그가 골짜기를 한숨에 날아 건너는데 또 한 대의 화살이 마주 쏘아져 왔다.

전서국의 놀라운 경공신법에 화살의 번갯불 같은 속도가 더해졌으니 누구라도 그것을 피할 수 없을 것이다.

그러나 전서국의 운신법은 보는 이의 혀를 내두르게 할 만했다.

그가 몸을 쭉 펴더니 화살이 정수리에 박힐 것 같은 순간에 재빨리 뒤집은 것이다.

허공 중에서 그렇게 하기를 마치 제 방바닥에서 뒹굴 듯했다.

간발의 차이로 강전이 이마를 스치고 가슴을 스쳐 발끝으로 빠져나갔다.

그 즉시 다시 몸을 뒤집어 바로 한 전서국이 벼랑 가의 나뭇가지를 가볍게 걷어찼다.

그 작은 탄력을 빌어 더욱 쏜살같이 날아 골짜기를 단숨에 건너뛰어 버린다.

그토록 궁사에 능숙한 괴한이 아직 시위에 화살을 다 걸지 못했을 만큼 눈부신 경공신법이었다.

상대를 지척에 둔 허공에서 전서국은 비로소 그자의 면목을 알아볼 수 있었다.

"이놈!"

그가 더욱 노하여 크게 외치는 건 괴한이 바로 오호촌 아래의 주가에서 만났던 그 청년이기 때문이다.

저를 속였다는 생각에 분노가 한껏 치솟은 전서국이 일장에 때려죽이겠다는 듯 맹렬한 장력을 쏟아냈다.

청년이 활을 휘둘러 머리 위에 떨어지는 손을 후려쳤다.

그것이 전서국의 팔목을 정확하게 때렸으나 우지끈, 하고 부러질 뿐, 장력은 여전히 거침없이 쏟아져 들어왔다.

청년이 당황한 걸음으로 이리저리 몸을 움직여 가까스로 그 일장을 피했다.

쾅!

그것이 헛되게 노송을 후려치자 그 큰 나무가 곧 부러질 것처럼 휘청거리며 쏴아아, 하는 소리를 낸다.

놀란 청년이 재빨리 몸을 돌려 달아나기 시작했다.

노루처럼 가볍고 빠른 발길이었다.

그러나 전서국의 경공신법을 어찌 뿌리칠 수 있을 것인가.

"이놈!"

그의 외침이 터진 순간 청년은 금방 전서국의 손에 목덜미를 움켜잡힐 것 같았다.

그런데 운이 좋았던 것인지, 그걸 알고 피한 것인지, 청년이 넘어질 듯이 앞으로 기우뚱, 몸을 기울였다.

교묘하게 전서국의 일초 창응박서(蒼鷹搏鼠)의 고절한 금나수에서 빠져나간 것이다.

청년은 제가 막 죽음의 문턱에 발을 딛었다가 뺐다는 걸 모르는 듯 죽어라고 앞만 보고 달리기 시작했다.

어둠이 짙어져 가는 숲 속이건만 돌부리에 차이는 일도 없고, 나뭇가지에 부딪치는 일도 없이 쏜살같이 달아난다.

하지만 그가 아무리 놀란 노루처럼 재빠르다고 해도 전서국을 따돌릴 수는 없는 일이었다.

얼마 가지 못해서 다시 뒷덜미에 찬바람이 와 닿는다.

청년은 뒤에도 눈이 달려 있는 것 같았다. 뒤돌아보지도 않은 채 커다란 나무 둥치를 안고 돌아갔다.

퍽!

다시 전서국의 일장이 애꿎은 나무 둥치만 가격했다.

"이 미꾸라지 같은 놈!"

잡힐 것 같으면서 잡히지 않고, 맞을 것 같으면서 간발의 차이로 빠져나가는 청년에 대해서 전서국의 화는 극에 달

했다.

발끝에 힘을 주어 땅을 걷어차고 더욱 맹렬하게 뒤쫓는다.

그러자 청년의 발길도 그만큼 빨라졌다. 여전히 잡힐 듯 말 듯한 거리를 유지하면서 달아나는 것 아닌가.

평소의 냉정함을 유지했다면 즉시 이상하다는 생각을 했을 테지만, 극도로 화가 나 있는 전서국은 그러지 못했다.

한 발만 내딛으면 뒷덜미를 움켜쥘 수 있을 것 같으니 더욱 그렇다.

닿을락 말락 하면서 언제나 한 걸음 앞서 있는 청년에 대한 미움과, 반드시 잡고야 말겠다는 투지가 더욱 커질 뿐이다.

그래서 전서국은 내공을 최대로 끌어올려 자신의 장기인 표풍보(飄風步)에 더욱 힘을 실었다.

슈앙—

그의 신형이 쭉, 늘어나는 것처럼 보였다.

드디어 청년의 뒷덜미가 코앞에 있다. 손을 뻗어 그것을 잡아채려던 전서국이 '어?' 하고 놀란 소리를 냈다.

청년의 모습이 꺼진 것처럼 갑자기 사라져 버리고, 발밑이 허전해졌던 것이다.

놀란 그가 번쩍 정신을 차렸을 때 그는 몸의 중심을 잃고 허공에서 곤두박질치고 있었다.

전서국의 손끝이 뒷덜미에 닿은 순간 청년이 불쑥 몸을 낮추어 주저앉았던 것이다.

그것뿐이라면 놀라지 않았을 텐데, 빙글 몸을 돌리더니 한 발을 슬쩍 뻗어 발목을 걷어내는 것 아닌가.

그렇게 빨리 달리던 몸의 방향을 아무렇지도 않게 틀기란 힘든 일이다. 아니, 불가능하다고 해야 하리라.

그것을 청년은 쉽게 해냈다.

주저앉는 것으로 속도를 떨어뜨렸고, 맴도는 것으로 앞으로 쏠리는 힘을 분산시켰던 것이다.

그리고 의외의 발재간까지 부렸으니 전서국으로서는 놀라고 당황하는 게 당연한 일이었다.

'속았다!'

비로소 그런 생각이 들지만 그때는 이미 그의 몸이 중심을 잃고 처박히고 있는 중이었다.

바위에 이마를 찧을 형편이다. 세게 던져진 박처럼 깨져 버리리라.

놀란 전서국이 '이얍!' 하는 우렁찬 기합성을 터뜨렸다.

한 손을 불쑥 뻗어 강하게 바위를 후려친다.

쾅!

어깨가 밀려들어 가는 듯한 고통을 느끼고 이를 악물어야 했지만 바위에 머리를 부딪치는 꼴은 가까스로 면했다.

눈 깜짝할 순간에 보여준 임기응변의 반응은 역시 그가 절정의 고수라는 걸 증명해 주고도 남았다.

재빨리 몸을 뒤집어 바로 세운 전서국이 놀란 눈으로 청년을 바라보았다.

그는 십여 걸음 떨어진 저쪽 나무 아래에 서서 히죽히죽 웃고 있었다.

술래를 놀리는 것 같기도 하다.

그러나 전서국은 이제 무턱대고 화를 낼 수 없었다.

등줄기에 식은땀이 나도록 위험한 상황을 겪고 난 뒤라 더욱 그렇다.

노여움으로 끓어오르던 마음이 싸늘하게 가라앉으면서 정신마저 새롭게 든다.

"너는 누구냐?"

그가 함부로 움직이지 않고 굳건하게 서서 물었다.

신중하기 짝이 없는 음성이었다.

第五章
열 배를 변상해라

鳳鳴刀
봉명도

열 배를 변상해라

　울퉁불퉁하게 생긴 청년과 전서국의 눈길이 십여 걸음을 사이에 두고 치열하게 얽혔다.

　전서국은 날카로운 눈으로 청년의 면면을 거듭 훑어보았다.

　그저 평범한 강족의 청년으로 보일 뿐, 고수다운 기도가 없다. 하지만 전서국은 이제 조금도 방심할 수 없었다.

　그가 다시 물었다.

　"너는 누구냐?"

　청년이 히죽, 웃는다.

　"알 것 없어."

"원하는 게 있을 테지?"

"괜히 골리기야 하겠어?"

"으음—"

느물거리는 청년의 말대답에 전서국은 다시 울화통이 터지려고 했다.

그러나 애써 억누른 그가 침중한 음성으로 말했다.

"네가 무엇을 원하든 소용없을 것이다. 그러니 하나뿐인 목숨이나 잘 간수하고 어서 떠나도록 해라."

청년이 턱짓으로 전서국이 둘러메고 있는 보따리를 가리키며 즉각 그의 말을 받아친다.

"그걸 건네주면 너의 하나뿐인 목숨을 멀쩡하게 살려주지. 그게 낫지 않겠어?"

"이놈이?"

청년의 무례한 말에 발끈했지만 전서국은 다시 냉정을 되찾았다. 본심을 감춘 채 타이르듯 말한다.

"나그네의 보따리 속에는 냄새 나는 옷이 있을 뿐인데 그것을 빼앗아서 무엇 하려고?"

청년이 히죽 웃었다.

이미 다 알고 있다는 듯한 웃음이다.

"냄새 나는 옷은 네가 갖고, 그것들 속에 있는 상자만 나한테 주면 돼."

"무엇이?"

전서국은 크게 놀라 저도 모르게 한 걸음 물러섰다.

머릿속에서 생각들이 무수히 얽히기 시작한다.

'이놈이 어떻게 그걸 알았을까?' 하는 것과, '이놈의 배후가 누구일까?' 하는 생각이 가장 먼저 들었다.

자신이 보물 상자를 지고 간다는 걸 아는 사람은 극소수에 불과하다. 그것도 모두 표국 내의 사람일 뿐이다.

그러니 낯선 강족의 청년이 하는 말에 더욱 놀라지 않을 수 없다.

"네가 그것을 어떻게 알았느냐? 누구의 사주를 받은 거지?"

"흐흐, 사천의 등 대인이 은천에서 구입한 보물을 운룡표국에 맡겼다는 건 이미 난주성에 다 알려진 사실이다. 등 대인이 표국에 괜히 들어갔겠어? 그리고 그가 다녀간 다음날 아침 일찍 국주 나리께서 손수 등짐을 지고 길을 나섰으니 세 살 먹은 애라고 해도 그만한 추측을 하지 못할까?"

"으음—"

청년의 말을 들은 전서국이 잔뜩 얼굴을 찌푸렸다.

'아뿔싸, 경솔했구나.'

그런 후회가 들지만 이미 엎질러진 물이다.

난주성 내에서 사천 등 대인의 행보는 언제나 사람들의 눈을 끌었다. 그만큼 위세를 떨면서 보란 듯이 설쳐 댔던 것이다.

그런 터라 그가 은천으로 보물을 사러 간다는 것 또한 공공 연한 비밀이었다.

그리고 무사히 은천에서 돌아왔으며, 돌아온 즉시 운룡표 국으로 들어갔다 나왔으니 누구나 추측할 만한 일이다.

그런 걸 좀 더 세심하게 생각했어야 한다는 후회가 드는 건 자신이 너무 서둘렀다는 걸 깨달았기 때문이다.

등 대인이 다녀간 다음날 아침 일찍, 그것도 국주라는 자가 마치 여느 집의 늙은이처럼 수수한 옷차림으로 손수 봇짐을 지고 나섰으니 눈치 빠른 자라면 죄다 수상하게 여겼을 것이다.

하지만 그렇다고 해도 강족의 청년 혼자서 이런 일을 도모 했을 리 없다고 여긴 전서국이 다시 물었다.

"누가 시킨 일이냐?"

"흐흐, 역시 보물이 그 봇짐 안에 있는 모양이군."

"누가 시킨 일이냐고 물었다."

"당신만 능력있는 주인을 섬기는 게 아니란 말씀이야. 나에게도 물론 능력이 신과 같으신 주인님이 계시지. 그분이 시키셨다."

"그게 누구지?"

"말해줘도 당신은 알지 못할 거야."

"좋다. 그거야 너를 붙잡아 다그치면 털어놓지 않을 수 없 겠지."

전서국은 그자가 누구인지 반드시 알아내야 한다고 생각했다.

청년을 사로잡은 다음에 무지막지한 고문을 해서라도 반드시 밝혀낼 작정으로 내심 이를 간다.

그러나 겉으로는 여전히 침중하고 느긋하게 말한다.

"이 보물이 내 손에 있는 이상 이것은 곧 천화상단의 손에 있는 것이라고 해도 틀린 말이 아니다. 그건 알고 이와 같은 수작을 꾸민 것이냐?"

"내 주인님은 말이지, 천화상단인지 뭔지를 아주 개똥보다도 못하게 여기시거든. 그러니 괜한 말로 겁주려고 해봤자 입만 아플 뿐이야."

"으음—"

청년의 거침없는 말에 전서국이 잔뜩 얼굴을 찌푸렸다.

천화상단의 배후에는 무림을 장악하고 있는 패천마련이라는 절대적인 힘이 있다는 걸 세상이 다 안다.

그런데도 천화상단의 이름이 통하지 않는다는 건 주인이라는 자가 이놈의 말처럼 정말 그렇게 대단한 자이거나, 아니면 아무것도 모르는 촌뜨기일 것이다.

전서국은 후자라고 판단했다.

이처럼 외진 곳에 숨듯이 살아가고 있는 강족이니 세상일에 밝을 리가 없을 것이기 때문이다.

'표국 내에 내통자가 있거나, 아니면 난주성 중에 강족의

하수인이 있는 모양이군. 그자가 이놈의 주인이라는 자에게 정보를 주었을 것이다.'

그렇게 생각한 전서국은 이번 일을 마치고 나면 표국은 물론 난주성을 이 잡듯이 뒤져서라도 그 내통자를 색출해 내겠다고 결심했다.

그가 엄중한 얼굴로 청년을 바라보며 말했다.

"너의 재주가 특이하다는 걸 인정하지. 하지만 내 손에서 보물을 빼앗아갈 수 있을 만큼 대단할까?"

청년이 히죽 웃는다.

"말이 많은 늙은이네. 살아서 내놓든지 죽어서 내놓든지 둘 중 하나를 선택해."

전서국은 더 이상의 말이 필요치 않다는 걸 알았다. 그렇다면 힘으로 해결할 수밖에 없다.

"이얏!"

그가 우렁찬 호통을 터뜨리며 갑자기 몸을 밀어냈다.

미끄러지듯이 청년의 앞으로 쇄도하는데, 열 걸음의 공간이 순식간에 사라진다.

그는 여전히 자신의 표풍보라면 이 고약한 놈을 단번에 붙잡을 수 있을 것이라고 믿었다.

그러나 청년의 움직임은 그의 상상을 깨뜨리는 것이었다.

눈앞이 번쩍, 한순간에 이미 그의 모습이 꺼지고 없다.

"엇?"

전서국은 깜짝 놀랐다.

머리 위로 서늘한 바람 한줄기가 불어갔기 때문이다.

획, 돌아서니 어느새 청년이 등 뒤에 내려서고 있지 않은가.

"이제 보니 알려지지 않은 고수였구나. 인정해 주지."

얼굴을 딱딱하게 굳힌 전서국이 허리춤을 더듬었다.

창— 하는 낭랑한 소리와 함께 허리띠처럼 두르고 있던 연검이 갑자기 모습을 드러냈다.

그의 손안에서 이리저리 흔들리면서 새파란 검광을 뿜어낸다.

수많은 도적은 물론, 강호의 고수라고 하는 자들의 피를 빨아들인 연검이었다. 몇 명이나 되는지 헤아릴 수가 없다.

그것을 손에 쥔 전서국은 부쩍 투지가 솟구쳤다. 자신감으로 충만해진다.

"칼을 뽑아라."

눈짓으로 가리키며 근엄하게 말하자 청년이 또 히죽 웃었다. 천천히 허리에 차고 있던 칼을 뽑는데 조금도 두려워하지 않는 모습이었다.

전서국은 그런 청년의 느긋함에 비위가 상했다.

"놈. 지금의 마음이 조금 뒤에도 여전할 것인지 궁금하구나."

"흐흐, 늙은이가 조금 뒤에도 지금처럼 큰소리칠 수 있을

지 그것도 궁금하군."

청년이 지지 않고 대꾸한다. 그게 전서국을 더 짜증나게 했다.

병장기를 쥐고 있는 이상 맨손으로 투덕거릴 때와는 사정이 다르다.

아차 하면 중상을 입거나 목숨을 잃을 수 있는 상황이 수시로 발생하는 것이다.

그것을 잘 알기에 전서국은 신중해질 수밖에 없었다. 그러나 청년은 마치 재미난 놀이라도 하는 사람 같았다.

아무런 조심성도 없이 칼을 빙글빙글 돌리며 히죽히죽 웃어댄다.

전서국이 그런 청년을 향해 엄중한 얼굴로 마지막 경고를 했다.

"내 검이 무정하다고 원망하지 말거라."

"그참 말 많은 영감일세. 뒈지든 병신이 되든 조금도 원망하지 않을 테니까 어서 해보라고."

"으음—"

낯을 찌푸렸던 전서국이 이번에는 기합성도 없이 들이쳤다.

휙, 하는 파공성이 들린 순간 그의 연검이 낭창거리며 허공을 수십 가닥으로 쪼개놓는다.

검끝이 한시도 가만히 있지 않고 요사하게 움직이니 대체 어느 곳으로 쳐들어오고, 어디를 찌르려는 것인지 종잡을 수가 없다.

"이건 제법인걸? 늙은이의 솜씨치고는 칭찬해 줄 만해."

청년이 성큼성큼 두 걸음을 물러서면서 이죽거렸다.

그는 아직 칼을 뻗어내지도 않았다. 여전히 경박스러울 정도로 빙글빙글 돌리면서 좌우로 몸을 움직일 뿐이다.

그의 그러한 보법은 신묘하다고밖에는 할 수 없었다.

전서국은 눈을 부릅뜨고 보았으나 청년이 대체 어느 방위로 어떻게 움직일 것인지 조금도 짐작할 수 없었다.

아니, 짐작은커녕 지금 제 눈앞에서 가볍게 움직이고 있는 그 방위마저 이해할 수가 없다.

자신의 검끝이 향하는 곳보다 언제나 한 발 앞서서 움직이고 있으니 이건 사람을 상대하는 게 아니라 허깨비를 상대하고 있는 것 같았다.

"네놈은 이제 보니 사람이 아니라 연화산에 산다는 요괴였구나!"

놀란 전서국이 악을 쓰듯 외치며 더욱 검법을 빨리하여 사방팔방에 번쩍이는 검광을 정신없이 뿌려댔다.

그의 질풍검 이십사식은 그 쾌속함과 어지러움으로 정평이 나 있는 강호의 절기다.

전서국은 여태까지 숱한 험경을 겪고, 무수한 싸움을 해왔지만 자신의 질풍검 이십사식을 완전히 풀어내 본 적이 거의 없었다.

몇 초식만으로도 강호의 고수라고 하는 자들을 제압하기에 충분했던 것이다.

그런 만큼 제 검법에 대한 자부심이 신법에 대한 것 못지않게 높았는데, 이번에는 사정이 달랐다.

괴청년이 자신의 검로를 낱낱이 알고 있는 것처럼 언제나 앞질러서 움직여 신묘한 절초들을 무산시켜 버리지 않는가.

전서국의 가슴이 사뭇 떨려오기 시작했다.

'이놈은 나를 놀리고 있다.'

그런 생각을 지울 수가 없었다.

청년은 확실히 전서국보다 한 호흡 빠르게 움직이고, 한 걸음 앞서 보고 있었다.

솜씨의 차이가 어지간히 나지 않고서는 그렇게 할 수 없는 일이다.

그런 사실을 전서국은 받아들일 수 없었다. 인정하고 싶지 않다.

아무리 보아야 채 서른 살도 되어 보이지 않는 놈 아닌가. 그런데 어떻게 육십 평생을 수련한 저보다 고수일 수 있겠는가? 하는 오기만 생길 뿐이다.

강호에서는 언제나 그렇게 될 수 있는 가능성이 있다.

기연을 얻었거나, 훌륭한 사부를 만났거나, 타고난 자질이 특출한 자들이 왕왕 있는 것이다.

하지만 전서국은 그게 눈앞의 이 괴청년이라고는 믿고 싶지 않았다.

"이얍!"

그가 발악하듯 외치며 검에 더욱 내력을 집중해 질풍검의 절초 중 절초라고 자부하는 쾌검초식을 펼쳐 신랄하게 들이쳤다.

일기만천(一氣滿天)하고 검광이 표홀한 것이 과연 절초라고 불리기에 손색이 없다.

호기심으로 눈을 반짝이며 그것을 바라보던 청년이 '으흠—' 하고 감탄성을 흘렸다.

어지럽게 보법을 밟아 전후좌우로 쉴 새 없이 움직이며 고개를 끄덕인다.

"이 한 초식은 정말 훌륭해. 늙은이라고 얕보았다가는 큰코다칠 뻔했어. 하지만 무언가 아쉬워, 아쉽단 말이다."

"무슨 헛소리냐?"

악에 받친 전서국이 더욱 검을 어지럽게 휘둘러 긋고 찌르고 찍어댄다.

그 재빠름은 눈으로 확인할 수 없을 정도였다.

휘파람을 부는 것 같은 파공성과 함께 흉흉한 살기가 사방에서 죄어들어 살갗이 따가울 정도지만 청년은 조금도 당황하지 않았다.

여전히 보법과 운신법만으로 그 치열하고 쾌속한 검격을

흘려보내면서 중얼거린다.

"이크, 이 변화는 정말 절묘하다. 아쉽구나. 팔만 뻗을 게 아니라 어깨도 같이 내밀었다면 나를 찌를 수 있었을 텐데 말이다."

"어이쿠, 큰일 날 뻔했다. 그러나 여전히 아쉬워. 손목의 힘을 조금 더 빼야겠다. 그래야 검봉의 방향을 재빠르게 바꿀 수 있지. 이 초식은 그게 요령이겠는걸?"

"이건 틀려먹었어. 연검을 도끼처럼 휘둘러서 뭘 어쩌겠다는 거냐? 제가 사용하고 있는 병장기의 특성을 잊기라도 한 거냐?"

"그게 아니지. 빠르거나 현란하거나 둘 중에 하나만 택해야지. 현란함을 생각하니까 빠름이 줄어들고, 빠름을 생각하니까 검법의 변화가 무뎌지잖아."

이건 대적과 싸우는 게 아니라 마치 스승이 제자를 가르치기라도 하는 것 같았다.

"제기랄! 그만두자, 그만둬!"

전서국이 버럭 외치더니 제 연검을 내팽개치고 훌쩍 뛰어 물러섰다.

그의 손에서 떠나본 적이 없는 연검이 땡그랑, 하고 덧없이 떨어져 나뒹군다.

그것을 바라보는 전서국의 얼굴이 참혹해졌다. 울 듯하다.

"그만 놀려라. 나는 죽었다가 깨어나도 너의 적수가 되지 못한다는 걸 인정하마."

그는 낙심이 지나쳐서 완연히 상심한 사람이었다.

곁의 바위 위에 털썩 주저앉더니 손사래를 친다.

"졌다. 나의 질풍검 이십사식마저 낱낱이 깨졌으니 이제 더 이상 너를 상대할 수단이 없어. 그러니 죽이든지 살리든지 네 마음대로 해라."

고개를 갸웃거리던 청년이 히죽 웃었다.

"제법 강단이 있는 영감이었군. 나는 그런 자를 좋아하지. 죽이기에는 아깝잖아?"

"그렇다면 내 스스로 죽어 주지."

전서국이 한 손을 번쩍 들었다. 자신의 천령개를 깨뜨려 자결하려는 것이다. 그것만이 이 수치에서 벗어날 수 있는 유일한 길이라고 믿는다.

휙—

그러나 그는 마음대로 죽을 수도 없었다.

코앞에 바람이 왈칵 달려드는가 싶었는데 어느덧 그의 손은 청년의 억센 손아귀에 꽉 붙잡혀 있었다.

"이렇게 죽는 건 너무 허망하지 않겠소?"

"네가 상관할 일이 아니다. 그동안 쌓아온 명성이 한순간에 무너지고 부끄러움밖에는 남지 않았으니 치욕스럽게 사는 것보다 깨끗하게 죽는 게 나을 것이다."

"그렇지 않소, 그렇지 않아. 오늘의 일은 그대가 알고 내가 알 뿐인데 무슨 무너지고 말고 할 게 있단 말이오?"

"응?"

전서국이 다른 눈으로 청년을 바라보았다.

건방지고 비웃는 투였던 그의 말투마저 바뀌어 있었으니 어리둥절하다.

"나를 끝까지 노리개로 삼을 작정이냐?"

"천만에. 나는 다만 당신 같은 사람이 여기서 헛되게 죽는 게 아깝다고 여길 뿐이오."

"……."

"생각해 보시오. 당신이 죽든 말든 상관없이 나는 내가 원하는 물건을 가지고 갈 텐데, 그러면 당신의 몸뚱이는 곧 산짐승들이 달려들어 서로 다투어가며 물어뜯게 될 것 아니겠소? 형체는커녕 뼈다귀마저 온전하게 보존할 수 없게 될 것이오."

"으음—"

"결국 해골만 남아서 굴러다니다가 그것마저 까마귀들의 똥으로 더러워지고, 지나다니는 여우의 발길에 채여 저 아래 골짜기로 굴러떨어지면 박살이 나 흩어지고 말 것이오."

청년의 말은 듣기만 해도 끔찍하기 짝이 없었다. 전서국의 낯빛이 창백해진다.

"그렇게 시체마저 보존하지 못하고 죽어서야 어디 효자라고 할 수 있겠소? 부모님으로부터 물려받은 몸뚱이를 그 지경으로 만들어서는 안 되지."

그 말에 전서국의 창백한 볼을 타고 두 줄기 뜨거운 눈물이 줄줄 흘러내렸다.

그는 부끄러운 줄도 모르고 청년 앞에서 목놓아 울었다.

제 지나온 삶이 허무해지는 중에 걷잡을 수 없는 비통함이 밀려들어 그를 더욱 무기력하게 만들었다.

그가 지고 있던 보따리를 통째로 청년에게 건네며 말했다. 울음이 반이나 섞여 있는지라 알아듣기 힘들다.

"가져가라, 가져가. 오늘날 내가 욕심에 눈이 어두워 이 물건을 맡았으니 내 잘못이라고 할 수밖에."

"어디 당신에게 잘못이 있겠소? 보물이 횡액을 가져다준다는 말이 맞는 말이지."

"너의 이름이라도 알자. 그래야 돌아가서 누구에게 빼앗겼노라고 말이라도 할 수 있을 것 아니겠느냐?"

"내 이름을 말해줘 봐야 아는 놈도 없을 텐데 무슨 소용이오? 그냥 아무 이름이나 말해주시오. 그들도 모를 테고 당신도 모르니 상관없지 않겠소? 게다가 나는 오직 주인의 명령에 충실한 종에 지나지 않는데 내 이름은 알아서 무엇 하겠소?"

"하— 고인은 모습을 드러내지 않고, 영웅은 이름에 연연해하지 않는다더니 그 말이 맞구나."

탄식한 전서국이 다시 말했다.

"나는 무수한 고수, 명숙들을 만나보았다. 모두가 한 지방의 패자이거나 한 문파의 원로들이지. 그러나 그들 중 한 명도 너와 십 초를 겨룰 수 있는 자가 없을 것이라고 생각한다. 네 무공이 그토록 기이하고 높아 종사의 반열에 들 만한데 남의 종이라니? 나는 믿을 수 없구나."

"내 주인님이 누구인지 안다면 그런 말은 하지 못할 것이오."

"그래? 그렇다면 네 주인의 이름이 무엇이냐? 설마 천신이라도 되는 건 아니겠지?"

청년이 으스대며 말한다.

"내 주인의 이름을 들으면 하늘의 신장들도 두려워 떨 텐데 주인께서 그까짓 천신이 되길 원하시겠소?"

"가르쳐다오."

"듣고 놀라지 마시오. 그분은 장구봉이라는 분이시라오."

"무엇이? 장구봉?"

전서국이 크게 놀라 저도 모르게 벌떡 일어섰다.

청년이 보퉁이를 안고 물러서며 빙글빙글 웃는다.

"당신도 알고 있었던 모양이군."

"저, 정말 장구봉이라는 자의 명령으로 이와 같은 일을 했단 말이냐? 네가 정말 장구봉이라는 자의 종이야?"

전서국은 믿을 수 없었다.

천화상단 전체에 경계령이 내려져 있었는데, 장구봉이라는 자에 대해서 조심하고, 그가 있는 곳을 알거든 그 즉시 총단에 알리라는 것이었다.

그래서 전서국도 그의 이름을 알고 있는 건 물론, 그가 천화상단에 어떤 짓을 했는지도 잘 알고 있었다.

그 장구봉이 결국 자신마저 노리고 있었다는 데에 기가 막힌다.

더구나 눈앞의 괴청년 같은 절세고수를 종으로 부리고 있다니 더욱 놀라웠다.

'대체 장구봉이라는 자의 무공이 얼마나 높기에 그럴 수 있단 말이냐? 그가 진정 천하제일인이라도 된다는 것이냐?'

그런 의문과 함께 두려움이 커질 수밖에 없다.

"그럼 나는 가오."

손을 흔들어 보인 청년이 보따리를 흔들며 터벅터벅 걸어 멀어졌다.

전서국은 넋을 잃은 채 그의 뒷모습을 바라보기만 했다.

시원한 밤바람이 옷깃을 파고들어 서늘해졌다.

밤이슬이 내려 옷과 몸이 축축하게 젖어가는 것도 잊은 채 전서국은 꼼짝도 하지 못했다. 망부석이라도 된 것 같다.

휘적휘적 골짜기로 내려온 청년이 보따리를 풀어헤쳤다. 그 안에 감추어져 있던 보물 상자를 꺼내고 보따리는 미련없이 개울에 던져 버린다.

"하하, 이것이 다시 내 손에 들어오게 될 줄을 누가 알았으랴."

유쾌하게 웃으며 품에서 자기병을 꺼내 몇 방울의 약물을 손에 떨어뜨리더니 개울물을 움켜 잘 갠다.

그것을 얼굴에 바르고 문지르자 목랍길이 꾸며주었던 역용이 풀리면서 본래의 면구를 쓴 모습으로 돌아왔다.

청년은 바로 장구봉으로 행세하는 장팔봉이었던 것이다.

그가 득의의 미소를 짓고 중얼거렸다.

"흐흥, 이제 마지막 절차가 남았군."

*   *   *

며칠이 지났다.

전서국은 도둑처럼 운룡표국으로 돌아와 있었다.

그리고 표국의 문을 닫아건 채 꼼짝도 하지 않았다.

그러자 난주성 내에 운룡표국이 곧 망할 거라는 흉흉한 소문이 돌기 시작했다.

전서국이 표물의 운송에 실패했다는 소문도 떠돌았는데, 그 말을 믿으려고 하는 사람은 없었다.

그가 표국에 돌아온 사흘 뒤, 그러니까 연화산에서 장팔봉에게 보물상자를 빼앗긴 열흘 뒤에 몇 사람이 운룡표국으로 찾아왔다.

한 명의 노인과 두 명의 흑의중년인 그리고 여섯 명의 흑의

무사들이었다.

그들 아홉 명은 대뜸 청당으로 몰려들어 갔다.

노인이 태사의에 앉자 두 흑의중년인이 좌우에 지켜 서고, 여섯 명의 흑의무사들은 청당 앞을 가로막아 선다.

노인은 그렇게 자리를 잡고 앉더니 가타부타 아무 말도 하지 않고 기다렸다.

운룡표국의 그 많은 표두며 표사들은 물론 총관인 하후명조차 그들의 위압적인 분위기에 질려 쩔쩔맬 뿐 어떻게 해야 할지 모른 채 전전긍긍했다.

잠시 후, 초췌해진 전서국이 청당으로 들어왔다.

멍하니 노인을 바라보더니 털썩 무릎을 꿇는다.

노인은 말없이 전서국을 내려다보았고, 전서국 또한 말없이 머리를 돌바닥에 처박고 있을 뿐이다.

지루하도록 긴 시간이 침묵 속에 흘러갔다.

한참 뒤에야 노인의 저미한 음성이 흘러나왔다.

"그가 왔느냐?"

전서국이 여전히 머리를 돌바닥에 댄 채 대답한다.

"아직 오지 않았습니다."

"으음—"

다시 무거운 침묵.

넓은 청당 안에 바늘이 떨어져도 벼락치는 소리로 들릴 만큼 깊은 적막이 깔렸다.

한참 뒤에 노인이 또 입을 열었다.

"수습은 해야겠지."

"죄송합니다."

"그동안 이룬 너의 공을 하루아침에 까먹은 꼴이다."

"죽음으로 속죄하겠습니다."

"너 한 사람 죽는다고 해결될 일이 아니지."

"하명해 주소서."

"이는 천화상단 전체의 신용에 관계된 일이다."

노인은 낮고 부드럽게 말하고 있었지만 전서국은 감히 숨조차 크게 쉴 수 없었다.

노인의 말이 계속될수록 견딜 수 없는 중압감이 어깨와 등을 짓누른다.

그때 밖에서 표사 한 명이 헐레벌떡 뛰어들어 왔다.

"그가, 사천의 등 대인, 그가 왔습니다!"

얼마나 당황했던지, 청당의 분위기조차 눈에 들어오지 않는 듯 크게 소리친다.

그 즉시 전서국이 머리를 번쩍 들었고, 태사의에 앉아 있던 노인은 잔뜩 낯을 찌푸린 채 '음—' 하고 침음성을 흘렸다.

사천의 등 대인.

그가 잔뜩 화난 얼굴로 씩씩거리며 들어왔다.

그를 안내해 온 총관 하후명은 사색이 되어 있었다. 쩔쩔매면서 등 대인을 청당으로 안내하고는 달아나듯 사라져 버린다.

등 대인, 장팔봉은 거칠 것 없었다.

씩씩거리며 청당 안으로 성큼 들어서는 것이 누가 보든 빚 받으러 온 빚쟁이다.

그가 청당 안의 무거운 분위기를 휘둘러보더니 아랑곳없이 아직도 노인 앞에 무릎을 꿇고 있는 전서국에게 버럭 소리쳤다.

"국주! 어떻게 된 일이오? 내 보물을 약탈당했다는 소문이 파다하던데 그게 사실이오?"

전서국이 천천히 몸을 일으켰다.

낯빛이 이 며칠 사이에 알아볼 수 없을 정도로 핼쑥해져 있는 것이어서 안쓰럽기 짝이 없다.

하지만 장팔봉은 두 손을 허리에 척, 얹은 채 분한 숨을 씩씩거릴 뿐, 조금의 연민지정도 보이지 않았다.

전서국이 고개를 푹 숙인 채 겨우 말했다.

"죄송하오."

"죄송하다고? 허!"

어이가 없다는 듯 탄식한 장팔봉이 발을 구른다.

"아니, 이게 지금 죄송하다고 해서 될 일이오? 그렇게 호언장담하더니 홀라당 털리고 말아? 그와 같은 물건은 세상에서 다시 구할 수도 없는데 대체 어쩔 거요?"

"끄응—"

전서국의 된 숨소리에 땅이 꺼질 것 같다.

태사의 위의 노인은 아무 말도 하지 않았다. 전서국과 장팔봉 간의 일이 어떻게 진행될지 지켜볼 뿐이다.

장팔봉이 품에서 계약 문서를 꺼내 흔들었다.

"이 종이쪽을 어떻게 처리하시겠소? 설마 잡아뗄 생각은 아니겠지?"

"계약서대로 변상해 드리겠소."

"자그마치 열 배요, 열 배. 흥, 운룡표국에 그만한 돈이 있기는 한 거요?"

없다.

누구보다 전서국이 그 사실을 잘 알고 있었다.

일만 냥의 가치를 제 스스로 보장해 주었으니 그 열 배인 십만 냥을 변상해야 하는데, 지금 운룡표국에 있는 돈은 고작 육만여 냥에 지나지 않는 것이다.

십만 냥이라면 거금도 이만저만한 거금이 아니다.

일 년 동안 난주성을 유지하는 데 들어가는 비용보다 오히려 많다.

운룡표국을 통째로 넘겨준다고 해도 부족한 금액인 것이다.

식은땀을 흘리던 전서국이 기어들어 가는 음성으로 말했다.

"지금 당장 변상해 드릴 수 있는 돈은 육만 냥이 조금 넘을 것이오."

"그래서?"

"나머지는 이 표국을 드리는 걸로 대신하면 안 되겠소?"

"흥!"

장팔봉의 코웃음에 들보가 들썩일 지경이었다.

"이까짓 개도 물어가지 않을 표국을 가져서 뭐 하게? 나더러 국주 대신 표국이나 운영하고 있으라는 거요? 골치 아파서 난 그런 것 못하오. 다 필요없으니 약속대로 현금 변상을 하시오!"

"끄응—"

"돈이 부족하다고? 그것도 사만 냥이나? 흥, 방법이 없는 건 아닐 텐데?"

"등 대인이 가르쳐 주시오."

"운룡표국이 천화상단의 사업체라면서? 그 말을 할 때의 자신감은 다 어디로 갔소? 정 변상할 돈이 부족하면 천화상단의 돈이라도 빌려와서 원래의 계약대로 변상해 주어야 마땅한 것 아니오?"

"끄응—"

전서국은 애끓는 한숨만 쉴 뿐이었다.

약속을 하고 계약서까지 쓴 마당에 오리발을 내밀 수도 없는 일 아닌가.

그가 애처로운 눈길로 태사의 위의 노인을 바라보았다.

도움을 간청하는 것이다.

비로소 노인이 흰 수염을 쓰다듬고 나서 천천히 말했다.

"등 대인은 고정하시오."

"뭐요? 입장을 바꿔서 생각해 보시오. 노인장 같으면 이런 상황에서 고정하고 있겠소?"

"충분히 이해하오."

"오해고 이해고 다 필요없으니 내 물건을 돌려주던가, 그게 안 되면 계약대로 열 배의 변상을 하시오."

막무가내다. 도대체 어떤 말로 달래도 통할 것 같지 않다.

하긴, 그만한 보물을 믿고 맡겼다가 어이없이 날려 버린 꼴이 되었다면 누구나 그럴 것이다.

그래서 노인도 장팔봉을 탓할 수가 없었다.

노인이 다시 점잖은 어투로 달래듯 말했다.

"운룡표국에서 배상하고 부족한 돈은 천화상단에서 보증을 서주면 안 되겠소?"

장팔봉이 고집스럽게 고개를 가로저었다.

팔목에 차고 있던 옥환을 빼낸 그가 그것을 탁자에 두드렸다. 그 즉시 쨍, 하고 쪼개진다.

장팔봉이 그것을 들어 보였다.

"이 옥환은 본래 둥근 고리였소. 하지만 지금은 어떻소? 지금도 둥근 고리라고 할 수 있겠소?"

"······?"

"한 귀퉁이가 깨지면 둥근 고리는 이미 그 둥근 형체를 잃은 것이외다. 더 이상 옥환이 아닌 셈이지."

"그렇소."

"그와 같은 이치 아니겠소? 흥, 작은 보석함 한 개도 제대로 운송하지 못한 운룡표국이오. 그 운룡표국이 천화상단의 사업체라면서요?"

운룡표국의 신뢰가 깨졌으니 더 이상 천화상단도 신뢰하지 못하겠다는 말이었다.

노인이 눈살을 찌푸렸지만 장팔봉의 말에도 일리가 있는지라 변명할 수 없다.

잠시 생각하던 노인이 호쾌하게 말했다.

"좋소. 변상해 드리리다. 그것으로 이 일은 없는 걸로 합시다."

"나 역시 바라는 바요. 계약서대로 열 배의 변상만 이루어진다면 더 이상 이 일을 꺼내지도 않겠소."

第六章

장팔봉의 술책

鳳鳴刀
봉명도

장팔봉의 출책

바리바리 은괴며 금은보석을 실은 수레가 떠난다.

무려 열 대의 수레에 실린 돈과 보석 류가 시가로 자그마치 십만 냥이라고 했다.

그것을 구경하기 위해 난주성의 모든 주민들이 다 쏟아져 나와 거리가 인산인해를 이루었다.

수레의 앞에서 헛기침을 날리며 의젓하게 걷는 자는 장팔봉이었다.

그 뒤로 열 대의 수레가 줄줄이 따르는데, 장팔봉은 그 수레를 난주성 서쪽 풍월로에 있는 금천전장으로 가져갔다.

전장의 주인인 강원원이 맨발로 허둥지둥 뛰어나와 맞이

한다.

"잠시 맡아주겠소?"

장팔봉의 말에 강원원이 연신 고개를 조아리기만 했다. 너무 놀라고 당황해 입이 얼어붙은 것이다.

그로부터 잠시 후, 장팔봉은 난주부의 지부대인과 마주 앉아 있었다.

휘장이 둘러진 정자에 조촐한 술상이 차려져 있는데, 시중들던 계집종들마저 다 물리친 채 두 사람이 대좌하고 있었던 것이다.

"제 부탁을 들어주시겠습니까?"

장팔봉의 말에 지부대인 이주명은 그를 지그시 바라보기만 할 뿐 아무런 대꾸가 없다.

장팔봉이 다 안다는 듯 빙긋 웃고 품에서 작은 옥함을 꺼내 슬쩍 술상 위에 올려놓았다.

이주명의 눈이 반짝인다.

장팔봉이 그것을 슬며시 지부대인 앞으로 밀었다.

"열어보시지요. 흡족하실 것입니다."

"크흠."

헛기침을 한 지부대인 이주명이 주위를 한 번 둘러보고는 조심스럽게 옥함을 열었다.

붉은 융단으로 바닥을 깔았는데, 그 속에 들어 있는 건 다섯 알의 홍마노였다.

노을빛처럼 붉은빛을 은은히 발하고, 광택이 요란하지 않은 것이 홍마노 중에서도 최상급으로 꼽히는 보물임을 한눈에 알 수 있다.

한 알이 족히 일천 냥의 가치가 있는 것인데, 그러한 보석이 무려 다섯 개나 들어 있었던 것이다.

이주명이 얼른 옥함의 뚜껑을 닫았다.

장팔봉을 건너다보는 눈길이 비로소 따뜻해진다. 입가에 벙긋벙긋 웃음이 터지고 있었다.

"그래, 등 대인이 나에게 부탁하려는 게 뭐요?"

"대수롭지 않은 일입니다."

"그래도 말씀을 하셔야 내가 알아들을 수 있지 않겠소?"

"제가 조금 전에 서쪽 풍월로의 금천전장에 제법 많은 돈을 맡겨두었습니다."

"그래서요?"

"전장의 전고가 꽉 차서 다 넣지 못하고 일부는 헛간에 쌓아두고 있는 형편이지요."

"허— 대체 얼마나 많은 돈이기에 그렇단 말이오? 전장의 전고에 다 넣지 못할 정도라니?"

"많지 않습니다. 십만 냥쯤 되지요."

"어허—"

이주명의 눈이 휘둥그레졌다. 저도 모르게 입이 딱 벌어진다.

난주부에 사천의 등 대인이라고 하는 부호가 와 있다는 말은 들어 알고 있었지만 설마 십만 냥을 전장에 의탁할 만큼 대단한 자라고는 생각하지 못했던 것이다.

이주명은 황족이었다. 많은 외척 중 한 명인데, 정사품의 지부대인이라는 자리가 언제나 불만이었다.

제가 더 이상 위로 올라가지 못하는 게 황제의 눈과 귀를 가리고 입을 대신하는 환관들에게 밉보였기 때문이라고 믿고 있기도 하다.

그들에게 잘 보이려면 딱 한 가지 방법이 있을 뿐이었다.

바리바리 뇌물을 싸다 바치는 것이다.

그러나 이주명에게는 환관들을 매수할 만한 돈이 없었다.

난주부의 백성들을 쥐어짜 봐도 워낙 변경의 가난한 백성들인지라 별로 신통치 않았던 것이다.

그래서 오가는 상인들로부터 통행세를 받아 겨우 제 품위를 유지하고 있는데, 그것도 높여 받을 수가 없었다.

그렇게 되면 상인들이 난주부를 돌아서 다른 곳으로 갈 게 뻔하기 때문이다.

그런 탓에 늘 주머니가 비어 있던 이주명에게 장팔봉의 등장은 가뭄 끝의 단비와도 같았다.

'이 얼간이를 잘 구슬리면 환관부의 내시들을 구워삶을 만한 돈을 우려낼 수 있을지도 몰라.'

그런 생각이 들지 않을 수 없다.

"커흠."

헛기침을 한 이주명이 슬그머니 옥함을 제 품속에 넣으며 말했다.

"내가 등 대인을 위해 무언가 해드릴 수 있는 일이 있다면 수고를 마다하지 않으리다."

"감사합니다."

공손히 머리를 숙이지만 장팔봉의 입가에는 비웃음이 가득했다. 그가 머리를 숙이고 있었으므로 이주명이 그걸 알아보지 못했을 뿐이다.

그가 흡족한 얼굴로 말했다.

"이제 보니 등 대인은 재물만 많은 사람이 아니라 품성이 바르고 예의가 반듯하니 과연 큰일을 할 사람이구려."

"과찬이십니다."

겸사한 장팔봉이 이주명을 마주 보고 말했다.

"그래서 말씀입니다만…… 그 금천전장의 경비가 불안하지 뭡니까. 수많은 돈이 있으니 언제 흉악한 도둑놈들이 그것을 털어가기 위해 들이닥칠지 알 수 없는 일 아니겠습니까?"

"흠, 난주부의 치안은 그렇게 허술하지 않소이다."

"알고 있습니다. 지부대인께서 청렴하시고 명령을 잘 세운 탓에 휘하의 포졸들이 용감하고 부지런하다는 걸 세상이 다 알지요."

"험, 험."

"하오나 돈이 있는 곳에 도둑이 꾀는 건 고금을 통틀어 변하지 않는 법칙 아니겠습니까? 큰돈이 있으니 그걸 노리는 도둑도 담대하고 무서운 놈일 텐데, 포졸들만으로는 아무래도 좀……."

"그러니까 등 대인의 말인즉, 병사들을 시켜서 금천전장을 지켜달라는 것이로군? 그렇지 않소? 더 정확하게는 그곳에 맡겨두고 있는 당신의 돈을 지켜달라는 것이겠지."

"그렇습니다. 난주부의 병사들은 그 어떤 변경의 병사들보다 용맹하고 정예한 정병들이라는 걸 잘 알고 있습니다. 지부 대인께서 그들 중 몇 명을 보내어 저를 위해 잠시 금천전장을 지켜주신다면 감사하겠습니다."

거기서 이주명이 난색을 표했다.

"하지만 병부의 병사들은 내 소관이 아니라 도지휘사의 소관이니 내 마음대로 할 수가 없다오."

장팔봉이 빙긋 웃었다.

"왜 이러십니까? 제가 이런 부탁을 드릴 때는 그만한 것도 알지 못하고 찾아왔겠습니까?"

"응?"

"지부대인께서는 황실의 인척이시고, 황제폐하의 신임이 두터우신 줄 압니다. 때문에 감숙에 주둔하고 있는 평로장군도 감히 지부대인을 무시하지 못한다지요? 그분과의 유대관

계도 돈독하다고 하더군요."

"허허, 그가 아무리 조정에서 내려보낸 대장군이지만 나를 무시할 수야 없지."

"그래서 이렇게 간곡히 부탁드리는 것 아니겠습니까?"

"음, 그렇게까지 말하니 더 거절하기도 뭣하군. 뭐, 그래 봅시다. 내가 평로장군에게 특별히 잘 말해보리다."

다섯 알의 최상품 홍마노를 받은 대가로 그 정도의 부탁은 너무 시시한 것이라 이주명은 오히려 무안해지고 말았다.

그는 장팔봉이 무언가 대단히 어렵고 까다로운 부탁을 할 것이라고 짐작하고 있었던 것이다.

'이 다섯 알의 홍마노는 거저 얻은 거나 다름없구나. 이 녀석이 겉으로 보이는 것과 달리 이렇게 세상 물정을 모르니 충분히 이용할 수 있겠어.'

그런 속셈이 절로 생긴다. 그래서 이주명은 아주 은근하고 다정한 눈으로 장팔봉을 바라보았다.

권력과 돈이 서로 만나 의기투합하면 세상의 온갖 추잡한 일도 당연하게, 아주 잘할 수 있는 것 아니던가.

이주명은 제가 장팔봉이 던진 미끼를 덥석 물었다는 건 꿈에도 생각하지 못했다.

이제 곧 그의 낚싯줄에 매달려 파닥거리게 될 테지만 지금 당장은 다섯 알의 홍마노가 주는 기쁨이 너무 크기만 했다.

그로부터 얼마 지나지 않아 병영에서 쉬고 있어야 할 병사 일백 명이 금천전장으로 급히 파견되었다.

지부대인의 부탁으로 감숙에 상주하고 있는 평로장군(平路將軍) 이치명 휘하의 정병들이 급히 달려온 것이다.

그들은 잘 훈련된 변경의 기마병들이었다. 백부장 휘하의 일백 명이 와 있으니 누구도 금천전장에 출입할 엄두조차 내지 못한다.

장팔봉은 그들을 지휘하고 있는 백부장 양위걸에게 두둑하게 사례를 했음은 물론, 휘하의 병사들에게도 모두 은자 오십 냥씩을 집어주었다.

그들로서는 일 년치 녹봉을 덤으로 받은 셈이니 사기가 충천하지 않을 수 없다.

금천전장의 경비를 하라고 차출되었을 때는 불만을 터뜨렸으나 이제는 눈에 불을 켜고 앞다투어 번을 서려고 했다.

장주 강원원이 장팔봉에게 고개를 조아리며 말했다.

"소인이 이곳에 금천전장을 세우고 운영한 지 이십여 년이 되어갑니다만 이와 같이 큰돈은 관리해 보지 못했습니다."

"이제부터 하면 될 것 아니겠소?"

"아무래도 이건 소인의 능력 밖인 것 같습니다."

겸양의 말이기도 하고, 혹시라도 있을지 모르는 화를 미리 두려워하는 것이기도 하다.

운룡표국이 하루아침에 망하는 걸 보았으니 누군들 겁을 먹지 않을 것인가.

장팔봉이 그런 강원원의 속셈을 다 안다는 듯 지그시 바라보았다.

"그럼, 이제 와서 받지 못하겠으니 도로 가져가라는 것이오?"

"그게 아닙니다. 다만······."

"다만 뭐?"

"차라리 이 전장을 둥 대인께 넘겨 드리면 어떨까 해서 드리는 말씀입지요."

"무엇이?"

장팔봉이 발칵 역정을 냈다. 강원원이 사색이 되어 쩔쩔맨다.

"아니, 내가 고작 이 궁벽한 변경의 성에서 조그만 전장이나 꾸려가고 있을 사람으로 보이는 거요?"

난주는 주부가 있는 대성이었다. 하지만 변경인 것만은 틀림없다. 거칠고 황량한데다가, 언제 전쟁이 일어날지 몰라 늘 조바심을 내고 살아가야 한다.

강원원이 이마의 식은땀을 훔치며 말했다.

"전장을 몸소 운영하실 게 뭐 있겠습니까? 뒤에서 전주 노릇만 하시면 됩니다."

"운영은?"

"제 전장을 인수하신다면 소인이 이재에 밝은 자 한 명을 따로 천거해 드리겠습니다."

"음―"

장팔봉으로서는 뜻밖의 제안이었다.

사실 그는 십만 냥이라는 거금을 어떻게 써야 할지 아무런 대책이 없었다.

무작정 챙겨오기만 했던 것이다.

그 많은 돈을 마구 뿌려댈 수도 없고, 돌멩이 보듯 할 수도 없지 않은가.

그래서 차차 생각해 보기로 했는데, 이제 강원원의 말을 듣고 나니 머릿속에 번갯불처럼 스쳐 가는 생각이 있었다.

'장사를 해볼까?'

엉뚱한 생각이다.

하지만 장팔봉은 불쑥 떠오른 그 생각 하나를 붙잡고 가지를 쳐 나가기 시작했다.

크고 작은 가지가 한 생각에서 뻗어 나오니 이내 무성한 나무처럼 원대한 계획이 되었다.

'그렇다. 천화상단의 돈줄을 아예 말려 버리는 거야. 그들의 돈으로 하는 장사이니 밑질 것도 없지. 잘되었군.'

생각을 마친 장팔봉이 느긋한 얼굴로 강원원을 바라보았다. 어느새 마치 제 수하를 대하듯 하는 눈길이었다.

"다른 사람을 천거할 것 없이 강 장주가 여전히 영업을 맡아주었으면 좋겠군."

"예?"

강원원이 놀라서 바라본다.

그 얼굴이 이내 감격으로 활짝 펴졌다.

"하오면, 제 전장을 사시는 겁니까?"

"물론이지. 그리고 당신이 여전히 장주로서 영업을 맡아 하는 거야."

"대인! 존경합니다!"

강원원이 떨리는 음성으로 외치며 그 자리에 납작 엎드렸다.

―등 대인이 드디어 난주에 정착했다.

장팔봉에 대한 소문은 그 즉시 난주성 전체에 퍼져 나갔다.

이제는 그가 아침에 무엇을 먹었는지, 저녁에 누구와 만났는지 모르는 사람이 없을 정도였다.

그의 일거수일투족이 난주성의 화젯거리가 되는 것이다.

그전부터도 그의 호쾌한 씀씀이에 사람들이 관심을 보였으나 사천에서 온 돈 많은 한량 정도의 인식에서 벗어나지 못했다.

하지만 그가 운룡표국을 망하게 했고, 무려 십만 냥이나 되는 돈을 갖게 되었으며, 그 돈으로 금천전장을 산 뒤부터는 그를 보는 눈들이 달라졌다.

게다가 주로 만나서 술과 밥을 나누는 사람들이 난주부의 고관들 아닌가.

지부대인의 집을 제집 드나들 듯이 하고, 병영의 장령이며 군관들을 제 종 부리듯 한다.

장군 소리를 듣는 참장 정도가 되어야 겨우 장팔봉과 독대할 수 있었으니 이제 사람들은 호기심과 존경까지 곁들여서 그를 바라보게 되었던 것이다.

그러니 난주부에 속한 수십 명의 현령이나 그 밑의 지방 관원들은 장팔봉에게 어떻게 해서든 줄을 대려고 안달을 했다.

그는 금천전장 곁의 대저택을 구입해서 몇 명의 하인들과 함께 살았는데, 그 집 문턱이 닳을 정도로 찾아오는 사람이 끊이지 않았다.

그쯤 되자 가만히 앉아만 있어도 장팔봉의 곳간은 금은이 산처럼 쌓여갈 수밖에 없었다.

돈이 돈을 부르고, 권세가 또 돈을 부르는 격이다.

며칠 뒤 낯선 사람 여섯 명이 난주성으로 들어왔다.

난주부가 워낙 외지인들의 발길이 잦은 곳이다 보니 별로 눈에 띌 일도 아닌데, 그들은 그렇지 않았다.

난주성에 들어온 즉시 온 성중으로 소문이 퍼져 나갔던 것이다.

그건 그들이 아무 곳에도 들리지 않고 곧장 장팔봉의 저택으로 찾아가 거침없이 쑥, 들어갔기 때문이다.

"장 대형을 뵈오!"

포권한 손을 흔들며 우렁차게 외치는 자는 호리호리한 몸매에 눈에서 광채가 번쩍이는 삼십대의 사내였다.

다름 아닌 청해 태평촌의 만천객잔에 있던 자, 청리목극(靑利木極)이다.

그가 다섯 명의 수하들을 모두 데리고 장팔봉에게로 온 것이다.

장팔봉이 그의 손을 잡았다.

"이제부터 너는 내 호위야. 나의 수족이 되어서 죽고 사는 걸 함께할 수 있겠지?"

청리목극이 장팔봉의 손을 뿌리쳤다.

그의 발아래 털썩 무릎을 꿇는다.

"이제부터 나 청리목극은 나의 명예를 걸고 장 대인을 모시겠습니다. 수족이라는 말은 당치도 않습니다. 종으로 부려주시기를 바랄 뿐입니다."

그러자 감히 장팔봉을 바라보지도 못하고 한쪽에 서 있던 다섯 명의 사내도 우르르 다가와 무릎을 꿇는다.

청리목극은 스스로 수하가 되기를 청하고 있었다. 그래서 호칭마저 단번에 대인으로 바꾸었다. 그리고 이제부터는 주공이나 주인이라고 부르게 되리라.

장팔봉이 그의 어깨를 두드려 주었다. 얼굴 가득 흐뭇한 미소가 피어난다.

창응방에서 그렇게 추파를 던져도 꿈쩍하지 않던 청해의 고수 청리목극이 드디어 제 스스로 평생 모실 주인을 찾은 것이다.

그날로부터 무려 열흘 동안 장팔봉은 두문불출했다.

매일같이 난주부의 고관대작들과 어울리느라고 뒤돌아볼 새 없이 바쁘게 오가던 그가 발길을 뚝, 끊었으니 그것도 난주성에 요란한 소문이 되었다.

사람들은 궁금증으로 온갖 말들을 지어냈지만 어느 것 하나 제대로 맞는 건 없었다.

장팔봉은 저택의 문마저 굳게 닫고 두문불출하던 그 열흘 동안 청리목극과 다섯 사내를 혹독하게 가르치고 있었다.

청리목극이 검법에 조예가 있으니 그에게는 특별히 다섯 노괴물 사부 중 한 명인 절세신마(絶世神魔) 당백련(唐栢連)의 칠십이로(七十二路) 파천도법(破天刀法)을 전수했다.

도법을 검법으로 바꾸어 전해준 것인데, 청리목극의 자질이 생각보다 뛰어나 가르쳐 주는 대로 받아들이는 것 아닌가.

그래서 장팔봉은 그를 가르치면서 새로운 재미와 즐거움을 느꼈다.

누군가를 지도해 준다는 데 대한 보람을 알게 된 것이다.

열흘 동안 칠십이로를 모두 가르쳤으니 이제 그것에서 얼마나 깨닫고 받아들이느냐 하는 건 순전히 청리목극의 몫이었다.

그의 자질이 훌륭하니 빠른 시일 내에 놀라운 발전을 보일 것이라고 기대한다.

그러는 틈틈이 나머지 다섯 명의 장정에게도 각기 절기를 하나씩 전수했다.

다섯 노괴물 사부의 절기 중에서 그들에게 맞을 것 같은 한 가지씩을 골라 가르쳐 준 것이다.

그들 또한 자질이 뛰어난 편이라 일 년 안에 강호의 그 누구도 무시하지 못할 고수로 거듭날 것이라고 믿었다.

그렇게 되면 여섯 명이나 되는 막강한 고수를 호위로 거느리게 되는 것이다.

제 일이 훨씬 편해질 거라는 생각으로 장팔봉은 오늘도 열심히 무공을 연마하고 있는 그들을 흐뭇하게 바라보았다.

만천객잔에서 제일 처음 장팔봉에게 얻어터지고 나뒹굴었던 텁석부리 회족의 장한은 이름이 백목위리(白木位璃)인데, 곰 같은 그 몸집에서 우러나오는 힘이 천력이라고 할 만큼 좋았다.

거기에 처음 장팔봉을 얕보고 달려들었다가 워낙 호되게 당했던 기억이 있는 터라 그 누구보다 더욱 장팔봉을 무서워하고 공경했다.

장팔봉은 그런 인연으로 하여 그에게 다른 네 명의 장정보다 특별한 호감을 가졌다.

그래서 그에게는 타고난 힘을 바탕으로 삼을 수 있는 한 가지 수법을 더 가르쳐 주었다.

독안마효(獨眼魔梟) 공자청(孔瓷靑)의 염왕진무 중 최상승의 금나수법인 나한금쇄(羅漢擒碎)를 전수한 것이다.

수법의 정교함에 우악스런 힘이 더해지니 그 위력이 놀라웠다.

어른 팔뚝만 한 나뭇가지도 회초리를 꺾듯이 쉽게 꺾고, 늘어지는 엿가락을 비틀듯이 쉽게 비틀어 버린다.

이제는 누구든 그의 손에 한 번 붙잡히기만 하면 눈 깜짝할 사이에 뼈와 살이 분리되고 말 것이다.

그들은 하나같이 장팔봉의 큰 은혜에 감격하고 제 목숨을 바쳐서라도 보답하겠노라고 굳게 결심했다.

그리고 지금 당장은 그가 가르쳐 준 무공을 연마하여 하루빨리 막강한 고수로 거듭나는 것만이 새로 모시게 된 주인을 기쁘게 해드리는 일이라고 믿었다.

그래서 침식을 잊고 밤낮없이 무공 연마에 몰두했으니 그만큼 빠르게 성취를 보일 수밖에 없다.

그리하여 열흘 뒤에 장팔봉이 그들 중 두 명, 백목위리와 나가철기(羅可鐵起)를 데리고 저택에서 나왔을 때, 그들의 눈빛과 기도는 처음 난주성에 들어왔을 때와는 비교할 수 없게 달라져 있었다.

*　　　*　　　*

그 열흘 동안의 변화는 다른 곳에서도 있었다.

숨 가쁘고 긴장된 변화가 일어나고 있는 곳은 장팔봉에 의해 막대한 피해를 입고 있는 천화상단이었다.

결국 운룡표국의 국주인 전서국은 스스로 목숨을 끊음으로써 사죄를 했고, 표국이 황량한 폐가로 변했음은 물론이다.

그리고 운룡표국에 찾아왔던 흰 수염의 노인은 장팔봉에게 변상을 마친 즉시 수하들을 데리고 사천으로 갔는데, 그가 누구인지 아는 사람이 아무도 없었다.

그곳과 수천 리 떨어진 불귀림 귀택호의 풍우주가에서도 변화는 일어나고 있었다.

진소소를 둘러싸고 벌어지는 갈등이 그것이다.

천화상단에 좋지 않은 일이 거듭해서 벌어지자 원로들이 진소소의 통솔력에 회의를 품기 시작한 것이다.

사실 이 몇 달 동안 진소소는 거의 천화상단의 일에서 손을 놓다시피 하고 있었다.

하루 종일 후원의 거처에서 유모와 함께 지내거나 귀택호변을 산책할 뿐, 상단 외부에서 일어나고 있는 일에 대해 무관심했던 것이다.

"우리는……."

호남과 호북의 상권을 맡고 있는 노인, 상구달이 침중한 얼굴로 운을 떼었다.

"이대로 상단이 수난을 당하는 걸 두고 볼 수만은 없소."

"그러면 어쩌겠다는 거요?"

대뜸 발끈해서 나서는 노인은 강서와 절강의 상권을 맡고 있는 양수겸이다.

상구달이 못마땅한 듯 눈살을 찌푸리더니 다시 말했다.

"장구봉이라는 놈 한 명 때문에 상단 전체의 명성이 훼손되고 있지 않소이까? 그놈을 잡아야 하는데 총단주께서는 그럴 마음이 없는 것 같으니 우리라도 무언가 대책을 내놔야 하는 게 아닌가 그 말이오."

"무슨 대책?"

양수겸이 코웃음을 쳤다.

"상 단주 당신이 나서서 그자를 잡겠다는 거요?"

"아니, 그건……."

"이것 보시오, 상 단주. 당신이나 나나, 아니, 지금 여기 모여 있는 사람들은 모두 상인일 뿐이오. 천화상단을 대리해서 한 지방의 상권을 주무르는 사람들이지 무사가 아니란 말이외다."

"그걸 누가 몰라서 하는 말이겠소?"

"그러니 우리가 지금 곤경에 처해 있는 상단과 총단주님을 위해서 해야 할 일은 장구봉에게 신경을 쓰는 게 아니라 각자 책임지고 있는 상권을 더욱 철저하게 관리 감독하는 일이란 말이외다. 내 말이 틀렸소?"

"옳소. 나는 양 단주의 말에 전적으로 동의하오!"

섬서와 감숙의 상권을 쥐고 있는 노인, 유대하가 손뼉을 치며 양수겸을 지지했다. 양수겸의 어깨가 우쭐해진다.

"그 말도 맞는 말이오만 상 단주의 말도 틀리지 않소이다. 우리가 아무리 관리 감독을 철저하게 한다고 해도 언제 장구봉이라는 놈의 수작에 걸려 피해를 입을지 알 수 없는 일이지 않소?"

상구달을 역성들고 나서는 노인은 강소와 안휘의 상권을 맡고 있는 조팽호다.

그가 자리에서 일어나 쥐눈을 반짝이며 말했다.

"난주의 운룡표국이 좋은 예요. 난주를 통해 오가는 물류의 운송을 장악하면서 운룡표국이 그동안 얼마나 커왔소이까? 우리 상단에 끼친 공이 적지 않다는 걸 모두 잘 알 것이오."

거기에 대해서는 아무도 이의를 제기하지 않았다.

천화상단에서는 직영 체제로 다섯 곳의 표국을 운영하고 있었는데, 운룡표국은 그중 두 번째로 큰 곳이었다.

그런 운룡표국이 하루아침에 문을 닫고 국주는 스스로 목숨을 끊었으니 그 일은 천화상단 전체에 적지 않은 충격을 줄 수밖에 없었다.

각지에 흩어져 평소에는 얼굴 보기도 힘든 여섯 명의 원로 국주가 이렇게 풍우주가에 모이게 된 것도 그 일 때문이다.

조팽호의 말에 점점 열기가 더해져 갔다.

"운룡표국과 같은 일이 여러분들이 책임지고 있는 지역 어느 곳에서든지 일어날 수 있소. 우리가 장구봉이라는 자를 잡지 않는 이상 위험은 내일 곧 당신에게 찾아올 수도 있다는 것이외다."

조팽호가 똑바로 양수겸을 가리키며 말했으나 양수겸은 반박하지 못했다.

그는 운룡표국에서와 같은 일이 저에게도 일어날 수 있다는 건 생각조차 하기 싫었다. 이곳에 있는 모든 사람이 같은 마음일 것이다.

한쪽에서 묵묵히 앉아 있던 검은 수염의 노인이 점잖게 말했다.

사천의 상권을 장악하고 있는 목가기라는 노인인데, 한때는 명망있는 유생이었다가 상계에 투신한 후 발군의 노력과 재능으로 천화상단의 원로가 된 입지전적인 인물이기도 하다.

"내 생각은 두 분의 말을 절충하는 게 가장 나을 것 같소."

그가 입을 열자 다들 조용히 귀를 기울인다.

"상 단주와 양 단주의 말이 다 옳소. 그러니 한편으로는 총단주님께 장구봉이라는 자를 속히 잡도록 재촉하고, 한편으로는 이번 기회에 우리 사이의 연락망을 재정비해서 더욱 신속하게 하는 게 좋겠소이다. 그러면 장구봉이라는 자가 어디에서 분탕질을 치는지 속히 알고 대비할 수 있을뿐더러 그동안 소원했던 우리 소상단 간의 결속력도 강화시킬 수 있을 것 아니겠소?'

그의 말은 대세를 아우르는 것이었으므로 누구도 반박하지 않았다.

그동안 각 지방의 상권을 장악하고 있는 소상단(小商團) 내에는 보이지 않는 알력이 있었다.

서로 견제하고 총단주인 진소소의 눈에 들기 위해서 과도하게 경쟁을 하다 보니 불가피하게 생긴 폐해이기도 하다.

그것은 암중에서 천화상단의 힘을 분열시키고 약화시키는 한 요소이기도 했다.

그러나 이번 일을 계기로 해서 각 지역의 소상단이 다시 단합할 수 있게 된다면 전화위복이 될 것이다.

누구나 그런 생각을 했으므로 언쟁은 목 노인의 말로 인해 끝이 났다.

그들은 목 노인을 대표로 진소소에게로 보내 자신들의 결론을 전달하기로 하고 회합을 마쳤다.

第七章
뒤를 캐는 자들

뒤를 캐는 자들

저물어가는 호숫가에 한 여인이 서 있었다.

바람에 가볍게 물결치는 옷자락이 굴곡진 몸매를 드러나게 한다.

어딘지 수심에 잠겨 있는 것 같은 얼굴과 파리한 살빛.

진소소였다.

하염없이 호수를 바라보던 그녀가 한숨을 내쉬고 나서 한 이름을 불렀다.

"강호아, 게 있느냐?"

"하명하소서."

호수와 연해 있는 숲의 음침한 그늘 속에서 건조한 음성이 대답했다.

한 사람이 그녀를 바라보고 서 있었는데, 그늘과 잘 조화되어서 눈여겨보지 않는다면 그가 거기 있다는 것조차 알지 못할 것이다.

진소소가 뒤돌아보지도 않고 말했다.

"그들은 어떻게 하고 있더냐?"

"소단주들의 의견이야 들으나 마나 한 것 아니겠습니까?"

"그렇지. 그들은 언제나 자신들의 앞가림부터 하려고 들 뿐이지."

"장구봉이라는 자에 대한 일로 이번에는 정신들을 차린 것 같습니다. 소상단 간의 경쟁을 잠시 그치고 합심하기로 했으니까요."

"그건 잘된 일이구나."

"하오나 총단주께서 장구봉이라는 자의 일을 원만하게 처리하지 못하시면 그들은 크게 반발할 것입니다."

"그렇겠지."

진소소의 얼굴이 더욱 어두워졌다.

아버지로부터 천화상단을 물려받았을 때 그녀는 겨우 스물한 살의 나이였다.

그로부터 지금까지 몇 년 동안 천화상단을 이끌어오면서 한 번도 이와 같은 시련에 봉착해 본 적이 없었다.

처음 그녀가 어린 나이로 상단의 총단주가 되었을 때, 각지의 소단주들이 얼마나 무섭게 반발했던가.

그들은 천화상단에서 갈라져 나가 독립하겠다고 협박 아닌 협박까지 했었다.

그러나 결국 승복하게 된 것은 그녀의 배경을 무시할 수 없기 때문이었다.

그리고 그녀의 능력이 뛰어남을 보고는 더 이상 나이를 문제 삼지 않았다.

그렇게 오늘날까지 천화상단을 아무 탈 없이 이끌어왔고, 드디어 대륙의 상권을 손에 넣었는데 덜컥, 장애물이 나타난 것이다.

생각해 보면 이렇게까지 신경 쓸 일이 아닌 건지도 몰랐다.

장구봉이라는 자가 한 일이라고는 청해로 진출하지 못하도록 방해한 것과, 서녕제일장을 무너뜨린 것뿐이다.

난주의 운룡표국을 파산하게 한 건 사천의 등 대인이라는 자이니 별개라고 생각한다.

"장구봉이라는 자가 무섭다고 해도 설마 천화상단이 그 한 사람 때문에 무너지기야 하겠습니까?"

어둠 속의 사내, 강호아가 때맞추어 위로의 말을 했다.

"하긴……."

진소소가 머리를 끄덕였다.

천화상단은 이미 대륙의 상권을 대부분 손에 넣은 공룡이었다.

그에 비해 장구봉이라는 자는 이제 막 이름이 알려지기 시작한 애송이 아닌가.

그가 혼자서는 아무리 용을 쓴다고 해도 천화상단을 흔들어댈 수 없을 거라는 믿음이 크다.

고작 두 건의 말썽을 피웠을 뿐이고, 천화상단에는 아직도 무한한 저력이 남아 있지 않던가.

빙산의 일각에 지나지 않는 그 일을 두고 이렇게 호들갑을 떠는 것 자체가 과잉반응인지도 모른다.

그렇게 애써 자위하지만 마음속 깊은 곳에 꺼림칙하고 불길한 느낌이 남는 건 어쩔 수 없었다.

"호―"

한숨을 내쉰 진소소가 여전히 뒤돌아보지 않은 채 말했다.

"아무래도 그자가 종기인 것 같구나. 더 커져서 온몸에 퍼지기 전에 미리 제거하는 게 좋겠지."

"원하신다면 그렇게 하겠습니다."

"일의 진행은?"

"하 각주가 직접 수하들을 대동하고 수색에 나섰으니 조만간 결과가 있을 걸로 압니다."

"보고는 받았다. 하지만 아직 그로부터 아무런 연락도 없구나."

"속하가 움직이기를 원하십니까?"

"그래야 할 것 같다."

어둠의 사내, 강호아가 침묵했다. 진소소의 마음을 읽고 있는 것이다.

그녀가 움직이라고 한 건 이번이 처음이었다.

'그만큼 이 일이 중요하단 말인가?'

강호아가 고개를 갸우뚱했다.

천화상단 내에는 두 개의 무력 조직이 있었다.

하나는 장로인 구룡검노 화문무가 이끄는 문무전으로서, 대내외적으로 드러난 천화상단의 힘이었다. 상단의 경비와 호위를 맡는 무사 집단이기 때문이다.

그리고 또 하나는 모든 정보를 관장하는 천뇌자 염극생의 천뇌전에 속해 있는 별도의 집단으로서, 천화상단의 감추어진 힘이었다.

음뇌각(陰雷閣)이라고 한다.

그들은 상단 내의 일에는 일체 관여하지 않으면서 오직 전주인 염극생의 명령만을 받아 움직였다.

그들 자체가 극도의 은밀성을 띤 존재인만큼 하는 일 또한 암중에서 진행하고 끝내게 마련이었다.

그 음뇌각주인 귀필귀자(鬼必歸子) 하곡련(河谷聯)이 천뇌전주 염극생의 명을 받아 두 명의 당주를 대동하고 몸소 강호에 나간 것이다.

강호아는 잠시 의아해했지만 그런 사실을 생각하고 곧 사정을 이해했다.

'음뇌각주가 몸소 나섰다는 건 천뇌전에서도 장구봉이라는 자를 그만큼 중요하게 생각한다는 반증이지.'

여태까지 크고 작은 일들이 많이 있었지만 음뇌각주가 직접 나선 경우는 거의 없었다.

그런데 장구봉이라는 자의 건을 두고서는 그가 몸소 나섰으니 천뇌전에서 이 일을 어떻게 생각하고 있는지 충분히 짐작할 수 있다.

그리고 이제 진소소는 자신에게마저 이 일을 해결하라는 밀명을 내렸다.

강호아의 마음속에서 호승심이 슬그머니 고개를 들었다.

'장구봉이라는 놈.'

누구인지 모르지만 어쩌면 좋은 상대가 될지도 모른다는 기대감이 강호아의 마음을 들뜨게 했다.

강호아가 움직인다는 건 천화상단과 아무 상관이 없는 일이었다. 그는 오직 진소소 한 사람을 위해 존재하는 자이기 때문이다. 그러므로 천화상단 내에서도 그의 존재를 아는 자는 극히 드물었다.

게다가 그는 아직까지 한 번도 강호에 제 모습을 드러내지 않았다. 아니, 천화상단 내에서도 한 번도 자신의 진면목을 드러낸 적이 없었던 것이다.

때문에 각처의 소단주들은 물론, 총단에 상주하고 있는 다섯 장로마저 그의 존재에 대해서는 알지 못하고 있었다.

천화상단의 모든 정보를 쥐고 있는 천뇌전주 염극생조차 강호아라는 자의 존재에 대해서는 무지했던 것이다.

그는 평소에 천화상단에 속해 있는 보통 사람으로서 지극히 평범하게 움직였다.

진소소의 곁에는 얼씬도 하지 않는다.

하지만 고유의 음호(陰號)가 발동하면 그 즉시 진소소에게로 와 그녀의 그림자가 되었다.

지난 일 년 동안 한 번도 호출이 없었는데, 며칠 전에 갑자기 그녀의 음호가 전해졌다. 그 뒤 그는 진소소의 신변에 머물면서 그녀를 지켰다. 그러던 중에 뜻밖의 명령을 받게 된 것이다.

그러므로 이번 일은 그가 진소소의 그늘에서 벗어나 무엇인가를 하기 위해 처음 강호에 나가는 일이기도 했다.

그게 바로 장구봉이라는 자 때문이라는 데에 강호아는 긴장이 되는 한편 가슴이 쿵쾅거리며 뛰기도 했다.

강호아는 이제부터 제가 움직인다면 음뇌각주 하곡련과는 상관없이 이 일을 처리해야 한다는 걸 잘 알고 있었다.

어떻게 해야 할 건지 생각하는데 진소소의 말이 속삭임처럼 귓속에 흘러들었다.

"그 일이 끝나면 나에게 다시 돌아오지 않아도 좋다."

"아가씨?"

뜻밖의 말에 강호아가 움찔 놀랐다.

그건 자신의 발목에 채워져 있는 족쇄를 풀어준다는 것과 같은 말이었다.

자유를 준다는 것 아닌가.

장구봉이라는 자를 찾아서 죽이기만 하면 그 뒤부터는 강호에 나가 내가 하고 싶은 걸 마음껏 하며 살 수 있다는 의미다.

존재하지 않는 그림자로 사는 게 아니라 자유인으로서 떳떳하게 살 수 있게 되는 것이다.

늘 원하던 일이었지만 이렇게 갑자기, 그녀의 입에서 그 말이 나오자 강호아는 오히려 당황하고 있었다.

*   *   *

그 무렵, 수하들을 대동하고 강호에 나와 제일 먼저 운룡표국의 일을 마무리했던 음뇌각주 귀필귀자 하곡련은 사천에 와 있었다.

성도 북변 일백여 리 떨어진 곳의 한적한 농촌 마을인데, 길상촌(吉桑村)이라고 하는 곳이다.

하곡련이 그곳에 온 건 오직 한 가지 이유 때문이었다.

—아무래도 수상쩍은 냄새가 나는 놈이야.

장팔봉.

사천의 부호, 등 대인으로 변해 결국 운룡표국을 말아먹은 그에 대한 의심이었다.

계약서상의 조항대로 잃어버린 표물에 대한 열 배의 변상을 해주어서 그와의 일을 매듭지었지만 마음속에 떨쳐 버릴 수 없는 의심이 남아 있었다.

그러나 난주성에서는 그에 대한 아무런 정보도 얻을 수가 없었다. 그래서 사천으로 온 것이다.

과연 그자가 사천의 부호인지, 사천에 근거를 두고 있는 자인지부터 직접 확인해 볼 생각을 한 건데, 그건 중요한 일이었다.

만약 조금이라도 제 신분을 속인 게 드러난다면 이번 사건과 등 대인이라는 자가 관련되어 있을 것이기 때문이다.

지금 하곡련은 그럴 것이라는 심증을 가지고 있었다. 이제 그 물증을 찾으려는 것이다.

그래서 서둘러 사천으로 출발했는데, 그 행로를 운룡표국의 국주 전서국이 갔던 길로 잡고 그대로 따라갔다.

그리하여 협조하의 급류를 거슬러 올라와 연화산 아래, 강족의 오호촌을 십여 리 둔 곳의 그 주가에 들렀고, 그곳에서 주모인 노파를 만났다.

사천 등 대인의 장원이라는 만월산장에 가기 전에 먼저 이곳에서 있었던 일을 파헤치기 위함이다.

하곡련은 수하들을 시켜 주모를 다그치게 했다. 그 결과 뜻밖의 사실을 알아냈는데, 실은 주모가 그날 주가에 들어와 전서국과 수작을 부렸던 그 강족의 청년을 전혀 모르고 있다는 사실이었다.

"돈을 받고 그저 알은체를 해주었을 뿐이라오. 다섯 냥을 준다는데 그만한 연극을 못하겠어?"

잠시 알은체를 해주는 대가로 다섯 냥을 받았으니 노파는 횡재했다고 여기고 천연덕스럽게 연기를 했을 것이다.

주가에서 수많은 술손님들을 상대하며 닳고닳았을 노파의 능청을 전서국이 눈치챘을 리가 없다.

감쪽같이 속을 수밖에 없는데, 그건 하곡련 자신이라고 해도 마찬가지였을 것이다.

"그놈은 강족의 청년이 아니다."

다음으로 하곡련은 전서국이 보물을 빼앗겼던 그 장소에 와보고 대뜸 그런 결론을 내렸다.

그 장소에는 아직 발자국들이 어지럽게 남아 있었다. 그날의 싸움을 보여주는 증거물인 셈이다.

그는 치밀하게 발자국의 찍힌 형태와 순서를 되살려냈고, 그것을 토대로 강족 청년의 동선을 재현해 냈다.

그리고 내린 결론은 그자가 결코 강족의 청년일 리 없다는 것이었다.

"강족이 용맹하지만 이것은 상승의 무공을 지닌 자의 흔적이다. 강족에게 이와 같은 상승무공이 전해지고 있을 리 없다."

강족에게는 그들만의 전통 무공이 전해지고 있었다. 물론 고수도 있을 것이다.

그러나 그들의 무공은 중원의 무공과는 많이 달랐다. 태생이 다른 것이다.

그런데 그가 확인한 발자국들은 정교하고 치밀한 것이 마치 잘 맞아떨어지는 톱니바퀴 같았다.

그것이 보여주고 있는 보법의 형태를 짐작해 보니 그렇다는 말이다.

그와 같은 정밀함은 중원 무공의 특징이었다.

초식이 발달한 이유가 바로 그런 정밀함을 추구했기 때문 아니던가.

물론 강족의 청년이 중원의 상승무공을 배웠을 수도 있다.

하지만 전서국을 농락할 정도의 고수라면 벌써 그 이름이 세상에 알려졌을 것이다.

그렇지 못하다는 건 한 가지 이유에 대한 대답이 될 뿐이었다.

"그놈은 변장을 하고 있었다. 제 신분을 감춘 거야."

하곡련은 문득 그 강족의 청년이 바로 장구봉이라는 자가 변장한 모습은 아니었을까? 하고 생각했다.

다시 한 번 발자국에 남아 있는 보법 흔적을 살펴보자 더욱 그런 생각이 굳어졌다.

"이 움직임은 청해에서 이 당주를 죽였던 그자의 움직임과 통하는 게 있다."

하곡련은 거기까지 추측해 냈다.

당시 장구봉으로 행세했던 장팔봉이 음뇌각의 당주였던 이무련을 농락하고 죽였던 그 현장 또한 다녀왔던 것이다.

그곳에서 보았던 발자국으로 장팔봉의 움직임을 머릿속에 그려두고 있었는데, 지금 보는 움직임의 형태가 그것과 매우 비슷했다.

"맞을 것이다."

하곡련은 그렇게 단정했다.

그렇다면 이제 장구봉이라는 놈과 등 대인이라는 자 사이에는 어떤 연관이 있는지 찾아보아야 한다.

그런 생각으로 서둘러 사천 땅에 들어온 것이다.

등 대인의 소유라는 만월산장은 찾기 쉬웠다.

성도 외곽에 이르러 물어보자 누구나 그곳을 알고 있었기 때문이다.

그곳은 성도에서 북서쪽으로 일백여 리 떨어진 패현(佩縣) 밖 길상촌에 있었다.

청성산이 보이는 인적 뜸한 산자락에 커다란 장원 한 채가 있었는데, 그것이 만월산장이었던 것이다.

패현에서 가장 크고 유서가 깊은 장원이라고 했다.

하곡련은 수하들을 패현의 객잔에 두고 호위 한 사람만 대동한 채 길상촌의 그 만월산장으로 향했다.

가까이에서 보자 장원은 규모가 과연 성도의 어느 저택 못지않게 크고 번듯했다.

굳게 닫혀 있는 문을 두드리자 안에서 하인으로 보이는 노인이 나왔다.

"누구시오?"

"이곳이 등 대인의 고택이 맞소이까?"

"지금 주인 나리는 계시지 않소이다. 헛걸음을 하셨군."

"언제쯤 돌아오겠소?"

"글쎄올시다. 난주로 가시면서 언제 오겠다는 말씀은 하지 않으셨으니 나도 모르겠소."

"등 대인 혼자 갔단 말이오?"

"늘 그러시는걸 뭐. 종자도 귀찮다고 거느리지 않고 그렇게 혼자 세상천지를 다 돌아다니신다오. 우리도 얼굴 뵙기가 힘들어."

늙은 하인과 이런저런 말을 주고받는데 저쪽 길에서 말을 탄 젊은 사내가 다가왔다.

그를 본 하인이 반색을 했다.

"마침 저기 왕 집사가 오시는구려. 그에게 물어보시면 더 자세히 알 수 있을 거요."

하곡련이 바라보니 깨끗하게 생긴 옷을 입고 유생건을 쓴 서른 남짓해 보이는 청년이었다.

곱상한 외모와 순해 보이는 눈이 글방 서생이라고 하면 딱 어울릴 그런 용모다.

장팔봉의 명을 받고 일찌감치 난주를 떠나 이곳에 와 있던 목랍길이었다.

그가 지금은 유생의 모습으로 변한 채 만월산장의 집사 행세를 하고 있는 것이다.

이 만월산장 자체가 창응방이 중원에 심어두고 있는 몇 군데의 근거지 중 한 곳인데, 그런 사실을 아는 사람은 아무도 없었다. 길상촌 사람들도 그들의 정체를 알지 못했던 것이다.

그저 만월산장에 속해 있는 하인들이고, 그들이 외지에서 온 사람들이라고만 여길 뿐이다.

그들이 평소에 촌락의 주민들과 잘 어울렸으므로 더욱 의심하지 않았다.

마을에서 그런 사정을 들어 알고 있는 하곡련으로서는 적지 않게 실망스런 일이었다.

정말 등 대인이라는 자가 만월산장의 주인이라니 그렇다. 마을 사람들 모두가 만월산장의 주인이 등 대인이라고 말하지 않았던가.

그들이 설명하는 등 대인의 외모 또한 난주성에서 본 그 등 대인과 흡사했다.

하곡련이 이런저런 생각을 하는데, 느릿느릿 다가온 청년이 의아한 눈길을 던졌다.

"누구시오? 보지 못하던 분인데?"

고개를 갸웃거린다.

하곡련이 웃으며 말했다.

"청성산의 도관으로 참배하러 가는 중인데 하룻밤 신세를 질 수 있을까 해서 들른 나그네라오."

"어디에서 오신 분입니까?"

"난주에서 오는 길이외다."

"난주?"

목랍길이 짐짓 반색을 하고 말에서 내려 포권했다.

"난주에서 오셨다니 그럼 우리 주인 어르신의 소식을 알고 있겠군요?"

"등 대인 말씀이오?"

"그렇습니다."

목랍길이 길게 한숨을 쉬었다.

"도대체 구름 같은 양반이라 집에 있는 날이 거의 없으니 얼굴도 이제는 잘 생각나지 않는군요."

"난주성에서 등 대인을 모르면 외지인 취급을 받지. 그는 잘 있으니 걱정하지 마시오."

"그래요? 대체 거기서 무얼 하느라고 돌아올 생각을 하지 않는답니까?"

"허허, 아직 젊은 혈기가 남아 있는 사람이니 이것저것 할 일이 좀 많겠소? 게다가 많은 돈까지 지녔으니 더욱 할 일이 많겠지."

"많은 돈이라니요?"

목랍길이 짐짓 어리둥절한 얼굴로 고개를 갸웃거린다.

"그런 일이 있다오. 그런데 오늘 하룻밤 재워주지 않겠소?"

"쉬운 일이지요. 자, 안으로 들어가십시다."

하곡련과 그의 수행인 중년의 사내를 장원 안으로 안내해 들어가면서 목랍길은 터져 나오는 웃음을 참기 위해 무진 애를 써야 했다.

'장 대형이 무지막지한 사람인 줄로만 알았는데 이제 보니 교활하기가 이루 말할 수 없는 사람이기도 했군. 나에게 서둘러 사천으로 돌아가 있으라고 했을 때 벌써 이런 일이 있을 줄 짐작하고 있었다는 것 아니겠어?'

그날 밤, 하곡련은 슬그머니 처소에서 빠져나와 장원 구석 구석을 뒤지고 다녔다.

장원 안의 하인들은 모두 깊이 잠들어 있었고, 젊은 집사의 역을 하고 있는 목랍길은 밤늦도록 책을 읽고 있었다.

어둠 속에 숨어서 그의 행동을 한 시진 가까이나 지켜보던 하곡련은 제풀에 지치고 말았다.

이런 일에 고도의 수련을 쌓은 사람이었지만 한 시진 가까이 한곳에 꼼짝도 하지 않고 숨마저 죽인 채 숨어 있는 건 여간 고역이 아니었다.

게다가 목랍길은 독서 삼매경에 푹 빠져서 밤이라도 샐 모양 아닌가.

'그저 평범한 서생이었군.'

그런 결론을 내린 건 하곡련의 인내심이 한계에 다다랐기 때문이기도 하다.

그는 결국 포기하고 슬그머니 떠났다. 다시 제 처소로 돌아와 누웠을 때 목랍길이 회심의 미소를 지으며 비로소 읽고 있던 책을 덮고 벌렁 누웠다는 걸 알 리가 없다.

"제기랄, 평소에 이렇게 공부를 했었다면 벌써 장원급제해서 관직에 나가 있을 거다."

그의 투덜거림 또한 하곡련은 들을 수 없었다.

다음날 아침 일찍 하곡련은 만월산장을 떠났다.

그러나 마음에 의구심이 완전히 사라진 건 아니어서 여전히 꺼림칙하다.

"어디로 가시렵니까?"

수하의 물음에 잠시 하늘을 바라보던 그가 결심하고 말했다.

"난주로 돌아간다."

가서 이번에는 직접 등 대인이라는 자를 감시하고 관찰해 볼 생각이었던 것이다.

그렇게 그들이 왔던 길을 더듬어 난주로 다시 돌아가고 있을 무렵이다.

장팔봉은 금천전장의 업무를 보고 받고 있었다.

그의 호위 역에 목숨을 걸고 있는 회족의 거한 백목위리와 또 한 명의 사내, 나가철기가 한시도 장팔봉의 곁에서 떨어지지 않았다.

여전히 금천전장의 장주 노릇을 하고 있는 강원원은 감히 그들을 똑바로 바라보지도 못했다. 이곳저곳을 감시하는 그들의 매서운 눈길에 오금이 저려왔던 것이다.

"이제 보니 전장이라는 게 이문이 꽤 많이 남는 장사로군."

장팔봉이 회계장부를 덮으며 말하자 강원원의 얼굴이 그 즉시 활짝 펴졌다.

"등 대인께서 장원의 주인이라는 소문이 돌고 나서부터 고객이 급증했습니다. 그만큼 등 대인의 신용과 영향력을 사람들이 믿는다는 증거지요."

"천산으로 떠나는 대상들에게 변통해 주는 은자의 이율을 지금보다 낮추도록 해."

"예?"

"장사가 잘될 때 내 이문을 박하게 해야 인심을 잃지 않는 거고, 인심을 잃지 않아야 단골 고객이 더 많이 생기는 법 아닌가?"

"옳습니다."

"난주에 세 곳의 전장이 더 있지?"

"그렇습니다."

"그곳들에 하나같이 천화상단의 입김이 작용하고 있겠지?"

"그렇습니다. 등 대인께서 이 금천전장을 구입하기 전까지는 저희 전장도 역시 천화상단의 입김을 받고 있었습지요. 난주뿐 아니라 천하 어디에서 장사를 하든 이제는 천화상단의 영향력 아래 놓이지 않을 수 없습니다."

그들이 천하의 상권을 장악하고 있으니 어쩔 수 없는 일일 것이다.

물건과 돈의 유통을 꽉 잡고 있다는 건 곧 모든 상인들의 목줄을 죄고 있다는 것과 마찬가지 아닌가.

장팔봉이 머리를 끄덕였다.

"이제부터 금천전장의 변리는 무조건 그들 세 곳의 전장보다 일 푼 싸게 받는다. 맡은 돈에 대한 이자는 일 푼을 더 준다."

"그들도 덩달아 변리를 인하하고 이자를 높이면 그때에도 그렇게 합니까?"

"그렇다. 무조건이다."

강원원이 머리를 갸웃거렸다. 그렇게 한다면 서로 출혈경

쟁을 하게 될 것이니 그렇다.

영업을 할수록 이익보다는 손해가 많아질지도 모른다.

하지만 그는 이제 절대적으로 장팔봉의 말을 신뢰하고 따랐다.

마음속에 의구심이야 있지만 등 대인이 무언가 복안을 세우고 있겠지 하고 믿는 마음이 되어 고개를 숙인다.

"명대로 시행하겠습니다."

과연 그 효과는 즉시 나타났다.

다른 세 곳의 전장에 돈을 맡겼던 자들이 앞다투어 금천전장으로 옮겨왔고, 돈을 빌리려는 자들 또한 몰려들어 금천전장은 문전성시를 이루었다.

멀리 서안에서도 금천전장의 소문을 듣고 손님들이 찾아올 지경이었던 것이다.

그러자 강원원의 걱정과는 달리 이문은 여전히 많이 남았다. 금리를 낮추고 이자율을 높이기 전과 다름없었던 것이다.

"도대체 이게 말이 됩니까? 저희는 흙 파서 영업하는 줄 아십니까? 이러다가는 석 달을 넘기지 못하고 파산할 지경이란 말입니다."

다른 세 곳의 전장주들이 하나같이 울분과 억울함을 터뜨렸다.

그들의 말을 묵묵히 듣고 있는 검은 수염의 노인은 천화상단을 대리해서 섬서와 감숙의 상권을 쥐고 있는 소단주 유대하(劉大河)였다.

귀택호변의 풍우주가에서 돌아온 즉시 이와 같은 일이 벌어져 탄원이 빗발치듯 들어오는지라 실사를 하기 위해 난주로 급히 왔던 것이다.

그리고 그가 알아본바 사정은 지금 저렇게 울분을 터뜨리고 있는 전장주들의 말 그대로였다.

이렇게 가다가는 섬서와 감숙의 돈줄이 죄다 등 대인이라는 자의 금천전장으로 넘어갈 판 아닌가.

유대하가 자리를 박차고 일어섰다.

"내가 그를 만나보겠소. 만나서 담판을 짓지."

그에게 하소연하던 세 명의 전장주들이 반색을 했다.

"부디 예전대로 되돌릴 수만 있도록 해주십시오."

두 사람이 마주 앉아 있는 곳은 난주성에서 가장 크고 화려한 금화객잔이었다.

장팔봉이 금화객잔을 통째로 빌렸으므로 오늘 하루는 그가 이 금화객잔의 주인인 셈이다.

그 넓은 객잔의 텅 빈 주청에 단 두 사람만 마주 앉아 있으니 썰렁하기 짝이 없었다.

그런 분위기 자체가 장팔봉을 찾아온 유대하를 주눅들게 했다.

천화상단에 오래 몸담았고, 갖은 풍상을 다 겪으며 오늘날 소단주라는 막중한 직책에까지 오른 사람 아닌가. 그런 만큼 유대하는 통이 크고 담대한 노인이었다.

흥정을 하고 사람을 구슬리는 데 남다른 재주가 있기도 하다.

그러나 장팔봉과 마주 앉고부터는 왠지 자신이 왜소하다고 느껴지는 것이어서 초조해졌다.

그건 저쪽 구석에 버티고 서 있는 두 명의 사내 때문에 더욱 그랬다.

백목위리와 나가철기의 부리부리한 눈길이 한시도 쉬지 않고 제 몸을 훑고 있으니 그렇다.

일거수일투족을 감시하는 그 눈길에 짜증이 나면서도 불만을 터뜨릴 수 없는 건 그들이 두르고 있는 위압감 때문이었다.

'고수들이다.'

무공을 모르는 유대하도 금방 느낄 수 있을 만큼 그들 두 사람의 기세는 대단했다.

그런 자를 충직한 호위로 부리고 있는 등 대인이라는 자에 대해서 의문과 함께 꺼림칙함을 자꾸 느끼게 된다.

그가 한 식경이 지나도록 아무런 말도 없이 물끄러미 바라보고만 있으니 더욱 그렇다.

결국 참지 못하고 찻물로 입술을 적신 유대하가 먼저 말을 꺼냈다.

"등 대인에게 이처럼 뛰어난 사업 수완이 있는 줄은 미처 몰랐소이다."

"사람에게는 누구나 감추어진 능력이 있지요. 스스로가 그걸 알지 못하고 사는 사람이 대부분일 뿐인데, 나는 다행히 이곳에서 나에게 또 하나의 능력이 있다는 걸 알았을 뿐이오."

"그 말은 다른 능력도 가지고 있다는 거로군요?"

"무얼 알고 싶으시오?"

"좋소이다. 등 대인의 영업 능력을 인정하지요. 하지만 등 대인에게 과연 같은 상인으로서 공생하려는 의지가 있는지 그건 모르겠소이다."

"하고 싶은 말을 솔직하게 합시다. 그게 서로 덜 피곤해지는 일 아니겠소?"

장팔봉이 당당하게 나올수록 유대하는 점점 더 위축되어 갔다.

그런 그의 심정에 결정적으로 쐐기를 박는 일이 생겼다. 뜻하지 않았던 한 사람이 나타난 것이다.

"이 사람, 이런 곳에서 이런 호사를 부리고 있었군. 하하하―"

유쾌하게 웃으며 객잔 안으로 들어오는 사람을 본 유대하는 저도 모르게 벌떡 일어났다.

난주부의 지부대인인 이주명이었기 때문이다.

평소 그를 한 번 보려면 얼마나 많은 절차를 거쳐야 하고, 얼마나 오래 기다려야 했던가. 그렇게 해서라도 그와 대좌할 수 있는 사람조차 한정적이었다.

어지간한 세도가 아니면 꿈도 꾸지 못할 일인 것이다.

물론 유대하는 그런 이주명과 가깝게 지냈다.

그 또한 상권을 유지하려면 이주명 같은 조정의 고관과 가까이 해둘 필요가 있었기 때문에 공을 들였던 것이다.

이주명도 제 돈줄이 되어줄 사람이 필요한 처지라 가끔씩 유대하에게 눈짓을 건네곤 했다.

그런데 지금 저렇게 주청 안으로 걸어 들어오고 있는 이주명은 제가 알고 있던 그 이주명이 아닌 것 같았다.

그저 가볍게 눈인사를 건네는 걸로 안다는 표시를 했을 뿐, 오직 장팔봉과의 친분을 과시하지 않는가.

유대하는 이주명의 그런 변화에 어리둥절해지는 한편, 그가 이렇게 몸소, 마치 친한 친구라도 만나러 온 것처럼 장팔봉을 찾아왔으니 놀라지 않을 수 없었다.

밖에서는 그를 호위해 온 병사들의 쩔그렁거리는 갑주 소리가 시끄럽게 들려왔다. 말이 투레질하는 소리도 들린다.

장팔봉이 일어나 지부대인을 맞이했다.

"어서 오십시오. 새로운 손님과 함께 식사라도 하자고 모셨습니다. 바쁘신데 폐를 끼친 건 아닌지 모르겠군요."

"허허, 자네가 청하는 식사 자리인데 아무리 바빠도 달려와야지. 우리 사이에 그런 겸양은 멋쩍으니 빼버리세."

그토록 거만하던 지부대인의 그 말에 유대하는 이제 입을 다물고 있을 수밖에 없었다.

이내 산해진미들로 그 넓은 식탁이 가득 채워졌다.

시중을 드는 아가씨들은 금화객잔의 많은 종업원들 중에서도 가장 아름다운 아가씨들이었고, 내오는 음식은 주방장이 갖은 정성을 다 기울인 것이며, 술은 저 멀리 산서 땅에서만 난다는 분향주였다.

미주가효가 산처럼 쌓였지만 유대하는 입맛이 쓰기만 했다. 이처럼 거북한 식사는 그의 평생에 처음 해보는 것 같다.

지부대인 이주명과 장팔봉이 서로 웃고 떠들며 격의없이 먹고 마시는 자리이니 더욱 그럴 수밖에 없었다.

第八章

정해진 법이 어디 있느냐?

鳳鳴刀
봉명도

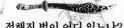

정해진 법이 어디 있느냐?

"그건 말도 안 되는 소리지."

대뜸 지부대인 이주명이 유대하의 말을 가로막고 나섰다. 머쓱해진 유대하는 입을 닫을 수밖에 없었다.

이주명은 평소의 근엄하고 오만하던 그가 아닌, 전혀 다른 사람이 된 것 같았다.

금천전장의 금리를 예전대로 돌려야 한다는 말을 꺼내기 무섭게 이주명이 호통을 쳤던 것이다.

마치 장팔봉의 입을 대신하기 위해 이곳에 온 사람 같이 나선다.

"제 물건을 제가 파는 데 많이 받든 적게 받든 제 마음 아니겠는가? 그와 같이 전장에서도 금리 정도는 제 마음대로 올리고 내릴 수 있는 거지. 그걸 이래라저래라 한다는 건 지나친 간섭인 게야. 당신도 장사를 하는 사람이면서 그런 이치를 모르나?'

'이런 제기랄.'

유대하가 온통 얼굴을 찌푸렸다. 그러나 드러내 놓고 불만을 터뜨리지는 못한다.

'한때는 내 돈을 탐내서 꼬리를 흔들어대더니 이제는 언제 봤느냐고 하는구나.'

감숙과 섬서에서 그의 금력과 영향력이 미치지 않는 곳이 없다. 때문에 이주명 또한 얼마 전까지만 해도 유대하를 괄시하지 못했다.

그런데 지금은 사정이 전혀 달랐다.

'도대체 이 젊은 놈이 어떻게 구워삶았기에 이주명 같은 능구렁이를 물에 불린 면발처럼 나긋나긋하게 만들었단 말이냐?'

그런 의문이 들지 않을 수 없다.

물론 막대한 돈의 위력이었다.

내가 돈을 가지고 있다고 해서 그렇게 되는 건 아니다. 그걸 얼마나, 어떻게 썼느냐가 중요하다.

그런 점에서 장팔봉은 이주명을 아주 능수능란하게 다루고 있었다.

그가 손을 벌리기 전에 알아서 척척 갖다 바치는데, 항상 약간 부족하다 싶을 만큼만 주머니에 넣어주었다.

그러니 이주명의 애가 타지 않을 수 없다.

그 돈은 각지에서 바리바리 싸들고 오는 현령이며 지방 관원들의 뇌물로 충당했으니 장팔봉은 제 수중의 돈을 쓴 것도 아니었다.

뇌물을 제 주머니에 넣지 않고 고이 가지고 있다가 때가 되면 이주명에게로 몰아준 데 지나지 않는 것이다.

그러면서 넌지시 지방 관원들에게 받은 청탁 몇 가지를 전하곤 했다. 이주명이 그걸 뿌리칠 리가 없다.

그렇게 열 놈이 청탁을 하면 서너 명이 소원을 이루었다.

그러다 보니 나머지 예닐곱 놈은 저희들의 정성이 부족했나 보다 싶어서 더 바리바리 싸들고 뻔질나게 찾아오게 마련이었다.

아예 청탁 건이 이루어지지 않았으면 사기꾼 소리를 듣겠지만 이루어지는 걸 제 눈으로 보았으니 더욱 몸이 닳지 않을 수 없는 것이다.

그렇게 지방 관원들을 손아귀에 쥐었음은 물론 이주명까지도 꼼짝 못하게 구워삶을 수 있었던 건 역시 장팔봉이 그동안 세상에서 닳고닳았기에 가능한 일이었다.

그런 경험과 경력은 오로지 장사에만 평생을 매달려 온 유대하로서는 절대로 따라 하지 못할 교활함이기도 했다.

지부대인 이주명에게 있어서 장팔봉은 언제나 마르지 않고 돈이 나오는 단 샘물 같은 존재이니 그에게 홀딱 빠지지 않을 수 없었다.

또한 지방 관원들에게 있어서는 장팔봉이야말로 그 콧대 높고 거만한 지부대인 이주명에게 통할 수 있는 유일한 길이었다. 장팔봉의 말이라면 껌뻑 죽을 수밖에 없다.

그렇게 양쪽의 중간에 서서 교묘한 줄다리기를 하는 동안 적어도 난주부에서 장팔봉의 영향력은 그 어떤 고관보다 높아졌다.

난주부에 속해 있는 이십여 개의 현 어디를 가든 그는 칙사 대접을 받았고, 힘없고 돈없는 가난한 백성들로부터는 구세주처럼 존경을 받았다.

그가 나서서 현령에게 몇 마디 해주고 돌아가면 백성들의 어려운 일이 그 즉시 해결되었으니 그렇다.

좋은 예가 우성촌이었다.

그곳은 난주 북쪽 변경에 있는 작은 마을인데, 작년 여름의 홍수로 하나뿐이던 다리가 떠내려가 고립무원의 상태나 다름없었다.

주민들이 외부로 나가려면 무려 십여 리나 험한 산을 돌아가는 불편을 감수해야 했던 것이다.

그동안 수십 차례 그런 형편을 마을을 관장하고 있는 상곡현의 현령에게 하소연했지만 마이동풍이었다.

돈이 없다는 핑계로, 동원할 인원이 부족하다는 핑계로 차일피일 다리 놓는 일을 미루고만 있었던 것이다.

견디다 못한 마을 주민들이 대표 몇 명을 난주성으로 보냈다.

그들이 먼 길을 걸어 장팔봉을 찾아왔는데, 품에는 마을 사람들의 주머니를 있는 대로 털어서 마련한 꼬질꼬질한 은자 스무 냥을 지니고 있었다.

그것을 꺼내놓으며 눈물 반, 콧물 반으로 하소연을 했다.

장팔봉이 그 돈을 받았을 리가 없다. 오히려 오십 냥을 그들에게 보태주어 돌아가게 하고 며칠 뒤에 사냥을 핑계 삼아 말 타고 상곡현에 찾아갔다.

난주성의 등 대인이 종자 몇 명만을 대동하고 이곳으로 사냥을 나왔다는 소리를 듣자 현령이 현청을 버리고 허둥지둥 달려와 길목을 지켰음은 물론이다.

그래서 장팔봉과 마주치자 현령은 제 죽은 조상이 찾아오기라도 한 것처럼 지극정성을 다해서 맞이했다.

그래서 현령도 사냥에 동행하게 되었는데, 장팔봉은 일부러 우성촌으로 방향을 잡았다.

얼마쯤 가다 보니 과연 급류가 콸콸 흐르는 넓은 하천이 나오지 않는가.

다리는 흔적만 남아 있을 뿐 눈을 씻고 보아도 찾을 수가 없었다.

그 급류는 바위를 던져도 떠내려갈 만큼 물살이 거센지라 사람도 짐승도 건널 수가 없다.

장팔봉이 눈살을 찌푸리고 현령에게 말했다.

"현령께 이런 사실을 보고하는 관원이 한 명도 없었단 말입니까?"

현령이 당황하여 변명을 늘어놓았다.

묵묵히 듣고 있던 장팔봉이 한마디 했다.

"다리를 놓으시오. 돈이 부족하다면 내가 보태 드리지."

현령이 두 손을 마구 내저었음은 물론이다.

그렇게 해서 일 년을 미루던 다리 공사가 한 달 만에 뚝딱 완공되었으니, 우성촌의 주민들이 장팔봉을 하늘처럼 떠받들지 않을 수 있으랴.

그와 비슷한 예가 여기저기 있었는데, 그런 일이 계속되자 난주부의 백성들 사이에서는 은밀한 소문이 떠돌았다.

난주부의 지부대인은 사실 등 대인이라는 것이 그중 하나이고, 그의 원래 신분은 황제가 파견한 감찰관이라는 게 또 하나였다.

더러는 보살이 난주부의 백성들을 불쌍히 여기어서 등 대인으로 현신한 것이라고까지 말하는 사람들도 있었다.

그처럼 막강한 영향력을 행사하고 있는 장팔봉이니 유대하의 존재감이 유명무실해지지 않을 수 없다.

"나는 이곳에 부임해 오고 난 뒤부터 난주부에서 누구나 전장이든 점포든 무엇이든 할 수 있도록 개방했소."

이주명이 정색을 하고 말했다.

유대하는 꿀 먹은 벙어리처럼 입 다물고 그의 말을 들을 수밖에 없다.

"장사하는 사람이 불법만 저지르지 않는다면 수단은 따지지 않았지. 제 물건을 파는 건데 제 마음대로 할 수 없다면 이게 말이 되오? 이득을 남겨도 장사꾼의 몫이고, 손해를 봐도 그의 몫인 것이오. 누구도 이래라저래라 할 수 없소."

그 말 한마디로 유대하가 장팔봉을 찾아온 일은 헛수고가 되어버리고 말았다.

그는 차마 세 곳 전장주들을 대면할 면목이 없어서 그날 밤에 제 근거지인 서안으로 소리없이 돌아가고 말았다.

그로부터 채 한 달이 되지 않아서 그 세 곳의 전장은 기어이 문을 닫았다.

한 곳은 장팔봉에게 경영권을 넘겼으며 나머지 두 곳은 장팔봉이 인수를 거절하자 흉가로 변해 버리고 말았으니, 이제 적어도 난주에서는 천화상단 대신 장팔봉이 모든 상거래의 주도권을 쥔 셈이었다.

*   *   *

"어떻게 할까요?"

지그시 장팔봉을 바라보는 청리목극의 눈길에 이글거리는 불덩이가 담겨 있다.

장팔봉은 말없이 차를 마실 뿐이다.

그게 답답했던지 청리목극이 다시 채근한다.

"뒤를 캐고 다니는 그놈들을 그대로 두시렵니까?"

"……."

"하명만 하십시오. 제 손에서 끝내 버리겠습니다. 주공께서는 아무것도 모르는 척하고 계시면 됩니다."

"그들이 천화상단에서 온 자들이 확실하다면서?"

"그렇습니다."

"흐흥, 내 그럴 줄 알았지."

장팔봉은 운룡표국에서 만났던 노인을 떠올렸다. 그를 본 즉시 제 일 때문에 나온 사람이고, 천화상단이 감추고 있는 고수라는 걸 느끼지 않았던가.

"그대로 둬."

"예?"

장팔봉의 말이 뜻밖인 듯 청리목극이 눈을 휘둥그레 떴다.

"잘못 건드리면 마각을 드러내는 꼴이 된다."

"소생이 깨끗이 처리하겠습니다."

청리목극에게는 그럴 자신이 있었다. 장팔봉에게서 절기를 배워 그동안 쉬지 않고 연마한 덕에 무공이 전과는 비교할 수 없이 높아져 있었던 것이다.

이제는 그런 제 솜씨를 시험해 보고 싶어 안달이 날 때이기도 하다.

그가 청해에서부터 데리고 있던 다섯 명의 수하들 또한 마찬가지였다.

그들은 좀이 쑤셔서 견딜 수 없을 만큼 답답해하고 있었는데, 천자문을 뗀 학동이 자랑하고 싶어 안달이 난 것과 다름없었다.

그러나 장팔봉은 허락하지 않았다.

"이제 막 원대한 계획의 첫발을 내딛은 셈 아니냐. 잘못하면 풀을 건드려 뱀을 놀라게 하는 우를 범할 수 있다. 그러니 아직은 철저히 자신의 진면목을 감추고 있어야 할 때인 것이야."

"……."

청리목극의 얼굴에 불만이 가득했다. 하지만 감히 더 이상 말하지 못한다.

장팔봉이 못을 박듯이 말했다.

"너는 세 명을 데리고 서안으로 가라."

"예?"

"말썽 부리는 걸 허락하지 않는다."

"……."

"그곳의 시장을 조사하고, 가장 크고 잘되는 점포 두 곳을 알아둬. 한 곳은 객잔이 좋겠다."

"정말 장사를 하실 생각입니까?"

"시키는 대로나 해라."

"명을 받듭니다."

청리목극이 더 이상 묻지 않고 고개를 숙였다.

그는 장팔봉의 의중을 읽을 수 있었다. 단지 알아두라는 것만이 아니라 그곳들을 구입할 수 있도록 사전 작업을 해두라는 뜻이 숨겨져 있는 것이다.

그러자면 어느 정도 협박과 영업 방해가 필요할 것이다.

주인이 더 이상 장사하고 싶은 마음이 들지 않을 정도로 괴롭혀야 하지만 절대로 관이나 강호의 이목을 끌어서는 안 된다는 뜻이다.

말썽 부리는 걸 허락하지 않는다는 말속에는 그런 뜻이 감추어져 있다는 걸 잘 안다.

그런 만큼 섬세한 기술이 필요하다는 건데…….

청리목극이 씩 웃었다.

어쨌든 이번 기회에 이 좁은 장원에서 벗어나 바깥나들이를 하게 되는 것 아닌가.

그것도 난주와는 비교할 수 없는 서안이라는 대성을 휘젓는 일이니 벌써 엉덩이가 들썩거려진다.

청리목극이 세 명의 수하와 함께 서안으로 떠난 다음날 장팔봉은 백목위리와 나가철기를 거느리고 사천으로 떠났다.

난주에서의 전장 운영과 상권에 대한 일은 전적으로 금천 전장의 장주이자 심복이 된 강원원에게 일임했다.

그는 장팔봉의 신임에 마음이 한껏 고조되어 있는 힘을 다해 충성하겠노라고 다짐했다.

장팔봉은 강원원이 온유한 중에 고집을 숨기고 있는데다가 판단력이 정확하고 결단이 빠른 자라는 걸 알고 있었다.

그의 그와 같은 성향은 빈틈없이 일을 처리하고, 사업을 운영해 가는 데에 적합했다. 충분히 난주성을 중심으로 한 난주부의 상권을 맡아 운영할 만한 자이기에 안심하고 맡겼던 것이다.

장팔봉이 사천으로 행로를 잡은 건 성도를 경략하기 위해서였다.

성도는 천화상단의 힘의 원천이라고 할 수 있는 곳이었다.

그곳에서 천화상단이 태동되었고, 그곳을 기반으로 하여 커왔기 때문이다.

성도에는 그래서 맨 처음 천화상단을 창시했던 진국경(秦國慶)의 사당이 있기도 했다.

진소소가 매년 정월 초하루에 몸소 그 먼 곳까지 찾아와 제 아비의 사당에서 제를 드리곤 한다.

그만큼 사천은 천화상단의 영향력이 지금도 크게 작용하는 곳이고, 그곳의 모든 물류와 상업이 다른 어떤 곳보다 더 천화상단에 밀접해 있었다.

"그가 사천으로 간다고?"

장팔봉의 동향을 보고받은 하곡련이 깜짝 놀라 젓가락질을 멈추었다.

수하가 고개를 끄덕인다.

"그렇습니다. 호위로 보이는 수하 두 명을 대동하고 조금 전 사천으로 떠났습니다."

"여기는?"

"난주의 일은 금천전장주 강원원에게 일임했다고 합니다."

"흠—"

하곡련이 젓가락을 내려놓고 눈살을 찌푸렸다.

조금 전까지도 배가 고파 허겁지겁 식사를 했었는데 이제는 입맛이 천리만리 달아나 버렸다.

"그가 패현 길상촌의 제집으로 돌아가려는 것인가?"

"그거야 아직 알 수 없습니다."

"음, 정말 알 수 없는 자로군."

하곡련은 난주에 돌아와서 그동안 열심히 장팔봉의 뒤를 캐고 다녔다. 하지만 그가 다시 난주로 돌아왔을 때 장팔봉은 이미 난주성의 거물이 되어 있었다.

지부대인과 막역지우(莫逆之友)처럼 지내는 그를 보고 얼마나 기가 막혔던가.

게다가 소단주인 유대하의 상권을 빼앗아 난주부는 물론

감숙 전체를 손아귀에 쥐었으니 더욱 기가 막히는 일이었다.

천화상단이 몇 년이나 걸려 이루었던 일을 장팔봉은 고작 한 달 남짓 만에 해치워 버렸으니 어이가 없기도 하다.

그래서 그자의 능력이 그 정도였던가? 하는 의문과 함께 더욱 경계심이 높아졌다.

그러나 아무리 뒤를 캐도 그가 사천 만월산장에 기반을 두고 있는 등 대인, 등운평(藤雲坪)이고, 난주에 와서 횡재를 했다는 것밖에는 알아낼 수가 없었다.

도대체 그 이전의 행적을 알고 있는 자가 아무도 없었던 것이다.

하곡련은 제가 유령의 뒤를 캐고 있는 게 아닌가, 하는 의문마저 들었다. 그래서 더욱 등 대인이라는 자의 정체를 의심하기도 했다.

그처럼 철저하게 자신의 과거를 지워 버린 자라면 절대로 떳떳한 인간이 아니라고 믿기 때문이었다.

그런데 그 등 대인이 갑자기 사천으로 돌아간다니 어리둥절해지지 않을 수 없었다.

'그자가 우리의 존재를 눈치채기라도 한 걸까? 그래서 서둘러 꼬리를 자르고 숨으려는 것일까?'

그런 의심이 드는 한편,

'혹시 난주에 이어서 성도마저 제 손에 넣으려고?'

그런 생각도 들었다.

만약 그렇다면 이건 심각한 일이 아닌가.

"일단 이 일에 대하여 사천의 소단주에게 통지해 주고, 총단에도 보고를 올려라."

"존명."

수하가 급히 나가는 걸 물끄러미 바라보면서 하곡련은 마음이 착잡하기만 했다.

제가 손수 음뇌각을 나왔을 때는 장구봉이라는 자를 금방 잡을 수 있을 것으로 믿어 의심치 않았다.

그런데 난주에 와서 엉뚱하게도 등 대인이라는 자에게 발이 묶여 꼼짝하지 못하고 있으니 한심하기도 하다.

하지만 포기할 수 없었다. 등 대인이라는 자의 행보가 그를 늘 긴장하게 만들기 때문이다.

게다가 구린 냄새가 자꾸 나지 않는가.

아무리 철두철미한 인간이라도 뒤를 캐기 시작하면 반드시 파탄이 드러나는 법이다.

그런데 어찌 된 게 등 대인에게서는 조금의 파탄도 찾아볼 수 없었다.

모든 게 다 아귀가 딱딱 맞아떨어진다.

결정적으로 그의 과거를 캘 수 없다는 게 수상하기 짝이 없다.

그래서 하곡련의 심중에는 점점 그 등 대인이라는 자가 어쩌면 장구봉 본인일지도 모른다는 생각이 들고 있었다.

그렇지 않더라도 그자와 깊은 연관이 있을 것이라는 믿음이 굳어지고 있는 중이었다.

그러니 더욱 그의 행적을 놓칠 수 없다.

"준비해라, 우리도 사천으로 간다."

그의 말에 방문 밖에서 대기하고 있던 수하들이 소리없이 흩어졌다.

그 무렵 장팔봉은 제가 처음 운룡표국의 국주 전서국을 만나 희롱했던 그 허름한 주가에 와 있었다.

달라진 그의 모습을 늙은 주모가 알아볼 리 없다.

이것저것 이야기하다가 넌지시 두어 달 전의 일을 꺼내자 주모가 손사래를 쳤다.

"말도 마시오. 그놈이 강족의 청년이든 뭐든 내가 알게 뭐야? 나는 그저 돈을 받고 부탁을 들어준 것뿐인데, 그 일로 곤욕을 치렀다오."

"누가요?"

"낸들 아나? 수염 허연 늙은이와 그 종들로 보이는 젊은 것들 몇 명이었는데, 아주 사람을 잡을 듯이 굴더구먼. 꼼짝없이 그 백정 놈들 손에 죽는 줄 알았다오."

장팔봉이 빙긋 웃었다. 하곡련과 그의 수하들이라는 걸 알 수 있었기 때문이다.

그들이 이 길로 지나갔다면 자신의 흔적을 찾아냈을 것이고, 그래서 어쩌면 장구봉과 등 대인이 동일인이거나 연관이 있지 않을까, 하고 의심할지도 모른다는 생각이 들었다.

'더 일이 커지기 전에 감쪽같이 없애 버릴까?'

그래서 한순간 그런 생각도 들었지만 억눌러 버렸다.

역시 아직은 풀을 건드려 뱀을 놀라게 할 때가 아닌 것이다.

'그 늙은이와 숨바꼭질을 하는 것도 재미있겠지.'

그런 느긋한 심정이 되어 주모와 몇 마디 쓸데없는 말을 더 노닥거리다가 다시 길을 나섰다.

전서국에게서 보물 상자를 빼앗던 그 연화산 등성이를 넘자니 감회가 새롭다.

전서국에게 새삼 미안하다는 마음도 들었지만 진소소에게 당했던 일을 생각하면 그런 미안함이 싹 사라진다.

"누구든 그 요악한 년에게 붙어 있는 놈은 내 노여움에서 피해갈 수 없을 것이다."

주먹을 그러쥐며 다시 한 번 다짐한다.

모진 놈 곁에 있다가 정 맞는다고, 진소소 곁에 붙어 있다가는 누구도 무사하지 못하게 될 것이다.

장팔봉에게는 그들의 처지가 불쌍하다고 해서 제 계획을 포기할 생각이 전혀 없는 것이다.

천화상단을 반드시 무너뜨려 그 요악한 년의 눈에서 피눈물이 나게 해주겠다고 오히려 더욱 다짐한다.

그런 다음에 철저하게 응징해 줄 것이다.

때가 되면 만인이 보는 앞에서 단칼에 목을 쳐버리겠다는 모진 마음을 다잡는다.

"만월산장에 들르실 겁니까?"

나가철기가 넌지시 물었다.

그는 만월산장에 목랍길이 있다는 걸 알고 그를 보고 싶어하는 것이다.

장팔봉이 머리를 끄덕였다. 그에게 한 가지 생각이 떠올랐기 때문이다.

그로부터 닷새 후 그들은 만월산장에 도착했다.

목랍길이 장팔봉을 보자 길길이 날뛰며 불만을 터뜨렸다.

"다 들었습니다."

"뭘?"

"대형 혼자 난주에서 온갖 재미는 다 보았다면서요? 쳇, 그동안 나는 이 답답한 산장에서 집사 노릇이나 하고 있었는데 말이지요. 얼마나 따분했는지 아십니까?"

"시끄럽다."

장팔봉이 눈을 부라리자 찔끔해서 고개를 쑥 집어넣는다.

"이제부터 신나는 일을 시켜주마."

"그게 정말입니까?"

"며칠 있으면 내 꼬리가 저 아래 길상촌에 도착할 것이다.

그 일을 처리해."

"그렇군요. 그 늙은이가 순순히 물러설 인간이 아니라는 걸 나도 척 알아봤지요."

장팔봉이 무어라 말은 하지 못하고 눈치만 보고 있는 나가철기와 백목위리를 바라보았다. 그들의 눈이 기대감으로 매우 반짝거린다.

"너희들도 이번 기회에 목가를 도와서 한번 시원하게 몸을 풀어봐라."

"감사합니다, 주공!"

그들이 그 즉시 활짝 웃으며 허리를 꺾는다.

그런 두 사람을 측은하다는 듯 바라보던 목람길이 혀를 찼다.

"이 친구들아, 장 대형의, 아니, 자네들에게는 이제 주인 나리가 되었군. 아무튼 장 대가의 말뜻을 잘 새겨들어야 해. 그 말은 곧 이번 일에는 내 수하가 되어서 내 명령을 따르라는 것이거든. 그래도 좋으냐?"

"제기랄, 목 형이 예뻐서가 아니라 주공의 명령이니 어쩔 수 없이 따라야겠지요. 알아서 잘 시키기나 하쇼."

백목위리가 잔뜩 못마땅한 얼굴로 투덜댔다. 나가철기도 웃으며 눈을 흘긴다.

"만약 목 형이 잘못 판단해서 주공의 일을 망친다면 그때는 내가 목 형의 대갈통이 얼마나 단단한지 이 주먹으로 시험해 볼 거요. 각오하쇼."

"에구, 이건 무섭군. 그동안 장 대형에게서 은혜를 많이 받은 모양이구나. 제기랄, 은근히 샘나는걸?"

목랍길은 벌써 눈치를 채고 있었던 것이다.

무식하고 힘만 세던 미련퉁이 백목위리와 저와 죽이 맞아 잘 어울렸던 나가철기가 완전히 달라져 있었기 때문이다.

'이놈들이 장 대형으로부터 절기를 하나씩 얻어 배운 모양이구나.'

대뜸 그 생각이 들지 않을 수 없다. 그러자 그들에 대한 부러움과 함께 장팔봉에게 야속한 마음이 들기도 했다.

"소생은 대체 언제 키워주실 겁니까?"

볼을 잔뜩 부풀리고 불쑥 묻는다.

장팔봉이 빙긋 웃었다.

"너에게도 절기 하나를 전해주랴?"

"그러신다면야 엎드려 절이라도 합지요."

"네까짓 놈을 제자 삼고 싶은 마음은 조금도 없으니 꿈도 꾸지 마라."

"왜요? 내가 어때서 그러십니까?"

"아무튼 너에게는 가르쳐 주고 싶어도 그럴 수 없다."

"그런 서운한 말을 하시다니……."

"정 내게서 배우고 싶다면 창웅방에서 나와라. 그런 다음에 나의 수하가 되는 거야. 충성을 맹세한다면 한 수 가르쳐 주지. 나는 다른 문파나 방회에 있는 자에게 내 절기를 절대로 가르쳐 줄 수 없다."

장팔봉뿐만 아니라 누구나 그럴 것이다.

목랍길에게 장팔봉의 그 말은 실행할 수 없는 말이었다.

어찌 제 잇속을 위해서 충성을 맹세한 방주 찰리가득을 배신하고 창웅방을 떠날 수 있을 것인가.

목랍길이 잔뜩 서운한 얼굴을 하고 더욱 볼을 부풀렸다. 하지만 더 이상 장팔봉을 조르지는 못한다.

"명심해. 무리에서 떨어져 나와 있는 세 놈만이다. 그 이상은 절대로 안 돼."

목랍길의 말에 당장 백목위리가 눈을 부라렸다.

"어째서? 많이 죽이면 죽일수록 주공에게 충성하는 게 될 것 아니겠소?"

눈치를 보니 나가철기도 같은 생각인 모양이다.

목랍길이 한숨을 쉬었다.

"이 미련한 놈들아, 너희들의 주인께서는 아직 정체를 드러내고 싶지 않아 하신단 말이다. 알아듣겠느냐?"

"그게 뭐 어쨌다고?"

"그러니까 오히려 저놈들을 죄다 죽여 버려야 하는 거 아니겠소?"

"에휴, 이 한심한 놈들아, 이걸 좀 써봐라. 이거는 괜히 구색으로 어깨 위에 올려놓고 다니는 거냐? 무겁지도 않아?"

목랍길이 제 머리를 가리키며 혀를 찼다. 두 놈이 머쓱한 얼굴로 그런 목랍길을 바라본다.

그들은 주루의 이층에서 아래층을 엿보고 있었는데, 그곳에 과연 하곡련과 그의 수하 장한 두 명이 와 있었다.

목랍길이 다시 주의를 주었다.

"장 대형은 그저 놀라게 해주고 싶으신 것뿐인 거다. 저 늙은이에게 그만 설치고 다니라는 경고를 하시려는 거야. 그 마음을 읽을 줄 알아야지. 그래야 충복이 되는 거다. 알겠냐?"

백목위리와 나가철기가 알 것 같다는 얼굴로 고개를 끄덕인다.

"명심해. 절대로 주인님이 노출되게 해서는 안 되는 거다."

"알았소. 목 형의 말을 명심하리다."

그날 저물녘, 하곡련은 수하 두 명과 함께 만월산장에 찾아왔다.

여전히 왕 집사로 행세하고 있는 목랍길이 반갑게 맞이했다.

"아니, 청성산의 도관으로 참배하러 가신다더니 벌써 끝마친 겁니까? 청성산이 볼만하다던데 두루두루 구경이라도 하실 것이지."

"마음이 바빠서 그럴 틈이 없었다네. 그나저나 오늘 한 번 더 신세를 질 수 있겠나? 내일 일찍 난주로 돌아가야 하니 잠만 재워주면 되네."

"그러십시오. 마침 주인 어르신께서도 며칠 전에 난주에서 돌아와 장원에 계시니 잘되었군요."

"응? 등 대인이 난주에서 돌아왔어?"

하곡련이 짐짓 시치미를 뗀다. 목랍길이 눈웃음을 쳤다.

"지난번에 오셨을 때는 우리 주인 나리를 뵙고 싶어했지만 그러지 못했지요. 이번에는 소생이 인사를 시켜 드리겠습니다."

"그렇다면 영광이지."

하곡련이 빙그레 웃었다.

그날 밤, 장팔봉은 하곡련과 대좌했다.

그들은 운룡표국의 건으로 한 번 만난 적이 있었다. 그래서 서로를 잘 알고 있었지만 두 사람은 어쩐 일인지 처음 보는 사람들인 것처럼 서로 시치미를 뗐다.

하곡련이 장팔봉의 면면을 유심히 뜯어보았다. 하지만 조금의 파탄도 찾을 수 없다.

아무리 눈을 부릅뜨고 보아도 난주 운룡표국에서 보았던 바로 그 등 대인일 뿐 아닌가.

그가 술잔을 들어 건배를 제의하며 말했다.

"난주에서의 등 대인의 놀라운 활약상에 대해 익히 들었소이다."

"별로 한 일도 없소이다. 소문이란 늘 과장되게 마련이지요."

"그렇지 않소. 우리 천화상단과 싸워 이겼으니 대단한 일을 한 것 아니겠소? 솔직히 놀랐소이다."

"어디 내가 천화상단이라는 공룡을 상대할 존재가 됩니까? 단지 감숙과 섬서의 소상단 중 고작 난주부를 손에 넣었을 뿐인데요."

"난주부를 손에 넣었다는 건 곧 감숙 전체를 손아귀에 쥐었다는 것과 다름없소이다. 그런데 말을 들어보니 등 대인은 이제 섬서의 상권까지도 차지하겠다는 것 같구려?"

"이왕 장사의 길에 나섰다면 의당히 큰 뜻을 품어야 하지 않겠습니까?"

"응? 그렇다면 감숙과 섬서만으로도 만족할 수 없다는 것이오?"

"남자가 칼을 차고 강호에 나섰으면 누구나 천하제일인의 명예를 탐하게 마련이듯, 그동안 굽혔던 몸을 펴고 장사의 길에 나섰으니 당연히 천하제일의 상인 소리를 듣고 싶어지는 거지요. 그런 뜻도 없다면 그게 어찌 사내대장부라고 할 수 있겠소이까? 안 그렇소?"

"으음—"

장팔봉의 태연한 말에 하곡련은 잔뜩 낯을 찌푸릴 수밖에 없었다.

제가 천화상단 내에서도 높은 자리에 있는 사람이라는 걸 잘 알면서도 하는 말이니 도전으로밖에는 받아들일 수 없었던 것이다.

말없이 잔을 비운 하곡련이 술병을 들었다.

"내가 한 잔 따라 드리리다. 늙은이가 따라주는 술이라고 마다하지 마시오."

"천만에, 그럴 리가요."

장팔봉이 선뜻 빈 잔을 내민다.

하곡련은 내력을 운기하여 술병에 흘려 넣었다.

그의 내력이 쪼르르, 흐르는 술에 실려 장팔봉의 술잔으로 옮겨간다.

순간적인 일이었다.

"엇?"

장팔봉이 깜짝 놀라 술잔을 떨어뜨렸다. 그것이 쨍그랑, 하고 깨질 때 장팔봉은 낯빛이 새파랗게 변해서 제 손을 쥔 채 몸을 부르르 떨었다.

"어째서 그러시오? 정말 이 늙은이의 술을 받지 않으실 모양이로군."

하곡련이 짐짓 놀란 척 의뭉을 떤다.

장팔봉이 손사래를 쳤다.

"아니올시다. 갑자기 팔에 쥐가 난 모양이군요. 술잔이 천근만근으로 무거워지는 통에 그만 실수를 하고 말았소이다."

"그래요?"

하곡련이 머리를 갸웃거렸다.

'이놈이 정말 무공이라고는 하나도 모르는 백면서생이란 말인가?'

그렇다면 제 생각이 틀렸다는 건데, 하곡련은 아직도 믿을 수 없었다.

"어디 내가 좀 봅시다. 이래 봬도 의원 뺨치게 맥을 잘 본다오."

장팔봉이 뭐라고 하기도 전에 불쑥 손을 뻗어 그의 완맥을 꽉 움켜쥐었다.

그리고 자신의 내력을 흘려 넣어 그의 기혈의 운행을 살펴 보기 시작했다.

"응?"

그가 눈을 크게 떴다.

"이럴 수가?"

장팔봉이 불쾌하다는 얼굴로 말했다.

"뭐가 잘못되었다는 겁니까?"

"어허—"

그에게서 손을 떼는 하곡련의 얼굴이 무참하게 일그러졌다.

'이럴 수가 있단 말인가? 정말 이 녀석의 몸 안에는 내공이라는 게 전혀 없구나. 아니, 혈맥 자체가 역천지혈이라 아예 내공을 익힐 수 없는 몸 아닌가. 절맥증인 게야. 허ㅡ'

제가 정말 헛다리를 짚었단 말인가? 하는 생각에 허탈해진다.

이런 몸을 가진 자가 장구봉일 리는 없다.

'하지만 적어도 그자의 하수인일 수는 있지 않을까?

애써 그렇게 생각하지만 이제는 그런 제 생각에도 자신이 없어졌다.

낙심하지 않을 수 없다.

"실례했소이다. 내가 잠시 눈이 어두워져서 등 대인에게 큰 실수를 한 것 같소."

하곡련은 탄식을 섞어 그렇게 말하고 말았다. 그럴 수밖에 없다.

장팔봉이 아무것도 모른다는 듯 그를 위로했다.

"무슨 말인지 모르나 사람이 나이가 들면 어쩔 수 없이 눈이 어두워지고 깜빡깜빡 잊기도 하고 그러는 것 아니겠소? 마침 내 장원에 기력을 회복시켜 주는 좋은 약이 있으니 왕 집사를 시켜서 두어 재 챙겨 드리리다. 꼬박꼬박 다려 드시면 효과를 볼 것입니다."

"천만에, 천만에. 등 대인의 그 호의는 고맙게 받겠소이다만 어찌 그런 염치없는 짓을 할 수 있겠소? 내가 잠시 진맥해

보니 등 대인의 몸이 의외로 허약하더이다. 그런 약이 있다면 등 대인이 자신을 위하여 드시는 게 마땅할 것이오."

이제 하곡련은 눈앞의 등 대인에 대해서 더 이상 의심할 수 없었다.

그는 장팔봉이 지금 속으로 회심의 미소를 지으며 음흉하게 바라보고 있으리라고는 상상도 하지 못했다.

第九章

두 개의 작은 사건

鳳鳴刀
봉명도

두 개의 작은 사건

하곡련이 낙심하고 있던 그 시간.

길상촌 외곽, 야트막한 구릉에 있는 낡은 토지묘에서는 작은 사건 하나가 준비되고 있었다.

토지묘가 있는 그 구릉은 마을에서 오 리 남짓 떨어진데다가 아름드리 거송들이 빽빽이 자라 있는 외진 곳이라 평소에도 인적이 뜸했다.

게다가 이처럼 깊은 밤중에 더더욱 사람이 있을 리 없다.

그런 곳에 쓸쓸히 서 있는 버려진 토지묘이니 누군가가 은신할 곳을 찾는다면 그곳보다 좋은 곳이 없을 것이다.

과연 그 토지묘 안에는 세 명의 장한이 머물고 있었다.

천화상단의 음뇌각에서부터 각주인 귀필귀자 하곡련을 따라나온 자들인데, 원래는 여섯 명이던 것이 지금은 세 명만 남아 은신하고 있는 것이다.

그들의 우두머리인 두 명의 조장은 하곡련의 수행종사로 변장하고 그를 따라 만월산장에 들어가 있는 중이었다.

나머지 세 명은 혹시라도 있을 일에 대비해서 만월산장 근처에 잠복했고, 세 명이 이 토지묘에 숨어서 쉬고 있는 것이다.

그들은 하나같이 강호의 고수로 꼽히기에 손색이 없는 자들이고, 음뇌각에 속해 있는 척살자들이었다.

이목이 남다르게 예민한 자들이다.

하지만 오늘 밤은 무슨 마가 끼었는지 한 명도 경각심을 갖지 않았다.

지난 두어 달 동안 하곡련을 따라 이곳저곳 다니면서 아무 일도 일어나지 않았고, 한 번도 특별한 임무를 부여받지 못한 탓인지도 모른다.

처음 음뇌각을 떠나올 때의 긴장이 그래서 지금은 많이 풀어져 있었던 것이다. 지겹기만 하리라.

그들의 임무 중에는 누군가를 감시하고 추적하는 게 포함되어 있다. 그것을 위하여 오랫동안 혹독한 수련을 했음도 물론이다.

하지만 그들은 자신들이 이 길상촌에 들어왔을 때부터 은밀한 감시의 눈길이 따라붙고 있다는 건 조금도 알지 못했다.

그것도 마가 끼었기 때문이라고 할 수 있으리라.

암중에서 그들을 감시하는 자는 목랍길이 창옹방에서부터 데리고 나온 세 명의 수하들이었다.

그들은 처음부터 지금까지 한 번도 제 모습을 드러낸 적이 없었다. 목랍길의 주위에도 얼씬거리지 않는다.

하지만 그들은 언제나 목랍길의 그림자가 되어서 움직였다. 그의 명령을 받고 수행하는 일에 조그만 실수도 없었다.

창옹방의 호접전에 속해 있는 수많은 음자(陰者)들 중에서도 과연 특출한 능력을 지닌 자들이었던 것이다.

일교 목랍길의 심복이면서 수족과 같은 자들이기도 하다.

그들의 보고는 시시각각으로 목랍길에게 전해지고 있었는데, 어떻게 그것이 이루어지는 건지 아는 사람이 아무도 없었다.

"저곳이다."

목랍길이 눈으로 가리키는 곳에 다 쓰러져 가는 토지묘가 어둠을 서리서리 두르고 음산하게 서 있었다.

"그런데 정말 너희들 둘이서 되겠어?"

"흐흐, 목 형은 편히 앉아서 구경이나 하고 있으시오."

목랍길이 걱정스럽다는 얼굴로 묻자 거구의 회족 사내 백목위리가 입맛을 쩍쩍 다셨다.

나가철기는 벌써부터 온몸이 근질거리는 듯 어깨를 움찔거리며 토지묘를 노려보고 있다.

"거듭 말하지만 절대로 장 대가의 신분이 노출되어서는 안된다."

"아, 알아들었다니까? 잔소리 좀 그만 하쇼, 젠장할."

"말 한마디라도 조심하라는 거야. 아니, 아예 한마디도 하지 마라. 그냥 죽여 버리기만 해."

"끄응—"

목랍길의 끊이지 않는 잔소리에 지겹다는 듯 백목위리가 된 숨을 쉬고 외면한다.

"물론 아무런 단서가 될 만한 흔적도 남겨서는 안 된다. 알고 있지?"

"끄응—"

나가철기가 신경질적으로 목랍길을 노려보았다.

그리고 정말 한마디도 말을 하지 않겠다는 듯 입을 꾹 다문 채 소나무 숲을 벗어난다.

짙은 갈색 옷을 입고 있는 세 사내는 편하게 토지묘의 벽에 등을 대고 앉아 있었다.

우물거리며 건포를 씹기도 하고 팔짱을 낀 채 졸기도 한다.

그러던 중 한 놈이 고개를 들었다. 의아한 눈으로 동료들을 바라본다.

"……!"

세 놈의 눈이 서로 마주쳤다. 그리고 곁에 풀어놓고 있던 검에 손을 뻗었다.

그때였다.

꽝!

낡은 문짝이 박살 나 흩어지며 뿌연 먼지가 왈칵 밀려들었다.

세 놈이 벌떡 뛰어 일어났을 때였다.

우지끈—

한쪽 천장이 그대로 무너져 내리며 더욱 많은 먼지와 파편을 쏟아냈다.

토지묘 안이 순식간에 눈을 뜰 수 없을 만큼 자욱한 먼지로 뒤덮인다.

세 놈이 본능적으로 몸을 잔뜩 웅크리며 한곳으로 모였다.

박살 난 문앞에 나가철기가 우뚝 서 있었고, 구석에는 지붕을 부수고 떨어져 내린 백목위리가 마계의 괴장(怪將)처럼 버티고 서 있었다.

어둠 속에서 갑자기 나타난 그의 거구에 세 놈은 우선 기가 질렸다.

"웬 놈들이냐?"

그중 한 놈이 버럭 소리치며 검을 뽑았다.

"우흐흐흐—"

나가철기의 음산한 웃음소리가 대답한다.

뚜두둑—

저쪽에서는 백목위리가 손가락 마디 꺾는 끔찍한 소리로 대답했다.

그들은 과연 목랍길의 당부대로 한마디도 말을 하지 않았다.

그게 기습을 당한 세 놈에게는 더욱 끔찍하고 무서운 공포로 엄습한다.

쩌르릉—

백목위리의 손에서 쇠구를 굴리는 것 같은 소리가 났다.

그는 손에 물고기 비늘처럼 생긴 쇳조각을 정교하게 붙여 만든 장갑을 끼고 있었는데, 그가 손가락을 움직이자 쇠비늘들이 서로 부딪쳐 낭랑한 소리를 냈던 것이다.

스르릉—

나가철기는 허리에 차고 있던 두 자루의 얇고 굽은 만도를 뽑아 두 손에 나누어 쥐었다.

번쩍이는 칼빛이 사방의 어둠을 밀어내는 것 같다.

한눈에도 그 예리함이 바람에 불려온 깃털을 자를 만큼 잘 갈려 있는 칼이라는 걸 알 수 있다.

서로 눈을 마주친 세 놈이 선공으로 나왔다.

아무 소리도 없이, 기합성도 없이 두 놈이 미끄러지듯 나가철기와 백목위리에게 다가갔고, 한 놈은 검을 세워 든 채 기회를 엿본다.

제 동료들 중 위태로워 보이는 자를 도우려는 것이다.

쨍!

최초의 병장기 부딪치는 소리는 백목위리 쪽에서 들려왔다.

그가 가슴을 찔러오는 놈의 검을 두려움없이 붙잡아 버린 것이다.

그의 쇠장갑에 단단히 잡힌 검은 마치 바위에 눌린 듯 꼼짝도 하지 않았다. 그리고 백목위리가 손목을 비틀자 맥없이 뎅겅 부러져 버린다.

백목위리의 거구가 그를 찔렀던 놈에게는 더욱 무시무시하게 보일 수밖에 없는 상황이었다.

놈이 질린 눈으로 반 토막이 된 제 검을 보고 백목위리를 올려다본다.

"흐흐—"

머리 위에 백목위리의 비릿한 음소가 떨어졌다.

위잉—

그가 휘두르는 주먹에서 무지막지한 바람 소리가 났다. 주먹에 실린 내경(內勁)이 폭풍세로 덮쳐 오는 것이어서 놈은 크게 놀라 토끼처럼 뛰어 물러섰다.

쿵쿵거리며 백목위리가 쫓아 들어온다.

"으악!"

기어이 비명성이 터져 나왔다.

나가철기를 노리고 쳐들어갔던 자의 목이 둥실 허공으로 떠오르고 있었다.

나가철기는 제 칼을 아끼는 듯, 한 번도 그자가 휘두르는 검과 부딪치지 않았다.

서로 허공을 그어대는 것처럼 보였으므로 극히 조용한 싸움이 두어 초식 진행되었던 것이다.

놈이 좌우로 어지럽게 베어오는 나가철기의 만도에 당황하여 잠깐 주의력이 흩어졌을 때, 나가철기는 그 찰나의 순간을 놓치지 않았다.

그의 만도가 번쩍인 순간 그 예리함이 단번에 놈의 목을 날려 버린 것인데, 살을 가르고 뼈를 절단하는 걸 짚단을 베듯이 쉽고 깨끗하게 해냈다.

"이놈!"

눈 깜짝할 사이에 동료를 잃은 자가 번쩍, 몸을 날려 나가철기에게 부딪쳐 갔다.

그 순간 백목위리 쪽에서도 끔찍한 소리가 터져 나왔다.

뚜두둑—

"끄으으—"

그의 손에 붙잡힌 자의 목뼈가 비틀리다 못해 아예 으스러져 버리고 있었다.

놈이 제대로 비명도 지르지 못한 채 풀썩 쓰러져 몇 차례

꿈틀거리더니 잠잠해졌다.

순식간에 혼자 남게 된 자가 이를 악물고 나가철기를 후려
쳤다.

어떻게 해서든 문을 가로막고 선 그를 밀쳐 내고 밖으로 달
아나려는 것이다.

하지만 나가철기의 두 자루 만도는 조금도 그런 틈을 허락
하지 않았다.

바람을 끊는 날카로운 소리를 내며 전후좌우에서 번쩍번
쩍 떨어지는 두 자루의 만도는 놈의 정신을 빼놓기에 충분했
다.

도대체 상대할 방법을 찾을 수 없다.

칼날의 그 예리함에 소름이 돋는다. 그것이 스치고 지나가
기만 해도 살갗이 쩍쩍 벌어졌던 것이다.

나가철기의 그 칼이 무섭기 짝이 없는데, 뒤에서는 거구의
백목위리가 쿵쿵거리고 다가오니 놈은 더욱 넋이 달아날 지
경이었다.

"대체 네놈들은 누구냐?"

악을 쓰듯 소리쳐 묻지만 돌아오는 건 혼백을 달아나게 하
는 매서운 칼바람 소리뿐이었다.

우르르르―

토지묘가 무너졌다.

기둥 하나를 밀어 넘어뜨린 백목위리가 손을 탈탈 털며 밖으로 나와 몇 걸음 걷지 않아서 토지묘가 뿌드득거리는 소리를 내더니 그대로 무너져 폭삭 주저앉아 버린 것이다.

"시시하군."

히죽 웃는 그의 얼굴을 물끄러미 바라보던 나가철기가 설레설레 머리를 흔들었다.

"무엇이? 그들이 죽었어?"

뒤늦게 보고를 받은 하곡련이 노성을 터뜨렸다.

그들은 아침 일찍 만월산장을 나와 성도로 향하고 있는 중이었다.

따라오고 있어야 할 세 명에게서 연락이 없는지라 수하를 보내 급히 다녀오게 했는데, 그가 가져온 소식이라는 게 전혀 상상도 하지 못했던 것이라 믿어지지 않는다.

"가보자."

하곡련이 즉시 방향을 바꾸어 토지묘가 있는 언덕으로 달려갔다.

한 번 몸을 날리자 질풍이 된 것처럼 맹렬하게 멀어져 간다.

두 명의 조장과 남은 세 명의 수하들 또한 바람처럼 하곡련의 뒤를 따랐다.

무너져 버린 토지묘 앞에 도착한 하곡련은 기가 막혔다.

"대체 누가 이런 짓을 할 수 있단 말이냐?"

언뜻 등 대인을 떠올렸지만 그는 밤늦도록 저와 함께 술을 마시지 않았던가. 게다가 그에게는 내공이 없다는 걸 직접 확인하기도 했다.

하곡련이 제 머리를 쥐어뜯었다.

심중으로는 장구봉이라는 놈의 소행일 것이라고 짐작하는데, 이렇게 토지묘가 무너져 버렸으니 아무런 흔적도 찾아낼 수가 없었다.

수하들이 토지묘의 잔해를 헤치고 끄집어낸 세 명의 주검은 참혹했다.

"적어도 두 놈이 한 짓 같습니다."

세 명의 몸에 나 있는 상처가 각기 다르니 그건 쉽게 추측할 수 있었다.

"한 놈은 아주 잘 드는 칼을 쓴 게 틀림없습니다. 그리고 다른 한 놈은 맨손이었군요."

수하의 말을 들으면서 하곡련은 더욱 기가 막혔다.

맨손으로 제가 손수 훈련시키고 가르친 척살대원을 해치웠다니 그렇다.

둘이서 세 명을 해치웠는데, 상태로 보아서는 수하들이 제대로 반항도 해보지 못하고 당한 게 틀림없었다.

그 정도의 능력을 지닌 자가 주변을 맴돌고 있었는데도 전혀 몰랐다니 어이가 없기도 하다.

"대체 누가……."

하곡련의 가슴이 서늘해졌다.

그자의 정체를 밝혀내지 못하는 이상 이제는 마음대로 움직일 수 없게 되었으니 그렇다.

언제 어디에서 불쑥 그자들이 튀어나와 칼을 휘두르고 주먹질을 해댈지 모르지 않는가.

이쪽은 훤히 드러났고, 상대는 어둠 속에 숨어 있으니 백번 이쪽이 불리할 수밖에 없다.

장구봉이라는 자의 뒤를 쫓겠다고 나왔다가 이제는 오히려 제가 누구인지도 모르는 자에게 뒤를 밟히고 있다고 생각하자 소름이 돋는다.

*   *   *

"어떤 새끼가 감히 대통로에 와서 객기를 부려!"

걸걸한 음성이 골목 안에 쩌르릉 울린다.

"여기 이 왕칠보님이 눈 시퍼렇게 뜨고 살아 계신 걸 모른단 말이냐? 앙!"

이어 와장창, 하고 집기 부서지는 소리가 뒤따랐다.

대통로는 서안성 남쪽의 번잡한 길인데, 다섯 대의 마차가 나란히 달릴 수 있을 만큼 넓고 잘 닦여 있는 대로였다.

그 대통로를 중심으로 좌우 양쪽으로 크고 작은 골목들이

거미줄처럼 뻗어 서안성 곳곳으로 통하고 있다.

대통로 왼쪽은 번화한 상가들이 즐비하게 늘어서 있었다. 개중에는 삼층 누각 전체를 온갖 물건을 파는 상가로 쓰는 곳도 있고, 좌판을 늘어놓고 있는 좌매(坐賣)들이 골목골목에 가득하다.

서안은 서역에서 온 대상들이 최종적으로 도착하는 곳이었다.

또한 비단길을 따라 바야흐로 서역으로 출발하려는 중원의 대상들이 집결하는 곳이기도 하다. 때문에 그 번화함은 대도 북경성 못지않았다.

물산의 풍부함과 거래의 활발함은 오히려 북경성을 앞선다.

낙타를 흔하게 볼 수 있고, 콧대 높고 눈알 파란 이국의 인간을 아무도 이상하게 바라보지 않는 곳.

때문에 객잔이나 주가에는 어디를 가든 온갖 언어가 뒤섞여 시끄러웠다. 알아들을 수 없는 이국의 말들이 넘쳐 나는 것이다.

그 대통로 오른쪽은 지저분하고 음침한 골목들이 이어져 있었다.

양지가 있으면 음지가 있듯이, 왼쪽이 양지라면 오른쪽 골목은 대통로의 음지인 것이다.

시궁창 냄새가 사라질 날 없는 골목마다 허름한 주가가 빼곡했고, 창기들의 지분 냄새가 그것에 뒤섞여 괴이한 냄새를 흘려댄다.

훔치거나 강탈해 온 물건들이 버젓이 사고 팔렸으며, 도박장에서 죽어나가는 자가 하루에도 서너 명씩 생기곤 한다.

온갖 범죄의 온상이기도 하면서 누구나 값싸고 화끈한 쾌락을 누릴 수 있는 곳.

그래서 대통로 오른쪽 골목을 모르는 사람은 서안성중에 아무도 없었다.

그곳을 사람들은 군마성(群魔城)이라고 불렀다. 서안성 안에 있는 또 다른 성벽 없는 성인 것이다.

그 군마성은 크게 두 구역으로 나뉘어져 있었다. 행정상 나뉜 게 아니라 그 지역을 장악하고 있는 건달패들에 의해 그렇게 된 것이다.

북쪽을 장악하고 있는 건 조금 전 고함을 지른 왕칠보(王七保)라는 자가 이끄는 북걸단(北杰團)이었다.

저희들은 스스로 그렇게 불렀는데, 서안성중에 사는 일반 백성들을 그들을 '북쪽의 상종 못할 거지 같은 놈들' 이라는 뜻에서 북걸패(北乞狽)라고 부른다.

그들을 이끄는 왕칠보를 가리켜서는 '개도 아닌 놈' 이라는 뜻의 불견자(不犬者)라고 했다.

남쪽은 염청학(廉靑鶴)이라는 고상한 이름을 가진 자의 영역이었다.

이름만 그럴 뿐, 생긴 건 결코 왕칠보의 아래가 아니다.

박박 얽은 얼굴에 주먹코. 쭉 찢어진 가자미눈에는 언제나 독한 살기가 이글거리는 자.

그들은 남쪽 구역의 이리라는 뜻으로 자신들을 남패(南狽) 라고 했다. 그래도 왕칠보보다는 제 주제를 아는 놈들이라고 해야 할 것이다.

사람들은 그 염청학을 일러 인간말종이라고 말하기를 서슴지 않았다. 그래서 막불막인(莫不莫人)이라고 한다.

'막불막(莫不莫)'이라고 세 번씩이나 부정해서 사람이 아니라고 한 것만 보아도 그놈이 얼마나 못되어 처먹은 놈인지 알 수 있다.

그 두 악종들 중 북걸패의 우두머리인 왕칠보가 어떤 일 때문인지 단단히 화가 나서 패악을 떨고 있는 것이다.

골목 안에서 제법 번듯한 규모와 시설을 가지고 있는 객잔 인데, '환희루(歡喜樓)'라는 노골적인 현판을 내걸고 있었다.

술과 음식을 팔고 잠자리를 제공하는 것만 아니라 창기들을 고용해 환락을 팔기도 하는 곳인 것이다.

술과 음식은 그저 형식에 지나지 않고, 실은 아편과 계집을 파는 매음굴이 그 정체였다.

또한 그곳은 북걸패의 근거지이기도 했다. 바로 환희루의 주인이 왕칠보이기 때문이다.

그 환희루의 일층 주청이 난장판이 되어 있었다.

바닥에는 술과 음식이 엎질러져 있고, 곳곳에 핏자국이 선명했다. 낮은 곳에는 괴어 있기도 하다.

환희루에 기생하고 있는 몇 놈이 죽어 나자빠져 있는 것이다.

그들 앞에 버티고 서 있는 사람은 깨끗한 외모를 가진 사내였다.

이런 곳에 출입할 사람 같아 보이지 않는데 웬일인지 와서는 대뜸 시비가 붙었고, 몇 번 손을 쓰지 않아서 악종들로 이름 높은 북걸패의 세 놈을 골로 보내 버렸다.

그러자 안에서 뛰어나온 십여 놈이 그를 에워싼 채 고래고래 소리를 질러댔고, 그 소란을 들은 왕칠보가 잔뜩 화가 나서 몸소 나타난 것이다.

피를 쏟으며 죽어 자빠져 있는 수하 세 놈에 대해서는 신경도 쓰지 않는다.

하루하루 살아 있는 게 용한 거고, 언제 저렇게 뒈질지 모르는 게 타고난 팔자인 놈들이니 죽었다고 불쌍할 리가 하나도 없다.

문제는 살아 있는 놈들이었다. 그것도 저렇게 당당하게 버티고 서서 느물거리고 있는 낯선 한 놈이다.

등장하자마자 대뜸 탁자를 걷어차고 항아리며 접시들을 내던져 기세를 돋운 왕칠보가 살기로 이글거리는 눈을 돌려 그를 바라보았다.

청리목극이었다.

그를 노려보는 왕칠보의 눈에 갈등이 어렸다.

보기에도 귀물스러워 보이는 검 한 자루를 허리에 차고 있는 것이 예사내기가 아니라는 것 또한 즉각 알아본 것이다.

"어디에서 굴러온 개뼈다귀이기에 감히 이 왕칠보님의 면전에서 객기를 부리는 거냐?"

청리목극이 피식 웃는다.

"웃어?"

왕칠보의 심사가 뒤틀렸다. 이제는 치솟는 흥성을 스스로도 제어할 수 없다.

두리번거리던 그가 수하의 손에서 커다란 도끼를 냉큼 뺏어 들었다.

"대갈통을 박 쪼개듯 해주마!"

그대로 우르르 달려든다.

위잉—

허공을 가르는 도끼에서 무시무시한 바람 소리가 쏟아져 나왔다.

빠각!

그리고 마른 박 깨지는 것 같은 소리가 뒤따랐다.

"으악!"

뭉개진 얼굴을 감싸 쥐고 나가떨어지는 자는 왕칠보였다.

거구의 몸이 몇 개의 탁자를 박살 내며 무참하게 처박힌다.

그런 왕칠보를 보며 청리목극이 여전히 히죽히죽 웃었다. 웃으며 장난치듯 말한다.

"너는 이제부터 내 충실한 개로 사는 거다. 그렇게 하면 개 같은 목숨은 부지할 수 있을 거야."

한동안 끙끙거리던 왕칠보가 겨우 몸을 일으켰다.

일어나면서 생각한다.

'제기랄, 이놈은 우리와 같은 부류가 아니구나. 고수인 게 틀림없어. 그런 놈이 치사하게 이 구린 뒷골목 세계는 왜 탐을 낸단 말이냐?'

어이가 없고 불만이 커지지 않을 수 없다.

눈앞에 버티고 서 있는 저 호리호리한 젊은 놈은 뒷골목에 기생하는 건달들과는 사는 세계가 다른 자가 틀림없다고 생각한다.

그런 자가 어째서 이곳에 나타나 분탕질을 치는 건지 이유를 알 수가 없었다.

바닷물이 강물을 침범하지 않듯이, 물고기가 나무 위의 과실을 탐내지 않듯이, 강호라는 큰물에서 노는 자들은 이처럼 뒷골목의 건달들이 노는 세계를 넘보지 않았다.

그럴 가치를 느끼지 못하기 때문이다.

'이놈이 강호의 고수라면 이야기가 달라진다.'

왕칠보는 생긴 것과 어울리지 않게 부지런히 머리를 굴렸다.

온갖 크고 작은 험한 일들을 겪어오다 보니 이력이라는 게 절로 붙어서 어지간한 일에는 눈 하나 깜짝하지 않는 게 왕칠보 같은 부류의 장점이었다.

이가 안 되면 잇몸으로 산다는 나름대로의 철학을 갖고 있기도 하다.

좋게 말하면, 안 되면 되게 하라는 저돌적인 추진력을 갖고 있는 자이기도 하고, 사실대로 말하면 무식하기 짝이 없는 막무가내 정신으로 단단히 무장한 악바리인 것이다.

그는 오랜 경험으로 이럴 때에 대처할 효과적인 두 가지 방법을 즉각적으로 떠올렸다.

첫 번째는 무조건 무릎 꿇고 싹싹 빌며 갖은 아부를 다 떠는 것이고, 두 번째는 막무가내 정신을 십분 발휘해서 대갈통을 들이미는 것이다.

힘으로 되지 않는 상대에게는 오기와 독기로 달려드는 건데, 그러면 센 놈이라도 기가 질려서 슬그머니 물러나는 일이 많았다.

그건 악바리 기질이나 근성이 있지 않고서는 불가능한 일이었다. 그리고 왕칠보에게는 그런 근성이 넘치도록 가득했다.

우뚝.

몸을 일으켜 세운 왕칠보는 두 번째 길을 택하기로 작심했다.

십여 명이나 되는 부하들이 지켜보는 앞이고, 객잔의 모든 종업원과 몸 파는 계집들이 지켜보는 앞 아닌가.

죽으면 죽었지 그들 앞에서 무릎 꿇고 싹싹 비는 비굴한 꼴을 보이고 싶지는 않다.

그렇게 해서 이 사태를 수습한다고 해도 저의 지도력에 치명적인 흠집이 생긴다는 걸 잘 아는 까닭이기도 하다.

이 바닥에서는 한 번 약점을 보이면 그 길로 곧장 추락해서 밑바닥을 기는 인생이 되고 말지 않던가.

"나더러 너, 개 같은 후레자식의 종이 되라고?"

"아니, 종은 너무 과분하지. 개가 되라고 했다."

"죽일 놈 같으니."

빠드득, 이를 간 왕칠보의 눈에서 더욱 무시무시한 살기가 와르르 쏟아졌다.

"이리 와봐!"

왕칠보가 제 옷을 잡아 뜯으며 소리쳤다.

화드득, 하고 옷자락이 좌우로 찢어져 쩍 벌어지며 털이 숭숭한 맨가슴이 고스란히 드러났다.

"나를 죽여라! 죽이고 짓밟아! 그렇게 하지 않으면 내가 네놈의 몸뚱이를 뜯어먹어 버리고 말 테다! 이 왕칠보님은 한

번 한다면 하는 사람이야! 나를 죽여! 네놈의 손에 통쾌하게
죽을지언정 무릎은 꿇지 않는다!"

고래고래 악을 쓰며 버틴다.

"이 왕칠보님이 죽는 걸 두려워할 줄 아느냐? 너 같은 개
후레자식에게 무릎을 꿇느니 통쾌하게 뒈져 버리고 말겠어!
자, 어서 죽여라!"

가슴을 불쑥 내밀고 입에서 거품을 뿜어가며 악을 써대는
데, 다시 보기 끔찍할 정도였다. 살기가 펄펄 살아서 뿜어져
나오는 눈길과 빠드득빠드득 하고 이 갈아대는 소리가 끔찍
하다.

과연 누구든 그 꼴을 보고 악쓰는 소리를 들으면 지레 질려
서 슬그머니 물러설 만했다.

그러나 청리목극은 달랐다.

그의 생각에도 이런 쓰레기나 다름없고 벌레만도 못한 놈
을 괴롭힌다는 건 쓸데없는 일이었다.

아무 가치도 없는 일에 제 힘을 쏟는다는 게 어이없기도 하
다.

하지만 장팔봉의 명령을 받고 있지 않던가. 그것을 수행하
기 위해서라면 목숨도 내던질 판인데 이런 귀찮고 짜증나는
일쯤이야 얼마든지 참고 행할 수 있는 것이다.

"그래? 그렇다면 개 한 마리 잡는 셈치지."

청리목극이 성큼성큼 다가간다.

그의 눈길은 왕칠보와 대조적으로 무심했다. 냉정하고 차갑다. 흔들림이 없다.

'어, 어?'

그래서 다가오는 청리목극을 보면서 왕칠보는 내심 심하게 당황했다.

이게 아닌데? 싶었지만 뒤로 달아날 수도 없었다. 어느새 청리목극이 눈앞에 서 있었던 것이다.

그가 한 손을 뻗어 왕칠보의 머리카락을 꽉 움켜잡더니 사정없이 내리눌렀다.

왕칠보의 턱이 가슴에 닿는다. 움직일 수가 없다.

청리목극의 다른 손에는 날이 시퍼렇게 살아 있는 비수 한 자루가 들려 있었다.

"가슴부터 갈라주마. 네 심장을 꺼내주지. 네 눈으로 그것을 볼 기회가 지금밖에 없을 거다. 그러니 똑똑히 봐둬라."

선뜻한 느낌이 왕칠보의 가슴에 닿았다.

비수가 털이 숭숭한 그 가슴을 죽 갈라 나가고 있다.

왕칠보는 눈을 부릅뜨고 그것을 보았다. 지나치게 놀라 오히려 현실감이 없다.

제 가슴이 쩍 벌어지는 걸 제 눈으로 보면서 '이게 정말인가? 정말 죽는 건가?' 하고 엉뚱한 생각을 한다.

"으아악!"

그의 입에서 비로소 돼지 멱따는 것 같은 비명이 터져 나왔다.

시뻘건 제 가슴을 들여다보고 있으니 그것이 갈라지는 고통보다 놀람과 두려움의 공포가 몇십 배는 더 컸던 것이다.

이러다가는 정말 제 눈으로 제 심장을 보게 될 것 같지 않은가.

"사, 사, 살려, 살려주십시오, 대인!"

왕칠보가 턱을 덜덜 떨며 힘겹게 말했다.

뚝.

비수가 멈춘다. 그건 희망이었다. 놓칠 수 없는 한 가닥 끈이다.

"제발……."

왕칠보가 애원을 했다. 그건 북걸단이 생긴 이래 한 번도 없던 일이다.

그래서 그걸 지켜보던 건달패는 물론 객잔의 점원이며 창기들이 모두 놀란 외침을 터뜨렸다.

마치 제가 당하고 있는 것처럼 얼굴이 새파랗게 질린다.

털썩.

청리목극이 손을 놓자 왕칠보가 무너지듯 그 앞에 무릎을 꿇었다.

흰 뼈가 드러나도록 쩍 벌어진 가슴에서 피가 콸콸 솟아나

오고 있지만 느끼지 못하는 듯 제 머리통을 청리목극의 발아래 쿵쿵 찧으며 울부짖는다.

"제발 목숨만 살려주십시오! 개가 되라면 개가 되겠고, 벌레가 되라면 벌레가 되겠습니다! 대인!"

第十章
군마성의 말자(末者)들

鳳鳴刀
봉명도

군마성의 말자(末者)들

"기다렸습니다."

털썩.

무릎을 꿇는 또 한 명의 악인.

바로 군마성으로 불리는 대통로의 골목 중 남쪽을 장악하고 있는 남패의 두목 염청학이다.

막불막인이라고 불리는 자. 상종할 수 없는 악바리 중의 악바리이고, 찰거머리 같은 자이면서 지독한 독종으로 불견자 왕칠보와 쌍벽을 이루는 군마성의 인간말종.

그가 청리목극 앞에 기꺼이 무릎을 꿇고 있었다.

이미 소문을 들은 탓이다.

왕칠보가 쓸데없이 객기를 부렸다가 죽음 직전까지 갔다지 않던가.

하지만 그렇다고 해서 이처럼 순순하게 무릎을 꿇을 막불막인 염청학이 아니었다.

그는 북걸패의 왕칠보가 초주검이 되었다는 소문을 들은 즉시 한 사람의 고수를 초빙했다.

흑도의 거물급 고수인데, 서안성중에 거하고 있으면서 평소에 염청학으로부터 돈과 계집을 끊이지 않고 상납받고 있던 자였다.

사람들은 그가 강호에서 흑련귀(黑蓮鬼)라고 불리는 지독한 자라는 걸 알지 못했다.

강호에서는 누구도 무시하지 못하는 고수로 꼽혔지만 제근거지인 서안성 내에서만은 평범한 사람으로 행세했기 때문이다.

칼을 쥐고 강호에 나서면 흑련귀가 되었으나 서안성중을 오갈 때는 배포 큰 한량에 지나지 않았다.

그의 무서움을 잘 알고 평소에 꾸준히 상납의 끈을 쥐고 있던 염청학이 도움을 청하지 않을 리 없다.

"그래? 그런 일이 있었단 말이지? 흠, 어지간히 덜떨어진 놈인가 보군. 강호의 물을 먹는 자가 고작 뒷골목 건달패들이나 놀리다니 말이다."

"해주실 겁니까?"

"그러자. 그런 놈이 이 서안성중에 있다는 건 듣기만 해도 불쾌한 일이니까."

흔쾌히 허락한 흑련귀 고흑성(高黑星)이 칼을 쥐고 뚜벅뚜벅 걸어 염청학의 도박장으로 온 게 오늘 아침의 일이었다.

그리고 저물녘이 되자 염청학의 예상대로 청리목극이 태연하고 느긋한 모습으로 찾아왔다.

염청학은 대뜸 그가 북걸패의 왕칠보를 초주검으로 만들었다는 그자임을 알았다.

즉시 흑련귀 고흑성에게 알렸고, 한쪽 구석에 앉아 꾸벅꾸벅 졸고 있던 고흑성이 칼을 쥐고 나섰다.

"문 닫아라."

그의 말에 도박에 미쳐 있던 자들이 판돈도 내버려 둔 채 달아났고, 염청학의 졸개들이 도박장의 문을 닫아걸었다.

음침한 어둠과 퀴퀴한 냄새가 떠도는 텅 빈 공간에 흑련귀 고흑성과 청리목극이 마주 섰다.

잠시 청리목극을 살펴보던 고흑성이 고개를 갸웃했다.

보지 못한 얼굴이기 때문이다.

"나는 강호의 동도들이 흑련귀라고 불러주는 고흑성일세."

그가 고수다운 풍모를 자랑이라도 하듯 여유있고 느긋한 태도로 포권하며 정중하게 제 정체를 밝혔다.

적어도 섬서의 무림에서 활동하는 자라면 제 이름을 들어서 알 것이고, 그렇다면 스스로 물러설 것이라고 믿었다.

그러나 청리목극에게 고흑성이라는 이름은 생소하기만 한 것이었다.

고개를 갸웃거리던 청리목극이 피식 웃었다.

염청학이라는 자의 속셈을 알았기 때문이고, 짐짓 거드름을 떨고 있는 고흑성이라는 자의 속셈 또한 눈치챘기 때문이다.

청리목극이 차고 있는 검을 두드리며 건성으로 대꾸했다.

"이름없는 무명소졸이라오. 하긴, 염라대왕 앞에 불려 나가면 당신이나 나나 무명소졸이긴 마찬가지이겠군."

당장 고흑성의 얼굴이 일그러진다. 두 눈에서 흥광이 번쩍이기 시작했다.

"예의를 모르는 놈이군. 어린놈이 건방지기 짝이 없다. 선배 앞에서 모가지를 뻣뻣하게 하다니."

"이게 말해주겠지."

청리목극이 다시 검을 두드렸다.

"당신 솜씨가 나보다 뛰어나다면 내 모가지는 아주 겸손하게 당신 발아래 떨어져서 인사드리게 될 것이고, 그렇지 않다면 당신은 더 이상 자신을 흑련귀라고 소개할 수 없게 되겠지."

서로의 속셈이 뻔하니 굳이 입을 놀려 탐색하는 번거로움을 참을 필요가 없다.

흑련귀 고흑성이 차갑게 웃었다.

"좋아. 구질구질하게 주절거리고만 있지 말고 단칼에 끝내 버리자."

천천히 걸어나와 음침한 도박장 복판에 우뚝 섰다. 저쪽에서 벽을 등지고 서 있던 청리목극도 천천히 걸어나왔다.

두 사람 사이에서 숨 막히는 긴장과 적막의 시간이 물 흐르 듯 흘러갔다.

서안성중에서 흑련귀가 누구와 싸우는 일은 여간해서 보기 힘든 일이었다.

여기저기 구석에 흩어져 숨어 있는 염청학의 졸개들이 눈을 부릅뜨고 두 사람을 바라보았다.

염청학 또한 손에 땀을 쥔 채 지켜본다.

그는 자신의 삶이 흑련귀의 칼질 한 번에 달려 있다는 걸 생각했다. 그가 이긴다면 여전히 군마성의 남패를 장악하고 패악을 떨며 살 수 있겠지만 그렇지 않으면…….

흑련귀가 천천히 칼을 뽑았다. 번쩍이는 칼빛이 도박장 안에 가득 찬다.

그리고 쨍! 하는 짧고 날카로운 소리가 울렸다.

청리목극도 자신의 검을 뽑아 든 것이다.

두 사람이 조금씩 거리를 좁혀갔다. 다섯 걸음 사이를 두었을 때 약속이라도 한 듯 뚝, 멈추더니 다시 서로를 노려본다.

이글거리는 흑련귀의 눈에 살기가 짙어졌다. 청리목극은

여전히 차갑고 냉정하기가 얼음조각 같았다.

"찻!"

흑련귀가 격하고 힘있는 기합성을 터뜨리며 위협적으로 한 발을 굴러 크게 내딛었다.

쿵!

그의 응축된 내력이 도박장을 흔들리게 한다. 그 순간 청리목극이 미끄러지듯 그에게 다가서는 게 보였다.

피잉—

검이 흰 궤적을 허공에 그렸다.

그것을 끊어내는 흑련귀의 칼빛도 만만치 않다.

쨍!

새파란 불똥이 어지럽게 피어났다. 그리고 그것이 채 사라지기도 전에 두 사람은 격하고 맹렬하게 도검을 휘둘러 서로를 치고 베어갔다.

한순간에 다섯 초를 주고받았을 만큼 눈부시게 빠른 솜씨들이다.

청리목극이 흑련귀의 그 놀라운 솜씨에 흠칫할 때, 흑련귀가 재빨리 뒤로 물러섰다.

"기다려! 기다려 봐라!"

칼을 늘어뜨리고 한 손을 마구 휘두른다.

그를 쫓아 쳐들어가려던 청리목극이 검을 반쯤 뻗은 자세로 멈추어 섰다.

흑련귀가 한동안 노려보더니 말했다.

"굉장하다. 나는 실로 오랜만에 너 같은 자를 본다. 그런데 아직 이름도 모르고 있으니 그래서야 되겠어?"

청리목극의 얼음처럼 싸늘한 얼굴에 피식, 웃음이 떠올랐다.

"청리목극."

"청리목극? 한족이 아니란 말이냐?"

"그게 무슨 상관이오?"

"하긴, 상관없지."

피식 웃어 보인 흑련귀가 다시 한 걸음을 크게 물러섰다. 아예 칼을 거두어 버린다.

"왜?"

청리목극이 고개를 갸웃거렸다.

그는 장팔봉에게 절기를 배운 뒤 무공이 예전과는 비교할 수 없이 높아져 있었다.

청해의 만천객잔에서 수하들을 거느리고 있을 때에도 그는 내로라할 만한 고수였다.

하지만 그때의 자신이었다면 오늘 이 흑련귀라는 자의 칼에 목숨을 잃었을 것이다. 그만큼 흑련귀의 도법이 살벌하고 강렬했던 것이다.

청리목극은 흑련귀 고흑성이 누구인지 알지 못하고 싸웠지만 이제는 그가 어떤 자인지 똑똑히 알게 되었다.

섬서무림에서 손꼽아주는 흑도의 고수라는 걸 실감한다.

흑련귀가 포권하고 말했다.

"내가 염청학의 부탁을 선선히 받아들인 건 그동안 그에게 신세진 것도 있으려니와, 설마 자네 같은 고수가 이런 일을 벌이리라고는 생각하지 못했기 때문이었지."

"......"

"그저 뒷골목에서 적당히 이득을 취해 보려는 덜떨어진 강호의 인물 정도로 생각했었단 말일세."

그래서 흑련귀는 그자를 한 칼에 처치해 버릴 작정이었다.

강호의 고수라는 이름을 욕되게 하는 자에 대한 징벌이자 염청학에게 신세진 걸 갚는 일이 될 것이라고 단순하게 생각하고 온 것이다.

하지만 청리목극과 몇 수 겨루고 나자 그게 아니라는 걸 깨달았다.

이 안에는 무언가 더 큰 사정이 있는 게 틀림없다고 짐작한 것이다. 그렇지 않고서야 청리목극 같은 자가 군마성에 시비를 걸 리가 없지 않은가.

"어쨌거나, 당신 같은 고수와 이런 곳에서, 고작 패악이나 떨어대는 건달패를 위해 칼을 맞대고 싸운다는 건 우리 두 사람 모두에게 모욕적인 일이지. 그렇지 않은가?"

"그렇소."

"그럼 됐네. 굳이 더 싸울 필요 없어."

비로소 청리목극도 검을 거두었다. 포권하며 정중하게 예의를 차린다.

"실례했소이다."

"됐네, 됐어. 강호에서 칼밥을 먹는 자들은 싸움을 통해 원수를 맺기도 하고 친구가 되기도 하지. 나는 비록 흑도의 마두로 불리지만 자네와 원수를 맺고 싶은 마음이 없을 뿐이네."

그들 사이의 일이 이상하게 풀리자 제일 당황한 사람은 염청학이었다.

그가 어정쩡한 모습으로 구석에서 나와 두 사람의 눈치를 보다가 흑련귀 고흑성에게 볼멘소리를 했다.

"고 대가, 제 부탁은……."

"너는 살기를 원하느냐, 이 자리에서 죽기를 원하느냐?"

돌아오는 고흑성의 대답이 알쏭달쏭하다.

잠시 머뭇거리던 염청학이 제 머리를 두드리며 말했다.

"물론 살기를 원합지요. 그래서 고 대가를 모셔온 것 아니겠습니까?"

"그렇다면 잔말 말고 가서 술상이나 봐줘라."

"예?"

떡 벌어지게 차려진 술상을 마주하고 두 사람이 앉아 대작한다.

흑련귀 고흑성과 청리목극이었다.

염청학은 한쪽에 서서 쭈뼛거리며 두 사람의 눈치만 부지런히 살피고 있다.

그들은 자리를 옮겨 염청학이 직접 운영하고 있는 주루에 와 있었다.

손님들을 다 내쫓고 문을 닫아걸게 한 다음에 마주 앉은 것이다.

몇 순배의 술을 마시고 나자 흑련귀가 입을 열었다.

"자네는 정말 이 군마성을 차지할 생각인가? 그래서 며칠 전에는 북걸패의 왕칠보를 쳤던 건가?"

"솔직한 대답을 원하시오?"

"우리는 늘 솔직하지."

"말하고 난 뒤에는 비밀을 지키기 위해서 부득이 당신을 죽일 수도 있소."

"허허, 누가 죽을지는 아무도 알지 못하는 일이야. 자네는 나를 죽일 수 있다고 자신하는가?"

그 말에는 청리목극이 선뜻 대답하지 못했다. 그와의 싸움이 승패를 예측할 수 없을 만큼 어려우리라는 걸 잘 알기 때문이다.

머뭇거리는 그를 보던 흑련귀가 다시 말했다.

"비밀이라면 내 목숨을 걸고 지켜주지. 하지만 거짓말을 한다면 우리는 다시 한 번 싸워야 할 걸세."

우리는 늘 솔직하다는 그의 말에 벌써 가슴이 뜨거워지고 있던 청리목극이었다. 그는 이와 같은 호탕함을 좋아하는 사람인 것이다.

이제 다시 흑련귀의 말을 듣고 보니 그에 대한 신뢰와 호감이 더욱 커졌다.

"좋소. 고 형의 말이 그와 같으니 내 사정을 털어놓으리다."

한 잔의 술을 쭉 들이켠 청리목극이 제가 이 일을 하는 이유에 대하여 털어놓기 시작했다.

그러나 장구봉이라는 존재에 대해서는 끝까지 감추고, 단지 주인의 명을 받아 벌이는 일이라고만 했다.

그의 말을 다 듣고 난 흑련귀 고흑성이 '허!' 하고 탄성을 터뜨렸다.

"자네 같은 사람을 종으로 부리는 주인이 있다니 놀라운 일이로군. 분명 강호의 고인이겠지?"

"그 점은 말할 수 없소."

"좋아, 더 묻지 않겠네."

흑련귀가 한쪽에 잔뜩 주눅이 들어 서 있는 염청학을 돌아보고 말했다.

"너도 똑똑히 들었겠지? 이와 같은 고수가 굳이 이 시궁창 같은 골목을 탐낼 때는 너희 같은 놈들로서는 감히 상상도 할 수 없는 이유가 있기 때문인 것이야. 네가 막으려 해서 막을 수도 없는 일일뿐더러, 누구에게 도움을 청한다고 해서 역시 될 일도 아니란 말이다."

"예, 예."

"나는 이 일에서 손을 떼겠어. 아니, 오히려 청리 형제를 도울 생각이다."

그러자 염청학이 쿵쿵거리며 다가와 청리목극의 발아래 털썩 무릎을 꿇은 것이다.

머리를 찧으며 부르짖는다.

"기다렸습니다!"

"……."

"저는 대인께서 단지 이 뒷골목을 탐낸다고 생각했습니다. 사람들이 모두 군마성으로 부르는 곳인만큼 온갖 더러운 일들이 벌어지고, 그건 그만큼 큰 이득이 오가는 곳이라는 뜻도 됩니다. 소인의 좁은 소견으로는 대인께서 그것을 탐내는 무뢰배라고 생각했습니다. 죽어 마땅합지요."

청리목극이 머리를 끄덕였다.

자신의 소행을 두고 누구든 그렇게 생각할 만했던 것이다. 강호의 고수인 흑련귀 고흑성마저 그렇게 믿지 않았던가.

'그렇다면 성공할 가능성이 높다.'

청리목극이 회심의 미소를 지었다.

제가 계획하고 있는 일을 무사히 마치면서도 끝까지 자신은 물론 그가 아직도 장구봉이라고 알고 있는 장팔봉의 정체를 감쪽같이 감출 수 있을 것이라는 확신이 선다.

염청학이 여전히 머리를 찧으며 소리쳤다.

"대인께서 이곳, 대통로의 주인이 되시겠다니 저로서는 기꺼이 종이 되어 충성을 다하겠습니다. 게다가 장차 천화상단을 서안에서 몰아내시려 한다는 원대한 뜻을 품고 있는 걸 알았으니 더욱 그렇습니다! 제발 저를 선봉에 세워주십시오!"

청리목극의 차갑던 얼굴에 미소가 더욱 크게 번졌다.

"그렇다면 너와 왕칠보 두 놈에게 각기 할 일을 나누어주겠다. 누가 먼저 확실하게 해내는지 지켜보고 그 결과에 따라 상을 달리하겠어."

"감사합니다! 대인!"

염청학이 이마가 깨지도록 머리를 찧어댄다.

다음날 아침부터 서안성 남쪽 대통로가 시끄러워졌다.

웬일인지, 군마성으로 불리는 오른쪽 음침한 골목 속에 처박혀 좀체 나오지 않던 남북의 두 패악한 무리가 대거 대통로로 쏟아져 나왔던 것이다.

얌전히 지나다니면 누구도 그들을 욕하지 않았을 것이다.

그런데 그들, 남북 두 골목의 패거리들이 한날한시에 쏟아져 나와 패악을 떨어대기 시작했으니 다들 겁을 집어먹고 달아난다.

남북 두 패거리가 대통로 한복판에서 서로 몽둥이와 쇠스랑, 칼을 휘둘러대며 싸움질을 했는데, 그 통에 대통로 변에 즐비하게 늘어서 있던 좌판이며 상점들이 된서리를 맞았다.

고래 싸움에 새우 등 터진다는 격이었다.

그들 두 무리가 서로 밀치고 뒹굴어대는 통에 좌판은 죄다 부서져 나갔고, 상점들 또한 성한 게 없을 지경이 되었던 것이다.

물건을 흥정하고 구경하던 손님들이 죄다 달아났음은 물론이다.

그래서 대통로는 온통 그 두 패악한 말자들의 난장판이 되고 말았다.

여기저기서 '죽여!' 라고 아우성치는 소리가 시끄럽게 들려오지만 신기하게도 정작 죽어나가는 자는 한 놈도 없었다.

결국 서안부중의 포쾌며 정용들이 쏟아져 나왔는데, 그들이 온다는 소리가 들리자 죽을 등 살 등 싸워대던 두 패거리들이 싹 군마성 골목 안으로 달아나 버렸다.

그래서 포쾌들은 난장판으로 어질러진 대통로만 멍하니 바라볼 뿐 패악을 떨던 무리는 한 놈도 잡아가지 못했다.

군마성 안으로 쫓아 들어가면 되련만 누구도 선뜻 그러려고 하지 않았던 것이다.

결국 그날의 장사를 망친 상인들은 무능한 포쾌들을 욕하

고, 두 패거리에게 저주를 퍼부을 뿐 어쩔 수 없이 그 난장판
을 저희들 손으로 치우지 않을 수 없었다.

그리고 그날 오후부터 그럭저럭 다시 영업을 시작했다.

하지만 밤이 되자 군마성에서 두 패거리가 다시 쏟아져 나
왔다. 그리고 오전에 벌였던 그 난장판을 다시 연출해 냈다.

상인들은 기가 막혀 저희들의 좌판이 박살 나고 상점이 쑥
대밭처럼 되는 걸 멍하니 바라볼 수밖에 없었다.

그놈들이 노골적으로 달려들어 부수고 때려 엎는 게 아니
라, 어디까지나 저희들끼리 치고받고 싸움질을 하는 통에 그
렇게 되는 일이니 더 어이가 없다.

몇몇 상인들이 나서서 그들을 떼어놓으려고 하다가 두 패
거리에게 짓밟히는 걸 본 뒤로는 누구도 그들의 싸움을 말릴
엄두도 내지 못했다.

다시 포쾌며 정용들이 달려왔지만 두 패거리는 약속이라
도 한 듯이, 그들을 약올리기라도 하는 듯이 싹 골목 안으로
달아나 버리고 없었다.

텅 비어버린 대통로에 부서지고 깨진 물건들의 잔해만 즐
비하게 깔렸을 뿐이다.

그런 일이 거듭 사흘 동안 계속되었다.

이제는 누구나 그 두 패거리가 서로 짜고서 그 짓을 한다는
걸 눈치챘다. 하지만 그놈들이 왜 갑자기 그런 이해할 수 없
는 짓을 하는 건지는 짐작도 가지 않는다.

상인들의 탄원이 빗발치듯 하자 서안부중에서는 두 명의 포쾌에게 스무 명의 정용들을 딸려 보냈다.

아침부터 밤까지 대통로를 순찰하게 한 것이다.

그래서인지 다음날부터 그들은 더 이상 대통로에 쏟아져 나와 짜고 하는 싸움판을 벌이지 않았다.

하지만 연 사흘을 그렇게 험악한 분위기를 연출한 탓에 대통로를 찾는 손님들의 발길이 뚝, 끊어졌다.

상인들로서는 죽을 맛이지만 어디에도 하소연할 수가 없었다.

군마성으로 찾아간다는 건 제 발로 염라부의 문지방을 넘어서는 꼴이니 엄두도 내지 못했고, 기껏 서안부에 울며불며 탄원을 하는 게 다였다.

그러나 서안부중에서도 손을 쓰기가 난감했다.

군마성을 토벌하라고 불호령을 내려도 서안성의 치안을 담당하고 있는 포쾌며 정용들이 말을 듣지 않을뿐더러, 그들을 관리 감독하는 동지첨사며 검찰관조차 머리를 설레설레 흔들어댈 뿐이었다.

하나같이 군마성에 들어가기를 꺼려하는 외에 제법 행세깨나 한다는 관리들치고 그들의 구린 돈이며 접대를 받지 않은 자가 없는 탓이기도 하다.

결국 군마성을 토벌하려면 막대한 병력을 쏟아 넣는 수밖에 없었다. 그러나 성을 수비하고 있는 군병들이야 도지휘사에 속해 있으니 지부대인 혼자서 결정할 수 없는 일이었다.

도지휘사의 대장군에게 하소연해 봐야 그런 일에 병력을 빼줄 리도 없을뿐더러 제 체면과 자존심이 상하는 일이라 그렇게 하기도 싫다.

그래서 겨우 스무 명의 정용과 그들을 지휘할 두 명의 포쾌를 내보낸 건데, 다행히 군마성의 말자들이 싹 자취를 감추어 주었으니 고마울 뿐이었다.

하지만 그건 겉으로 그렇게 보였을 뿐이었다.

대통로에서 이미 효과를 볼 만큼 보았으니 다른 곳으로 옮겨갈 때가 된 것이다.

그들, 군마성 남북의 두 패거리가 노리는 곳은 두 곳이었다.

막불막인 염청학의 남패에 속해 있는 말자들은 대거 대통로 최대의 상점인 만승화점(萬乘貨店)으로 몰려갔다.

모두 말끔한 옷을 입었고, 머리 모양도 단정하게 했으니 멀리서 본다면 여느 백성이나 다름없다.

하지만 여기저기 상처로 일그러진 그 얼굴들이며, 험악하고 야비한 눈빛들이 어디 가랴.

그런 자들이 이백여 명이나 우르르 만승화점으로 밀려들어 갔다.

그곳은 대통로에서 가장 큰 상점이다.

삼 층의 누각 전체를 온갖 잡화를 파는 상점으로 개조했는데, 하루에 오가는 사람만 수천 명에 이를 만큼 큰 규모를 자랑했다.

대통로뿐 아니라 서안성중에서 가장 크고 장사가 잘되는 상점인 것이다.

그곳에 몰려든 이백여 명의 남패 말자들은 아무 시비도 걸지 않았고, 말썽도 일으키지 않았다.

그저 조용히 구경만 하고 다닐 뿐이니 누구도 그들을 내쫓을 수가 없었다.

말자는 이와 같은 상점에 구경하러 오지 말라는 법도 없으려니와, 물건을 사기 위해 찾아온 다른 손님들을 의식해서도 함부로 대할 수가 없는 것이다.

그래서 만승화점의 경비역으로 고용되어 있는 장정들은 속으로 끙끙댈 뿐이었다.

눈을 부릅뜨고 그들의 행동을 감시하지만 아무 일도 없었다. 그저 이곳저곳 기웃거리며 물건을 구경하고, 판매원과 흥정을 하기도 하는 것이 정말 물건을 구입하기 위해서 찾아온 것 같기도 했다.

몇 시진째 그 일이 되풀이되고 있었다. 그러자 아무것도 아니던 일이 문제가 되기 시작했다.

다른 손님들이 점원과 물건을 흥정할 수 없게 되었던 것이다. 말자들이 각 점포의 점원들을 모두 붙잡고 있으니 그렇다.

이것저것 물어보고 흥정을 하는 건데, 당최 살 기미는 보이지 않았다. 그저 귀찮도록 물어보고 또 물어볼 뿐이다. 이것을 집어 들고 살 것처럼 하다가 다른 걸 집어 들고 또 물어본다.

그 끈질김에 점원들은 손발을 다 들어야 했다.

그들을 상대하지 않고 다른 손님에게로 가려고 하면 말자들은 벌컥 화를 냈다.

주머니에서 돈을 꺼내 보이며 소리친다.

"이봐, 사람 차별하는 거냐? 내 돈은 돈이 아니야? 나도 물건 사러 온 손님이잖아! 점원이면 당연히 손님을 상대해서 친절하게 설명해 주어야 하는 거 아냐? 앙!"

맞는 말이다. 그래도 이건 좀 심하지 않은가 싶어서 점원이 몇 마디 항의의 말이라도 하면 당장 더 큰 고함 소리가 되어서 돌아왔다.

"이 새끼가 정말 사람 차별하는구나! 너하고는 말 안 해! 주인 나오라고 해! 주인으로부터 사과를 받아야 간다. 그렇지 않으면 안 가! 못 가!"

아예 주저앉을 기세인데, 그것도 한두 명이 아니었다.

각 점포마다 두세 명씩의 말자가 배당되어 얼쩡거리면서 점원들을 붙잡고 늘어지다가 누구 한 명이 그렇게 악을 쓰면 죄다 달라붙어 그를 역성들었다.

조용하고 쾌적하던 상점이 순식간에 시골 장터처럼 소란

스러워진다. 그러면 일반 손님들은 슬그머니 다른 곳으로 가게 마련이었다.

그런 일이 만승화점에 입주해 있는 오십여 곳의 점포에서 동시다발적으로 벌어지고 있으니 문제도 보통 큰 문제가 아니었다.

경비를 맡은 장정들 모두 이십여 명이었는데, 그들이 달려가 보면 말자들은 죄다 손에 물건 하나씩을 들고 있었다. 그 상점에서 가장 값싼 물건이다.

그리고 이번에는 서로 먼저 계산을 하겠다고 아우성을 쳤다. 점원의 넋이 빠져 버릴 지경이다.

어쨌거나 물건을 사고 계산을 하겠다는데 경비역들이 뭐라고 할 말이 있을 것인가. 기껏, 차례를 지켜서 좀 조용히 해 달라고 부탁할 뿐이다.

마음 같아서는 작신 두들겨 패서 내쫓고 싶지만 그렇게 하면 다른 일반 손님들이 죄다 놀라서 달아날 것 아닌가.

그랬다가는 당장 만승화점의 주인에게 불려가 치도곤을 당하고 쫓겨날 것이다.

그러니 경비를 맡은 장정들은 그들대로 죽을 맛이었다.

오후 내내 그런 실랑이가 곳곳에서 벌어졌다. 만승화점 전체의 영업이 아예 마비되는 지경에 이르렀던 것이다.

날이 어두워져서야 그들은 값싼 물건 하나씩을 들고 시시덕거리며 모두 돌아갔다. 하지만 더 이상 만승화점은 영업을 할 수 없었다.

오후 내내 말자들이 방해를 하고 소란을 떠는 통에 그나마 찾아왔던 손님들이 죄다 떠나버렸던 것이다.

어느새 소문이 돌았는지 새로 찾아오는 손님도 뚝, 끊어졌다.

다음날, 만승화점이 문을 열기 무섭게 다시 이백여 명의 말자들이 우르르 몰려들었다.

이번에는 어제 사 간 물건을 바꿔달라고 점원들을 닦달한다.

귀찮아서 그러마고 하면 무엇으로 바꿀지 보겠다면서 또 몇 시진씩 좌대에 달라붙어 서서 이것저것 뒤적거리기만 했다.

다른 손님들이 끼어들 틈을 주지 않는다.

그쯤 되면 영업 방해도 명백하고, 지독한 영업 방해였다.

하지만 세상천지 어떤 점포가 손님이 물건을 구경할 수 있는 시간과 흥정할 수 있는 시간을 정해두고 영업을 하던가.

그것을 어기면 내쫓거나 체벌을 할 수 있다는 법은 없다. 나라에서도 그런 법은 정하지 않았다.

하루 종일 물건 구경을 하고 흥정을 해도 그걸 트집 잡아 쫓아낼 수 없는 것이다.

기껏 점원들이 타박을 주거나 눈치를 주어서 스스로 물러나게 만들 뿐인데, 말자들에게 그런 방법이 통할 리가 없었다.

오히려 그들의 기세에 점원들이 주눅들어서 절절매니 영업이 될 리가 없다.

그런 일들이 닷새 동안 거듭되었다. 그동안 두 차례 더 대통로에서 남북 양 패거리들의 짜고 하는 싸움질이 벌어지기도 했다.

그래서 이제는 대통로의 상인들은 물론이려니와 만승화점의 주인도 두 손 두 발 다 들 수밖에 없는 상황으로 몰려가고 있었다.

군마성 남쪽 남패의 말자들이 그런 난동을 부리고 있을 때, 북쪽의 북걸패들도 같은 일을 하고 있었다.

그들이 목표로 삼은 곳은 대통로 끝에 있는 천화객잔(天華客棧)이었다.

서안성중에서 가장 크고 화려하며 장사가 가장 잘되는 객잔이다.

또한 그곳은 천화상단에 속한 소상단 중 섬서와 감숙의 상권을 쥐고 있는 소단주 유대하가 직접 심복을 보내 운영하는 곳이기도 했다.

그날, 남패의 무리가 만승화점으로 대거 몰려갔던 그 시간에 북걸패의 무리들은 그 천화객잔으로 몰려갔다.

남패의 무리와 같이 모두 깨끗하고 단정한 차림이었으나 인상들은 전혀 그렇지 못한 자들 이백여 명이 일시에 객잔에 들어가니 다른 손님들을 더 받을 수가 없었다.

그들은 두 명이 한 조가 되어 그 넓은 주청의 탁자를 차지했다.

주청만 삼 개 층에 걸쳐 있는 큰 규모의 객잔이지만 그렇게 북걸패의 무리가 백여 개의 탁자를 차지하자 남은 탁자가 없을 지경이었다.

그리고 그들은 가장 값싸고 맛없는 소면과 초육채반(炒肉菜飯)을 시켰다.

그걸로 점심때가 될 때까지 세 시진 가까이 버틴다.

점심때가 되자 다시 소면과 초육채반을 시켰다.

그냥 먹으면 그나마 나을 텐데, 반드시 탁자마다 이런저런 트집을 잡아서 두 번, 세 번 새로 만들어오게 했다.

그러니 우선 주방 일을 보는 자들이 죽을 맛이었고, 그 시중을 다 들어줘야 하는 점소이들이 죽을 맛이었다.

멋모르고 들어왔던 손님들은 탁자마다 앉아 있는 인상 더러운 자들을 보고 기겁을 하여 도망치듯 나가 버린다.

영업이 될 리가 없었다.

그런 날들이 천화객잔에서도 무려 닷새 동안이나 계속되었다.

기어이 참을 수 없게 된 만승화점과 천화객잔의 주인들이 대통로 상인들을 대표한 몇 명과 함께 군마성과 담판을 짓기로 하고 나섰다.

그들이 보낸 사자로부터 말을 전해 들은 왕칠보와 염청학은 약속이라도 한 것처럼 같은 말을 했다.

"어디? 천화객잔? 웃기지 말라고 그래. 우리에게 할 말이 있으면 군마성으로 직접 찾아와."

하지만 그 말을 받아들일 상인 대표들이 아니다.

그래서 전달자가 양측을 몇 번 왔다 갔다 하는 사이에 다시 하루가 지났고, 영업은 전혀 이루어지지 못했다.

벌써 열흘 가까이 그렇게 공치고 있으니 상인들의 원성은 이제 하늘을 찌르고도 남을 만큼 치솟았다.

누구 하나 그들의 말을 들어주는 사람이 없다는 게 더욱 미칠 일이다.

결국 양측에서 타협이 이루어졌다.

천화객잔도 아니고 군마성도 아닌 대통로 한복판에서 마주 앉기로 한 것이다.

다음날, 상인 대표들과 왕칠보, 염청학이 그 자리에 나와 마주 보고 앉았다.

상인 대표들을 수행해 온 자들이 모두 네 명이었는데, 옷차림은 상인들과 같았으나 눈빛이며 기도는 전혀 다른 자들이었다.

이런 일에 이력이 붙은 왕칠보와 염청학은 한눈에 그들이 강호의 인물이라는 걸 짐작할 수 있었다.

그러나 그들은 조금도 꺼려하지 않았다. 오히려 더욱 느긋한 태도를 보인다.

자신들을 수행해 온 두 사람을 믿기 때문이었다.

第十一章

대통로의 변(變)

鳳鳴刀
봉명도

대통로의 변(變)

"못하오."

"어째서?"

"돈이라면 우리에게도 우라지게 많거든."

"그럼 다른 걸 줌세."

"뭘 말이오?"

"여자는 어떤가?"

"지금 그걸 제안이라고 하는 거요? 군마성의 골목 안에 여자가 몇 명이나 있는지 알아? 다 내보내면 대통로가 그것들로 꽉 차고 말 거요."

"그럼 대체 뭘 주면 되겠나?"

"가게."

"오호, 그렇군. 장사를 해보려는 것이군. 그것도 정식으로 말이야."

왕칠보와 염청학의 말을 들은 만승화점의 주인 이곡도가 활짝 웃었다.

"잘 생각했네. 군마성에서 벗어나 떳떳하게 가게를 열고 새 삶을 살겠다는데 누가 뭐라고 할 것인가? 원하는 곳을 말하게. 우리가 힘써서 가게를 열도록 도와주지."

"정말이오?"

"정말이지 않고."

왕칠보가 씩, 웃었다. 그러자 그 얼굴이 더 끔찍하게 보인다.

가슴에 흰 천을 둘둘 감고 있는데, 벌건 피가 딱지가 되어 배어 있으니 더욱 징그러워 보이기도 한다.

이곡도가 헛기침을 하고 그 왕칠보에게 은근하게 물었다.

"그래, 왕 두령, 자네는 어떤 가게를 원하는가?"

"딱 한 군데 있소. 그것만 준다면 맹세코 다시는 난동을 부리지 않으리다. 아니, 장사가 잘되도록 서안성중의 사람들을 죄다 몰아다 넣어 드리지."

"좋네, 좋아. 우리 사이에 약조를 단단히 하세. 자, 그러면 이제 말해보게. 어떤 가게를 사주면 되겠는가?"

"천화객잔."

"무엇이?"

태연하게 말하는 왕칠보의 그 한마디에 천화객잔의 총관인 태홍건이 기겁을 하고 벌떡 일어섰다.

"지금 천화객잔을 달라고 말한 건가?"

왕칠보가 뚱한 표정으로 바라본다.

"싫으면 말고."

"어허, 이런, 이런 말도 안 되는 일이……."

그러자 빙글빙글 웃고만 있던 염청학도 한마디 했다.

"나도 원하는 가게가 있어. 딱 하나야. 만승화점."

"으헛!"

오늘의 모임을 주선했던 만승화점의 주인 이곡도 역시 기겁을 했다.

설마 그들이 이런 요구를 할 줄은 꿈에도 몰랐던 것이다. 그저 어지간한 가게 하나 구입해서 던져 주면 그걸로 되리라고 여겼던 건 역시 그들을 만만하게 보았기 때문이었다.

하지만 이제는 그렇지 않다.

이곡도가 매서운 눈으로 염청학과 왕칠보를 노려보았다.

"설마 그 요구 조건이 받아들여질 거라고 믿는 건 아니겠지?"

"왜 아니겠어? 우리는 그렇게 되리라고 믿어."

"음, 이렇게 되면 이 협상을 더 계속할 수가 없어."

"그럽시다, 까짓것. 우리도 이런 따분한 말장난은 싫거든."

"맞아. 지겹고 따분해."

왕칠보와 염청학이 미련없이 일어섰다.

그러자 만승화점의 주인인 이곡도가 호위역으로 따라온 네 사내에게 눈짓을 했다.

턱을 끄덕인 그들이 즉시 나선다.

그들은 원래 섬서의 무림에서 제법 이름을 얻고 있는 막산사걸(幕山四傑)이라는 자들이었다.

정사가 불분명하고, 네 명이 늘 함께 다니는 걸로 유명하다.

각기 사문은 다르지만 강호에 나온 이후 서로 배포가 맞아 의형제를 맺고 동고동락해 왔다.

그들과 평소 안면이 있던 이곡도가 무려 일천 냥이라는 돈을 건네고 그들을 초빙해 온 데에는 이유가 있었다.

협상의 결과와 상관없이 대통로의 두 골칫거리인 왕칠보와 염청학을 죽여 버리려고 작정했던 것이다.

그러니 협상 운운한 건 그들을 끌어내려는 핑계에 지나지 않았다.

평소에는 좀체 왕칠보와 염청학에게 접근할 수가 없으니 죽일 수도 없는데, 그들이 동시에 나와주었으니 이처럼 좋은 기회는 다시 오지 않을 것이다.

막산사걸이 훌쩍 몸을 날려 왕칠보와 염청학의 퇴로를 가로막았다. 움직임이 가볍고 날렵하기 짝이 없다.

왕칠보가 잔뜩 인상을 썼고, 염청학은 코웃음을 쳤다.

"홍, 너희가 이렇게 나올 줄 알고 있었다. 대통로를 우리 두 사람의 피로 씻으려는 모양인데, 그전에 너희들의 피를 먼저 뿌려야 할걸?"

왕칠보와 염청학이 즉시 좌우로 빠졌다. 그러자 그들을 호위해 온 두 명의 장한이 막산사걸과 마주 서는 상황이 된다.

막산사걸은 말이 없었다. 겉옷을 벗어 던지자 품에 감추고 있던 검이 드러났다. 그것을 선뜻 뽑아 든다.

왕칠보와 염청학의 호위역으로 따라온 두 사람도 그와 같이 했다.

그들은 곡야백석(谷夜白石)과 일문강위(一門强位)인데, 청리목극이 청해에서 데리고 온 수하들 중 두 명이었다.

장팔봉의 명을 받고 청리목극을 따라 이곳에 온 세 명 중 두 사람인 것이다.

상대가 누구인지 알 리 없는 막산사걸은 하나같이 그들을 비웃었다.

자신들은 서안은 물론 섬서의 무림에서 제법 이름을 얻고 있는 고수들 아닌가.

하지만 눈앞에 있는 두 놈은 그저 군마성에 속해 있는 말자들 중에서 제법 솜씨를 자랑하는 자들이라고만 여겼다.

군마성 안에서야 으쓱거릴 수 있을지 몰라도 제대로 된 강호의 고수에게는 그야말로 조족지혈에 지나지 않는 것이다.

게다가 달랑 두 명이니 더욱 가소롭기만 하다.

어쨌거나 죽여야 한다. 일이 더욱 쉽게 되었으니 다행 아닌가.

서로 눈짓을 한 막산사걸 중 삼걸과 사걸이 즉시 곡야백석과 일문강위에게 달려들었고, 대걸과 이걸은 각기 왕칠보와 염청학을 노리고 달려들어 갔다.

쨍, 하는 날카로운 소리가 한차례 울렸다. 그리고 '으악!' 하는 두 마디의 비명이 동시에 터져 나온다.

"엇?"

막 왕칠보와 염청학을 치려던 대걸과 이걸이 움찔했다.

웬일인지, 눈앞의 두 놈이 달아나거나 맞서 싸울 생각도 하지 않고 그저 빙글빙글 웃고 있지 않은가.

게다가 험악한 얼굴 가득 떠올라 있는 건 진득한 비웃음이었다.

그래서 '이놈들이 미쳤나?' 하고 생각한 순간 두 마디의 비명성이 들려온 것이다.

'벌써 해치웠어? 빠르기도 하군.'

그런 믿음으로 힐끔 돌아보았는데, 죽어 자빠지고 있는 두 사람은 군마성의 패거리가 아니라 바로 자신들의 두 의형제 아닌가.

"이게 뭐야?"

대걸 탁문규가 버럭 소리쳤고, 이걸 고대석도 막 염청학의 가슴을 찌르려던 검을 뚝, 멈춘 채 놀람으로 눈을 부릅떴다.

"너희가 자초한 일이다."

저승사자의 그것처럼 싸늘한 말과 함께 곡야백석이 즉시
몸을 날려 대걸에게 달려들었고, 일문강위 역시 이걸에게 달
려들었다.

"너희들은 누구냐!"

비로소 그들이 군마성의 시시한 말자들이 아니라는 걸 눈
치챈 대걸과 이걸이 버럭 소리치며 마주 검을 휘둘러 부딪친
다.

쨍, 쨍!

다시 두 마디의 날카로운 금속성이 허공에 울려 퍼졌다.

대걸과 이걸이 온 힘을 다해서 자신들의 절기를 펼치지만
곡야백석과 일문강위의 상대가 될 순 없었다.

그들이 가볍게 손목을 털고 어깨를 불쑥 내밀자 검봉이 천
변만화하며 대걸과 이걸의 검막을 찢고 거침없이 밀려들어
간다.

"으악!"

"크헉!"

이번에도 거의 동시에 그들의 입에서 단말마가 터져 나왔
다.

목을 깊숙이 찔린 대걸이 눈을 부릅뜬 채 천천히 무너졌는
데, 곡야백석을 바라보는 그 눈길에는 아직도 믿지 못하겠다

는 기색이 가득했다.

이걸의 심장을 여지없이 꿰뚫은 일문강위의 검은 등 뒤로 반쯤이나 빠져나와 있었다.

붉은 피를 울컥울컥 토해내면서 모로 쓰러지고 있는 이걸의 두 눈에도 불신의 빛이 가득하다.

"으악!"

전혀 예상치 못한 그 일에 놀란 만승화점의 이곡도와 천화객잔의 태홍건이 비명을 터뜨렸다.

눈 깜짝할 사이에 그토록 믿었던 막산사걸이 죽어 널브러졌으니 하늘이 무너지는 것 같다.

그들의 눈앞에 왕칠보와 염청학의 징그러운 얼굴이 코를 맞댈 듯이 달라붙었다.

역겨운 입 냄새를 훅, 훅, 뿜어가며 느긋하게 말한다.

"다시 이따위 수작을 부리면 그때는 대통로에 피를 뿌리는 게 바로 너희들 두 놈이 될 거야. 흐흐흐—"

기어이 만승화점이 문을 닫았고, 천화객잔도 영업을 중단했다.

대통로를 가득 메우고 오갔던 사람들의 발길이 뚝 끊어졌으므로 그 많던 상점이며 좌매들도 대부분 문을 닫고 나오지 않았다.

서안성중에서 가장 번화하고 화려했던 대통로가 상갓집처

럼 을씨년스럽게 변해 버린 것이다.

그것을 암중에서 계획하고 실행한 사람, 청리목극은 흑련귀 고흑성과 왕칠보의 객잔에서 대작하고 있었다.

그토록 패악을 떨어댔던 왕칠보가 두 손을 공손히 모으고, 그 험악한 얼굴에 한껏 부드러운 아첨의 미소를 지으며 그들의 시중을 든다.

아래층에서 북걸패의 말자 한 놈이 조심스럽게 말했다.

"저기…… 남패의 염 두령께서 오셨는뎁쇼?"

왕칠보가 반색을 한다.

"웅? 염 형제가 왔어? 그럼 어서 이리로, 아차."

급히 제 입을 틀어막고 청리목극의 눈치를 보는 것이 무심결에 주인에 앞서 대답한 종이 뒤늦게 두려워하는 그런 모습이다.

청리목극이 빙긋 웃었다.

"그놈이 할 말이 있는 게지. 올라오라고 해."

"존명! 소인이 가서 데려오겠습니다."

살았다는 듯 왕칠보가 쿵쾅거리며 아래층으로 달려 내려갔다.

왕칠보와 염청학은 평소 원수처럼 으르렁거리며 싸우는 사이였다.

군마성의 패권을 두고 남패는 북걸패의 영역을 탐내고 북걸패는 남패의 영역을 탐냈기 때문이다.

그래서 어느 쪽이든 경계를 넘어서는 순간 쥐도 새도 모르게 죽어 시궁창에 버려지곤 했다.

그러던 것이 이제는 남패의 우두머리가 제집에 오듯 달랑 혼자서 이렇게 북걸패의 본거지로 찾아오고, 또 왕칠보가 그를 제 형제 맞이하듯이 반색을 하며 달려나가 맞아들일 정도로 확 변해 있었다.

음침하고 사악한 기운으로 가득했으며, 언제나 죽음의 위협이 떠나지 않던 불안한 곳.

그래서 바깥의 사람들이 군마성이라고 부르는 그 이상한 곳이 이제는 희망으로 따뜻해져 갔다. 훈풍이 불어온 것이다.

그건 서안성을 장악하고 있던 천화상단의 힘을 저희들이 깨부술 수 있다는 가능성을 보았기 때문이다.

더 이상 그들을 두려워하지 않아도 될 것이라는 믿음이 그들에게 희망을 가져다준 것이다.

나도 떳떳하게 저 대통로에 나가 버젓이 내 좌판을 내놓거나 가게를 열고 장사를 할 수 있게 될 것이라는 믿음은 생각보다 큰 힘이었다.

잘하면 군마성과 상가로 나뉘어 별개로 존재하던 대통로의 두 세상을 하나로 합칠 수 있을 것이다.

그건 음지로 내몰렸기에 더욱 패악을 떨고 몸부림을 치던 자들에게 서광이 비친 것과 같았다.

"쥐구멍에도 볕 들 날 있다더니, 우리에게 이런 날이 올 줄은 정말 몰랐습니다. 그게 다 두 분 대인의 은혜라고 생각합니다."

염청학이 대뜸 청리목극과 고흑성 앞에 엎드려 넙죽 절하며 그렇게 말했다.

고흑성이 멋쩍게 웃는다.

"내가 한 일이 뭐가 있느냐? 여기 청리 형제가 다 꾸미고 한 일이니 그에게 감사하면 될 뿐, 나에게까지 이럴 것 없다."

"천만의 말씀입니다."

염청학이 더욱 공손하게 머리를 조아린다.

"고 대인께서 저쪽 편에 섰더라면 저희가 어찌 이렇게 희망을 손에 쥘 수 있었겠습니까? 고 대인께서 이처럼 저희 같은 천한 놈들과 어울려 주시는 것만으로도 저희들에게는 용기가 되고 힘이 됩지요."

청리목극이 고흑성의 손을 잡으며 따뜻하게 말했다.

"그의 말이 옳소. 고 형이 아니었다면 이 서안성에서 내가 어찌 이처럼 순조롭게 계획을 진행시킬 수 있었겠소? 그러니 내가 세운 공의 반은 고 형의 것이외다. 반드시 주인께 그렇게 말씀드리겠소."

"허허, 이 사람, 내 얼굴을 뜨거워지게 만드는군. 그나저나 나는 아직도 자네의 주인이라는 분에 대해서 아무것도 모르고 있으니……."

고흑성이 짐짓 서운하다는 표정으로 청리목극을 바라보며

입맛을 다셨다.

청리목극이 빙긋 웃는다.

"만승화점과 천화객잔의 일이 마무리되면 수인께서 행차하실 겁니다. 그때는 소제가 반드시 고 형을 주인께 소개시켜 드리지요."

"제발 그래 주기를 바라네. 나는 대체 자네의 주인이라는 분이 어떤 고인인지 궁금해서 미칠 지경이라네."

청리목극이 다시 빙긋 웃었다.

고흑성은 강호의 은거 고인이라도 떠올리고 있는 모양인데, 그가 정작 장구봉을 본다면 어떤 표정을 지을지 궁금해진다.

군마성의 무리들이 그처럼 희망에 부풀어 있을 때, 분노와 노여움으로 치를 떠는 사람도 있었다.

섬서와 감숙의 상권을 쥐고 있으며, 서안성에 근거지를 두고 있는 소단주 유대하다.

"그까짓 패악한 놈들 하나를 제대로 처리하지 못하고 나에게까지 손을 내민단 말이냐?"

그의 노여움이 불같이 떨어지는 곳에 엎드려 있는 자는 천화객잔의 총관인 태홍건이었다.

그가 어찌할 줄을 모르고 벌벌 떨기만 했다.

"그런 놈들 때문에 내 소유의 객잔이 문을 닫는다면 다른 소단주 놈들이 뭐라고 하겠어?"

"죄, 죄송합니다."

"내가 너를 믿기에 천화객잔의 운영 일체를 맡긴 것 아니겠느냐? 그런데 이런 일 하나 처리하지 못하고 내 얼굴에 똥칠을 한 결과를 가져왔으니 그 책임을 어떻게 지겠느냐?"

"죽여줍시오."

"그럴 것 없다. 그동안 네가 세운 공을 생각해서 목숨이며 재산은 그대로 붙여주지. 대신 지금 당장 내 앞에서 꺼져 버리고 다시는 나타나지 마라."

"다, 단주……."

태홍건이 울상을 했다. 명백한 해고이면서 추방이기도 했기 때문이다.

비록 목숨과 재산은 건졌지만 장사를 업으로 삼고 있는 그에게는 씻을 수 없는 불명예가 아닐 수 없다.

게다가 다시는 천화상단의 도움을 받을 수 없으니 이 넓은 천하 어디에 가서든 제대로 장사를 할 수가 없게 된다.

결국 산골에 은거해서 아무 하는 일 없이 빈둥거리며 여생을 마쳐야 하는 것이다.

그건 장사꾼으로 태어나 자라고 나이 먹어온 태홍건 같은 사람에게는 차라리 죽는 것보다 못한 일이었다.

그가 눈물을 뚝뚝 떨어뜨리며 나가자 유대하는 노여움을 참지 못하고 턱수염을 부들부들 떨었다.

"난주에서 그 등 가라는 놈에게 모욕을 당한 것만 해도 이가 갈리는데, 내 집 안방이나 다름없는 서안에서 또 이런 일을 당할 수 있더란 말이냐? 이건 절대로 그대로 넘어갈 수 없어!"

그는 이런 일이 닥쳤을 때 어떻게 처리해야 하는지 알고 있었다.

천화상단에 구룡검노 화문무가 이끄는 문무전(文武殿)이 괜히 있는 게 아닌 것이다.

"그들에게 도움을 요청할 수밖에."

이를 부드득 간 유대하가 자리에서 벌떡 일어섰다.

*   *   *

열두 명의 무사들이 건장한 말을 타고 불귀림을 떠나 북으로 향했다.

풍우주가를 임시 총단으로 삼고 있는 천화상단에서 뽑아 보낸 자들이다.

문무전의 제삼당 당주인 철검독심(鐵劍毒心) 곽성량(郭成樑)이 그들을 직접 인솔했다.

그들이 향하는 곳은 서안성이었다. 달리는 말에 채찍질을 해가며 쉬지 않고 달리니 열흘 후에는 도착하게 될 것이다.

"제기랄, 장구봉이라는 놈 하나만 해도 골치가 지끈거릴 지경인데 이제는 별 잡것들까지 다 속을 썩이는구나."

명을 내리던 전주 화문무의 투덜거림이 내내 그들의 머릿속에서 떠나지 않았다.

"서안성을 쓸어버려. 군마성 안에 있는 것들은 사내든 계집이든 가리지 말고 죄다 죽여도 좋다. 아예 그곳에 불을 질러 버려. 잿더미가 되고 나면 그것들도 싹 사라지겠지."

여태까지 그토록 무지막지한 명령이 발동된 적은 없었다.

기껏 화물을 턴 산적들의 산채를 초토화시키거나, 사사건건 천화상단에 대적하는 무리들 중 우두머리 한두 놈을 잡아오는 걸로 충분했던 것이다.

그런데 이번 명령은 달랐다.

강호의 무리도 아니고, 군마성이라는 곳에 살고 있는 무뢰배들을 상대하기 위해 문무전의 정예한 고수들이 출동한 것이다.

그건 자존심이 상하는 일이었다.

하지만 명령을 받았으니 한시도 지체해서는 안 된다.

"제기랄, 찜찜한 칼부림을 하게 생겼구나."

철검독심 곽성량이 투덜거리면서 신경질적으로 말 배를 박찼다.

그는 검법이 지독하고 마음은 그보다 더 독한 고수로 강호에 널리 알려져 있는 자였다.

하지만 저의 그 검으로 기껏 쓰레기나 다름없는 건달패들을 죽여야 한다니 불만이 생길 수밖에 없었다.

저와 제 수하들의 손에 죽어 나자빠질 자들에 대해서 불쌍하다는 생각도 언뜻 든다.

"쥐새끼들이면 쥐새끼들답게 시궁창 물이나 할짝거리고 있을 것이지, 감히 천화상단의 권위에 도전을 해? 흥, 뒈져도 할 말이 없는 자들이다. 그게 그놈들의 팔자이고 운명인 게야."

그래서 그렇게 투덜거리며 길을 재촉하고 있지만 불길한 운명은 저에게도 어두운 그늘을 드리우며 다가오고 있다는 걸 까맣게 모르고 있었다.

"몇 놈이라고 했지?"

청리목극의 눈이 투지로 이글거린다.

목랍길이 빙글빙글 웃었다.

"모두 열두 명이란다. 도와주랴?"

그는 장팔봉과 함께 만월산장에 있었는데, 수하들의 급한 소식을 듣고 곧장 서안으로 달려온 것이다.

청리목극이 히죽 웃는다.

"네가 도와줄 일이 딱 한 가지 있기는 하다."

"그럼 어려워하지 말고 이 형님에게 말해봐라."

"서안 가까운 곳에서 그놈들을 기습할 수 있는 적당한 곳을 물색해 줘."

"오호, 매복을 하겠다고? 인원은 더 필요없고?"

"우리 다섯 명이면 충분하다."

"다섯 명? 어째서?"

목랍길이 알 수 없다는 듯 두리번거렸다.

그가 아는 한 청리목극이 서안으로 데리고 온 수하는 세 명이었다.

장팔봉의 호위가 되어 있는 백목위리와 나가철기를 뺀 석능호(石肋虎)와 곡야백석, 일문강위가 그들이다.

그러니 청리목극과 함께 네 명이라야 맞는데 다섯 명이라고 하니 의아할 수밖에 없다.

청리목극은 흑련귀 고흑성을 염두에 두고 있었다.

그가 도와준다면 저희들의 힘만으로 이번 일을 충분히 해치울 수 있으리라고 믿는다.

그러나 사정을 알지 못하는 목랍길로서는 영 미덥지 못한 일이기만 했다.

"정말 도와주지 않아도 되는 거냐? 장 대형께서는 백목위리와 나가철기를 데리고 몸소 나설 의향도 있으시다."

"이런 일에 주공을 귀찮게 해서야 어찌 수하 된 자들이 낯을 세울 수 있겠느냐?"

"허, 정말 자신있는 거야? 그들의 우두머리가 철검독심 곽성량이라는 걸 내가 말해주지 않았던가?"

"흥, 그놈이 비록 강호를 떨게 하는 검사라고 해도 두렵지 않다. 너는 내 능력의 반밖에 알지 못하고 있어."

"제기랄, 장 대형으로부터 몇 수 절기를 배우더니 아주 기고만장해졌구나. 알아서 해라. 하지만 이것 한 가지만은 명심해 둬. 만약 이번 일이 잘못되면 장 대형의 대계가 모두 흔들리게 된다. 그때는 입이 열 개라도 장 대형에게 할 말이 없을걸?"

"그렇게 되면 내 스스로 목을 잘라 사죄하겠다."

"허—"

목랍길에게는 청리목극의 그런 자신감이 터무니없는 것으로만 비쳤다. 하지만 그가 그렇게까지 말하는 데야 더 권할 수도 없다.

서안성이 이십 리 앞이다.

오늘 날이 저물 무렵에 도착할 것이다.

철검독심 곽성량은 서안성에 도착하는 즉시 군마성이라는 곳을 짓밟을 작정이었다.

관병이 출동하기 전에 싹 쓸어버리고 떠나야 하니 번갯불에 콩 볶아먹듯 해야 할 것이다.

그들이 제일 염려하는 게 그 부분이었다.

서안성 내에서 대규모의 살육을 벌인다는 건 자칫 황권에 도전하는 것으로 비칠 수가 있다.

그렇게 되면 서안성에 주둔하고 있는 삼만이나 되는 수비

군과 충돌하지 않을 수 없는데, 그건 섶을 지고 불속으로 뛰어드는 꼴 아닌가.

하지만 철검독심 곽성량의 그런 걱정은 마가촌으로 마중 나온 소단주 유대하의 수하가 깨끗이 씻어주었다.

"서안지부의 지부대인께서도 원하시는 일입니다. 자신의 힘으로 하기에는 이것저것 걸리는 게 많은데 천화상단에서 해준다니 오히려 고마워하고 있습지요."

"수비군은?"

"그 점 또한 염려하지 않아도 됩니다. 주인께서 이미 손을 써두었으니까요. 적어도 내일 아침까지는 마병은커녕 보졸 한 명도 대통로에 나오지 않을 것입니다."

"그래? 그렇다면 식은 죽 먹기로군."

곽성량이 비로소 환하게 웃었다.

군마성의 말자들이 어지간히 미운 짓을 많이 한 모양이라고 생각한다.

그랬기에 이처럼 좋은 기회가 온 것 아니겠는가.

성민들도 그들을 싹 없애 버리면 천화상단의 의로움에 갈채를 보낼 것이다. 세상에 천화상단의 힘을 다시 한 번 과시하는 일도 되리라.

꿩 먹고 알 먹는다는 말 그대로인 것이다.

그러니 이번 일은 깨끗하고 빠르게 해치워야 한다.

"좋아, 여기서 잠시 쉬었다가 날이 저물면 들어간다."

곽성량은 이대로 급히 들이치려던 계획을 바꾸어 잠시 쉬어가기로 했다.

여기까지 달려오느라고 피곤해진 수하들을 쉬게 해서 힘을 비축하는 한편, 야심한 밤을 틈타 거센 모래바람처럼 들이쳐서 한바탕 통쾌한 도살을 하려는 것이다.

그들이 허름한 주가에 들어 먹고 마실 때에 청리목극은 서안성에서 이십여 리 떨어진 황모산 기슭에 와 있었다.

그의 부탁을 받은 흑련귀 고흑성이 기꺼이 칼을 들고 따라나섰으므로 그들은 모두 다섯 사람이었다.

고흑성은 청리목극의 세 수하가 하나같이 뛰어난 고수라는 걸 알고 있었다.

그들 중 두 명이 대통로에서 막산사걸을 일격에 베어 넘기는 걸 똑똑히 보았던 것이다.

"여기요."

청리목극이 한곳을 가리켰다. 목랍길이 가르쳐 준 그 장소에 도착한 것이다.

커다란 소나무 몇 그루가 듬성듬성 뿌리박고 있는 언덕이었는데, 아래쪽에는 누런 탁류가 으르렁거리며 흘러가는 넓은 개울이었다.

비탈이 져 있으니 말들이 그곳으로 내려갈 리가 없다.

언덕을 감싸듯이 무성하게 자란 억새들이 하얀 꽃을 만개

하고 있었다.

그것을 지나야 언덕에 오를 수 있는데, 언덕에서는 서안성 주변의 드넓은 평원이 한눈에 들어왔다.

좌우가 모두 벼들이 누렇게 익어가고 있는 벌판이고, 오직 한 가닥 차마의 통행이 가능한 뻘건 황톳길이 언덕 아래로 휘어져 지나가고 있었다.

그 길이 곧장 서안성으로 이어지는 길이다.

언덕 위에서 사방을 한 번 휘둘러 본 흑련귀 고흑성이 감탄성을 터뜨렸다.

"과연, 이곳보다 좋은 곳은 또 찾을 수 없겠군."

"목랍길 그놈이 보는 눈은 역시 있지 않소?"

"그래, 이제 어떻게 그들을 해치울 건가?"

"그것도 목랍길이라는 놈이 귀띔해 준 게 있지요."

"말해보게."

"선두의 기마를 잡는 게 관건이라고 했소이다."

"그러니까 어떻게?"

말을 타고 있는 자를 치는 건 두 발로 걷는 자를 치는 것과 비교할 수 없이 어렵다.

우선 높이에서 차이가 나고, 다음으로는 말과 사람을 한꺼번에 상대해야 하니 그렇다.

말에게 시선을 빼앗기면 기수의 창검을 피할 수가 없고, 사람에게만 신경을 쓰다가는 말에게 채여 넘어지는 낭패를 면할 수 없는 것이다.

게다가 덩치가 사람과는 비교할 수 없이 큰 말을 앞에 두면 우선 기가 질리게 된다. 그게 사기에도 크게 작용하게 마련이었다.

그런 저런 점을 감안했을 때 철검독심 곽성량의 무리가 말에서 내려오도록 하는 게 급선무였다.

목랍길은 그러한 점을 염두에 두고 미리 세세한 계획을 세워두었던 듯, 청리목극에게 미주알고주알 잔소리를 했다.

듣고 있을 때는 짜증이 났는데, 이렇게 현장에 와보니 과연 목랍길의 말이 금과옥조였다는 걸 실감하게 된다.

청리목극이 세 명의 수하에게 명했다.

"항아리를 묻어라."

그들은 등에 커다란 보따리를 지고 있었는데, 무엇이 들어 있는지 움직일 때마다 덜그럭거리는 소리가 났다.

"존명!"

그들이 씩씩하게 대답하고 언덕 아래로 달려 내려갔다.

억새밭 속으로 들어가서 보따리를 풀었는데, 그 안에서 나온 것은 요강만 한 항아리들이었다.

모두 열 개의 항아리였다. 유황과 염초를 가득 채운 것들이다.

세 사내가 길을 따라 언덕을 돌아가며 빙 둘러 항아리들을 묻고 심지를 뽑아 길게 이었다.

불을 붙이면 맨 앞과 뒤의 항아리가 제일 먼저 터지고, 순차적으로 터지기 시작할 것이다.

항아리는 굳이 깊이 파묻지 않아도 무성한 억새풀에 가려져 보이지 않았다.

모두 매설한 다음에 심지에 불을 붙일 사람으로 석늑호를 남겨두고 곡야백석과 일문강위는 길을 가로질러 비탈 아래로 내려갔다.

으르렁거리며 흐르는 탁류 근처에 납작 엎드리더니 품에서 보자기를 꺼내 눈만 내놓고 머리부터 발끝까지 덮어쓴다.

보자기는 황토로 물들인 것이라 주변의 황토 흙무더기와 조금도 달라 보이지 않았다.

자세히 보지 않는 이상 그 속에 사람이 검을 품고 엎드려 있으리라고는 누구도 생각하지 못할 것이다.

그들 세 명이 그렇게 매복을 마쳤을 때, 언덕 위에서는 청리목극이 활에 시위를 걸고 있었다. 보따리 속에 단궁 한 자루와 다섯 대의 화살을 넣어 가지고 왔던 것이다.

그들이 준비하는 걸 지켜보던 흑련귀 고흑성이 껄껄 웃었다.

"이거 내가 괜히 따라온 것 같군."

"그렇지 않소. 이게 다 고 형이 솜씨를 발휘할 기회를 주기 위한 준비 작업에 지나지 않소이다. 이제 잠시 후면 고 형이 한바탕 칼춤을 추어야 할 것이오."

"나는 이미 모든 준비가 되어 있네."

고흑성이 제 칼을 두드리며 씩 웃는다.

두두두두—

멀리서 은은하게 말발굽 소리가 들려오기 시작했다.

휘영청 밝은 보름달이 머리 위에 있는 무렵이다.

그것의 밝은 빛으로 멀리까지 내다보였으므로 횃불이 필요없는 밤인 것이다.

딱!

말발굽 소리에 귀를 기울이고 있던 석늑호가 화섭자를 뽑아 심지에 불을 붙이고 재빨리 길을 가로질러 갔다.

구르듯이 비탈을 내려가 탁류 가에 이르러 납작 엎드린다.

심지 타 들어가는 소리가 낮게 들렸고, 옅은 유황 냄새가 천천히 허공에 퍼졌다.

第十二章

장팔봉의 입성(入城)

鳳鳴刀
봉명도

장팔봉의 입성(入城)

선두에서 말을 달리고 있던 철검독심 곽성량이 눈살을 찌푸렸다.

억새 언덕 아래를 지나가는데 밤바람에 섞여 은은하게 유황 타는 냄새가 맡아졌던 것이다.

코를 벌름거리지만 냄새의 진원지를 알 수 없다.

'어디서 잡초라도 쌓아두고 태우는 모양이군.'

바람에 따라 사라졌다 다시 맡아지곤 하는 미약한 냄새인지라 대수롭지 않게 생각했다.

그것보다는 잠시 후에 펼쳐질 군마성에서의 통쾌한 살육에 대한 흥분이 머릿속에 꽉 차 있었던 탓이기도 하다. 그래서 무시하고 달려갔다.

열세 필의 건마들이 더운 콧김을 내뿜으며 일렬로 늘어서서 한 가닥 황톳길 위를 질주해 간다.

그렇게 말들이 모두 억새풀 무성한 언덕 아래에 들어섰을 때였다.

쾅!

곽성량의 바로 곁에서 요란한 소리와 함께 항아리가 터졌다.

그것의 파편들이 사방으로 퍼져 나간다.

쾅!

거의 동시에 맨 뒤에 있던 건마의 곁에서도 항아리가 터졌다.

그리고 앞뒤에서 좁혀오며 연속하여 항아리들이 터진다.

쾅! 쾅! 쾅!

밤하늘에 불길이 치솟고, 매캐한 화약 연기가 가득해졌다.

우박처럼 떨어지는 파편들보다 갑자기 터져 나온 그 폭발음에 말들이 크게 놀랐다.

히히히힝—

곽성량의 말이 앞발을 번쩍 들고 요란하게 울부짖는데, 목이며 배, 다리 할 것 없이 수십 개의 항아리 파편이 박혀 있었다.

놀란 그것이 펄쩍 뛰더니 본능적으로 길에서 벗어났다.

화약이 터진 반대쪽으로 껑충껑충 뛰어 달아나니 자연히 황토 개울이 있는 비탈로 미끄러질 수밖에 없다.

 중심을 잃은 말이 그대로 굴러떨어졌고, 말에 깔리기 직전에 곽성량은 겨우 몸을 빼낼 수 있었다.

 그러나 그 역시 창졸간의 일에 놀라고 당황해 중심을 잃은 채 가파른 비탈로 굴러떨어진다.

 그가 인솔해 온 열두 명의 수하들도 사정은 마찬가지였다. 길길이 날뛰는 말들과 함께 비탈로 굴러떨어졌다.

 '매복?'

 곽성량의 머릿속에 비로소 그런 생각이 스쳐 갔다. 얼른 몸을 일으키는데 불길한 예감이 사정없이 뒷골을 잡아당긴다.

 그것을 증명하듯 피잉, 하는 바람 소리가 들렸다.

 곽성량이 본능적으로 몸을 낮추며 검을 뽑아 드는데, 그의 뒤쪽에서 '으악!' 하는 비명이 들렸다.

 후딱 돌아보니 막 몸을 일으키던 수하 한 명이 가슴 깊이 화살이 꽂힌 채 비틀거리고 있었다.

 첨벙, 하고 급류에 빠져 버린다.

 그러자 으르렁거리는 물살이 그를 삼켜 버렸다. 흔적도 없이 사라지는 수하를 보면서 곽성량은 제가 무언가 해야 한다고 생각했다.

 "으악!"

 "컥!"

몇 마디의 답답한 비명이 좌우에서 어지럽게 들려왔다.

어둠을 가르고 날아든 화살들이 그들의 가슴이며 배에 푹 푹, 꽂히고 있다.

'대체 어디냐?'

몸을 낮추고 두리번거리던 곽성량의 눈에 활활 불타고 있는 억새풀밭 위 언덕이 보였다.

몇 그루의 소나무 아래 두 사람이 우뚝 서 있었는데, 그중 한 명이 활을 만월처럼 당기고 있는 중이었다.

획—

이마를 노리고 유성처럼 날아드는 또 한 대의 화살.

"이놈!"

곽성량이 분노로 이를 갈며 검을 휘둘러 그것을 쳐냈다.

재빨리 주위를 둘러본다.

말들은 모두 달아나 버렸고, 눈 깜짝할 사이에 화살에 희생된 자가 세 명이나 되었다.

나머지는 이제 신형을 안정시키고 있다.

열두 명의 수하들 중 졸지에 세 명을 잃고 아홉 명이 남았지만 그 정도면 아직 충분하다고 생각한다.

"언덕 위다!"

곽성량이 검을 들어 가리키며 수하들을 독려했다.

"당황하지 마라. 적은 고작 두 놈일 뿐이다!"

그 말이 끝나자마자 뒤쪽에서 다시 '으악!' 하는 비명이 터져 나왔다.

돌아본 곽성량이 두 눈을 부릅떴다.

분명 아무도 없는 개울가의 황토 비탈이었는데, 언제 어디서 어떻게 나타난 건지 세 명의 장한이 검을 휘둘러 수하들을 쳐 넘기고 있었던 것이다.

그들은 아무런 소리도 내지 않았다. 그래서 마치 유령이 불쑥 나타난 것 같은 공포심을 가져다주었다.

게다가 더욱 믿을 수 없게도, 그들의 검격은 예사로운 게 아니었다.

쩽, 쩽! 하는 쇳소리가 몇 번 들리는 사이에 다시 두 명이 피를 흘리며 고꾸라졌다.

그리고 언덕 위에서 우렁찬 외침 소리가 들려왔다.

"곽성량! 서안성에 들어오려면 먼저 나의 허락을 받아야 한다는 걸 모른단 말이냐?"

수하들을 도와 세 명의 매복자를 치려던 곽성량이 이를 부드득 갈며 마주 소리쳤다.

"너는 도대체 어떤 놈이냐?"

"우허허허— 서안성에 나 흑련귀 고흑성이 있다는 소문도 듣지 못했더란 말이냐?"

"무엇이? 흑련귀 고흑성?"

곽성량은 가슴이 철렁했다.

서안성에 흑도의 거물 한 명이 웅크리고 있다는 말은 들어왔다. 그가 고흑성이라는 것도 안다. 하지만 이번 일에 그가 개입했을 줄은 아무도 예측하지 못한 일이었다.

'저놈이 왜?'

군마성과는 상관이 없는 자이고, 천화상단에 홀로 대항할 만큼 원한이 있는 것도 아니지 않은가.

원인을 알지 못해 어리둥절해하는데 고흑성이 바람처럼 언덕에서 달려 내려왔다.

활활 불타고 있는 억새밭을 그대로 뚫고 나와 곧장 곽성량을 노리고 덤벼든다.

"내 허락 없이는 그 어떤 놈도 서안성에 한 발짝도 들여놓을 수 없다!"

버럭 외치며 칼을 뽑아 후려쳐 오는데, 그 재빠름과 기세가 곽성량을 놀라게 할 만했다.

"좋다!"

곽성량이 검을 휘둘러 고흑성의 첫 칼을 쳐내며 이를 갈았다.

"네놈이 과연 서안성의 주인을 자처할 자격이 있는지 한번 보자!"

검을 휘둘러 반격하는데, 쨍강거리는 쇳소리가 귀 따갑게 터져 나오고, 새파란 불똥이 어지럽게 피어났다.

그들 두 사람은 누가 더 낫고 부족한지 가리기 힘든 호적수였다.

흑련귀의 칼이 빠르고 강렬하다면, 곽성량의 철검은 신랄하면서 지독했다. 과연 철검독심이라는 별호에 부끄럽지 않은 검격을 끝없이 쏟아낸다.

그들 두 사람은 과연 강호에서 보기 드문 고수가 분명했다. 평소에는 좀체 마주칠 일이 없고, 마주쳤다고 해도 서로가 싸우기를 꺼려할 자들인 것이다.

기세만으로도 상대를 알 수 있으니 승부를 확신할 수 없는 그런 싸움은 피하는 게 현명하다.

그런데 지금은 그렇지 않았다. 이렇게 부딪친 이상 반드시 누군가는 죽을 것이고, 이긴 자도 심각한 중상을 입을 게 틀림없다.

곽성량은 흑련귀를 상대하느라고 다른 곳에 신경 쓸 여력이 없었다. 온 정신을 모으고 온 힘을 다하여 싸워야 할 상대 아닌가.

그러는 동안 그의 수하들은 몇 명이 더 죽기는 했지만 이제 혼란을 극복하고 있었다. 사방에서 조직적으로 조여들며 세 명의 매복자들을 몰아붙이기 시작한다.

어처구니없이 반이나 되는 동료를 잃은 데 대한 분노가 그들의 검격을 배는 더 무섭게 했다.

열두 명이 기세등등하게 왔다가 서안성을 눈앞에 둔 곳에서 순식간에, 어처구니없이 반을 잃고 여섯 명만 남았으니 매복자들에 대한 분노가 하늘을 찌를 듯하다.

그들이 혼란을 수습하고 반격해 오기 시작하자 석늑호와 곡야백석, 일문강위는 곧 위기에 처했다.

기습에 의한 처음의 우세가 사라진데다가, 한 사람이 두 명을 상대해야 하니 빠르게 열세에 몰린다.

그들 세 명은 장팔봉의 도움으로 강호의 일류고수로 거듭 났지만 상대하고 있는 천화상단의 무사들 역시 그들 못지않은 고수들이었던 것이다.

그 싸움에 불쑥 한 사람이 뛰어들었다.

청리목극이다.

그가 언제 언덕에서 내려왔는지 아무도 알지 못했다. 그에게 신경을 쓸 여유가 없기도 하려니와, 청리목극의 신법이 그만큼 고명했던 것이다.

그가 끼어들자 싸움은 눈에 띄게 달라졌다.

청리목극의 검은 문무전 소속 여섯 명의 생존자들 중 그 누구의 것보다, 그 어떤 초식보다 우월했다.

문무전의 무사들이 고수로 불리기에 손색이 없는 자들이지만 청리목극은 그들보다 훨씬 뛰어난 자였던 것이다.

철검독심 곽성량만이 청리목극을 상대할 만한 고수인데, 그는 손발이 흑련귀 고흑성에게 붙잡혀 있는 터라 몸을 뺄 수가 없었다.

그런 상황이니 청리목극은 마음 놓고, 아무 거리낌 없이 천화상단의 무사들을 쳐 넘길 수 있었다.

위기를 맞고 있던 세 명이 금방 기세를 회복하여 함께 들이치자 이제 전세는 돌이킬 수 없게 되었다.

"크윽!"

마지막 놈의 단말마가 자욱한 피비린내 속에 깔리고 정적이 밀려들었다.

열두 명이던 자들이 뜻밖의 강력한 매복에 걸려 모두 죽은 것이다.

남은 자는 곽성량 혼자였다. 전력을 다해 흑련귀를 상대하여 평수를 유지하고 있었지만 이제는 그렇지 못했다.

수하들이 모두 죽었고, 새롭게 나타난 자가 결코 자신보다 못하지 않은 고수라는 걸 알았으니 마음의 부담이 열 배는 더 커진 것이다.

그자가 가세한다면 제 목숨이 어떻게 될지는 불을 보듯 뻔하지 않은가.

그런 생각이 들자 조급해지면서 가슴이 떨렸다. 그것이 그대로 손발에 전해지는 건 어쩔 수 없는 일이다.

신랄하고 지독했던 검격이 무디어지기 시작했다. 그것을 눈치채지 못할 흑련귀 고흑성이 아니다.

"이얏!"

기세가 오른 기합성과 함께 그의 칼이 낙뢰처럼 떨어진다.

곽성량이 이를 악물고 검을 들어 그것을 가로막았다.

'여기가 끝인가?

이것이 제 삶의 마지막 순간이라는 느낌이 왈칵 밀려들었고, 언제나 그렇듯이 불길한 예감은 여지없이 맞아떨어졌다.

쟁!

곽성량의 철검이 부러져 날렸다. 그리고 그의 어깨에 흑련귀의 칼이 사정없이 떨어져 박힌다.

픽!

곽성량이 눈을 부릅떴다. 뜨거운 불이 어깨를 통해 가슴 깊은 곳까지 관통하는 것 같다. 그런 느낌은 그가 생전 처음이자 마지막으로 경험하는 것이었다.

*　　　*　　　*

―만승화점이 문을 닫았다.
―천화객잔도 문을 닫았다.

소문이 무섭도록 빠르게 서안성중에 퍼졌다.

그 소식을 들은 사람들은 모두 제 귀를 의심했다.

만승화점과 천화객잔이라면 서안성중에서 가장 번창하던 영업장 아니던가.

그곳의 주인은 가만히 앉아서 매일매일 돈을 자루에 쓸어 담는다고 했는데, 그만 문을 닫은 것이다.

마르고 닳도록, 대대손손 영업을 계속할 것이라고 믿었던 터라 그 소문의 충격은 더욱 컸다.

그리고 며칠 뒤에는 또 다른 소문이 서안성을 경악에 빠뜨렸다.

―등 대인이라는 사람이 그것들을 인수했다더라.

이제 사람들의 관심은 온통 새롭게 등장한 등 대인에게 쏠렸다.

오래지 않아 그가 사천의 부호이고, 난주부의 상권을 장악한 인물이라는 게 사람들의 입에 공공연히 오르게 되었다.

무엇보다 사람들이 놀란 건 여태까지 이름도 없던 그가 난주에서 천화상단을 밀어내고 상권을 장악했다는 사실이었다.

그전에는 어디에서 무엇을 했는지 전혀 알려진 바가 없다니 더욱 이상하다.

궁금증은 대중에게 더 큰 관심을 갖게 하고, 입에서 입으로 전해지는 동안 자꾸 부풀려지게 마련이다.

그래서 어느 때부터인가 실체는 사라지고 그들의 궁금증이 만들어낸 허상만 존재한다. 그리고 그것은 신비로움이라는 옷을 덧입게 마련 아니던가.

그래서 사천의 부호 등 대인, 난주의 그 등 대인이 된 장팔봉은 신비한 인물로 굳어졌다.

그를 두고 온갖 추측과 억측이 난무했는데, 그중 대부분은 허황된 것들이었다. 하지만 사람들은 진실보다 그 허황됨에 더 큰 매력을 느끼게 마련이다.

장팔봉이 한 일이 마치 제가 한 일인 것처럼 통쾌함마저 맛본다.

그 등 대인이 이제는 서안성에 입성했다.

그것도 한날한시에 만승화점과 천화객잔이라는 두 개의 요충지를 점령하고 승리자의 당당한 모습으로 서안성에 들어왔으니 사람들의 호기심은 소문을 더욱 뜨겁게 달구었다.

이제는 누구나 등 대인이라는 신비한 인물이 머지않아 천화상단을 몰아내고 중원의 상권을 장악할 것이라고 믿는다.

아울러 그의 배경에는 막강한 무림 조직이 있다고까지 말해졌다. 그러니 패천마련을 등에 업고 있는 천화상단에 정면으로 도전하는 것 아니겠는가.

일면 일리가 있는 추측인지라 사람들은 이제 모두 그렇게 믿었다.

그가 거느리고 있는 수하들은 하나같이 절세고수들이 아닌 자가 없고, 그가 가지고 있는 돈은 천화상단을 내일이라도 궁지에 몰아넣을 만큼 충분하다고 믿는다.

사람들이 그렇게 떠들어대는 것처럼 장팔봉은 아무도 모르게 서안성에 들어와 있었다.

문이 굳게 닫힌 만승화점 삼층의 텅 빈 공간에 술과 음식이 가득한 커다란 식탁이 마련되었다.

청리목극의 수하 세 명이 있고, 흑련귀 고흑성이 있다.

그들은 잔뜩 긴장하여 한 사람을 기다리고 있는 중이었다.

엄숙한 분위기였던지라 저쪽 구석에 서 있는 왕칠보와 염청학은 긴장으로 가슴이 터질 것 같았다.

감히 탁자에 끼어 앉을 엄두를 내지 못하는 건 물론이려니와, 숨조차 크게 쉬지 못한다.

그동안 소문으로만 들었고, 청리목극을 통해 그런 사람이 있다는 것만 짐작했을 뿐인 사천의 등 대인, 장팔봉을 드디어 만나는 자리인 것이다.

잠시 후 저벅거리는 발소리가 들리더니 아래층에서 몇 사람이 올라왔다.

앞서 빠른 걸음으로 다가온 청리목극이 크게 소리쳤다.

"사천의 등 대인이시오!"

사람들의 눈길이 일제히 막 삼층으로 올라서고 있는 두 사람에게로 향했다.

목랍길의 안내를 받으며 들어서고 있는 한 사람을 본다.

"……!"

그들의 눈이 휘둥그레졌다.

두리번거린다.

목랍길과 함께 들어서고 있는 거무튀튀한 얼굴의 못생긴 저 중년의 사내가 등 대인이란 말인가? 하는 어리둥절함 때문이었다.

장팔봉은 이제 제 얼굴처럼 자연스러워진 면구를 쓰고 있었는데, 등 대인으로 행세하던 모습 그대로였다.

턱을 따라 짧은 수염이 났고, 눈매가 평범했으며, 콧대는 우뚝 솟았다.

검은 살빛에 광대뼈가 드러나 있어서 일견 투박하면서 강인해 보이기도 한다.

하지만 어디에도 부호다운 여유와 느끼함은 보이지 않았다.

비록 화려한 비단옷을 입고 있었지만, 저 정도의 인물이라면 성중 어디에서라도 쉽게 찾아볼 수 있을 것이다.

그들, 특히 흑련귀 고흑성이 상상하고 있던 인물과는 달라도 너무 다르다.

그래서 고흑성은 무언가 잔뜩 불만이 어린 얼굴을 한 채 장팔봉을 빤히 바라보고 있었다.

그가 기대했던 사람은 흰 수염이 멋지게 드리워지고, 부드러운 살결에 엄숙한 위엄을 갖춘 선배 고인이었다.

그 정도는 되어야 청리목극 같은 고수를 종으로 거느리고 있으며, 감히 천화상단에 정면으로 맞서는 사람답지 않겠는가.

하지만 그가 보는 장팔봉, 사천의 등 대인은 평범하기 짝이 없는 중년의 사내에 불과했다.

어디에도 고수다운 느낌이 묻어나지 않으며, 거금을 선뜻 내놓아 만승화점과 천화객잔을 사들인 부호라고 보이지도 않는다.

불만이 크지만 고흑성은 인연을 맺은 청리목극의 체면을 생각해서 잠자코 있었다.

그런 어리둥절함은 저쪽 구석의 왕칠보나 염청학도 마찬가지였다.

그들이 입을 딱 벌리고 서로 마주 보았다.

'저 사람이 청리 대가가 말씀하셨던 그 등 대인이 맞는 거야?'

그런 눈짓을 주고받는다.

같은 시간.

유대하는 땀을 뻘뻘 흘리며 풍우주가의 문을 박차고 들어서고 있었다.

"이게 도대체 말이 되는 거요?"

버럭 고함부터 지른다. 평소의 그와는 너무 다른 모습이었다.

겉으로 보기에 불귀림의 풍우주가는 여전히 소박하다 못해 초라해 보이는 낡은 나무집에 지나지 않았다.

하지만 진소소가 그곳에 머물고 있었으므로 그 낡고 초라한 나무집이 지금은 천화상단의 총단이나 마찬가지였다.

누구도 그곳에서 감히 소리를 지르지 못하거니와, 성큼성큼 걷지도 못한다.

하지만 유대하는 그 모든 규칙을 잊은 것 같았다.

어찌나 급하게 왔던지 그를 태웠던 말은 불귀림에 도착하기 무섭게 거품을 물고 쓰러져 죽어버렸다.

서안성에서부터 이곳까지 무려 이천오백여 리에 이르는 길을 닷새 만에 달려왔으니, 거듭 말을 바꾸어 탔다고 해도 그와 같이 재촉해서는 살아남을 말이 없을 것이다.

쉬지 않고 그렇게 달려온 유대하 역시 도중에 지쳐 죽기를 각오했던 게 틀림없다.

그가 숨을 헐떡이며 울부짖었다.

"누가 말 좀 해줘야 하는 것 아니오? 대체 천화상단에 어찌 이런 일이 일어날 수 있단 말이오?"

풍우주가의 주청에 한가롭게 앉아 있던 노인들이 일제히 낯을 찌푸렸다.

각기 한 영역을 맡고 있는 장로들이자 천화상단의 실질적인 힘이라고 할 수 있는 사람들이다.

그들은 이미 서안성에서 벌어진 일을 들어 알고 있었다.

그건 이변이라고밖에는 달리 말할 수 없는 사건이었다. 그래서 그들은 그 일을 두고 서안의 변(變)이라고 했다.

언젠가 그곳의 상권을 맡고 있던 유대하가 달려올 줄 알고 있었는데, 생각보다 빠르다는 게 의외였다.

진소소는 말이 없었다.
잔뜩 어두워진 얼굴을 숙인 채 무언가 저의 생각에 골몰하고 있다.
그 앞에서 유대하가 울분을 터뜨렸다.
"나는 여태까지 총단주를 철석같이 믿어왔소! 그랬기에 지난번 소단주들의 회합에서 총단주의 미지근한 대응에 불만을 터뜨리는 자들 앞에서도 끝까지 총단주를 비호했던 것이오. 그런데 이게 뭐요?"
"말이 과하오!"
장로 중 누군가가 그렇게 경고를 주었지만 유대하는 아랑곳하지 않았다.
"난주를 빼앗기고, 이제는 서안마저 빼앗기게 생겼소이다! 차라리 속 시원하게 말해주시오. 섬서와 감숙의 상권을 이제 더 이상 나에게 맡기지 못하겠노라고 말이오! 그래서 나 대신 그 등 대인이라나 뭐라나 하는 근본도 모르는 자를 끌어들일 속셈 아니오? 그렇지 않고서야 어찌 이토록 무심할 수 있단 말이오?"
진소소가 비로소 입을 연다. 여전히 어두운 얼굴이었다.
"우리도 이번 일을 매우 심각하게 생각해요."

"생각하다니? 대체 총단주는 언제까지 생각만 하고 있을 셈이오?"

"얼마 전 급보를 받은 즉시 문무전에 명하여 서안의 난동을 평정할 무사대를 급파했어요. 그건 유 단주도 알고 계실 텐데?"

"흥, 그러면 무엇 하오? 서안성에는 들어오지도 못하고 죄다 뒈졌다니, 대체 문무전에 고수가 있기는 한 거요?"

"이놈!"

기어이 문무전주인 구룡검노 화문무가 노성을 터뜨렸다.

그의 심기도 영 불편하던 참이었다. 믿고 보냈던 철검독심 곽성량이 싸늘한 주검으로 돌아왔기 때문이다.

그를 당주 자리에 앉혔을 만큼 신뢰하는 고수가 아니었던가.

그런 곽성량이 데리고 갔던 수하들과 함께 죽어서 돌아왔으니 이건 보통 심각한 일이 아니었다.

어쩌면 천화상단 전체의 힘을 사천의 등 가라는 그 정체를 알 수 없는 자에게 쏟아 부어야 할지도 모르는 것이다.

진소소가 손을 들어 장내의 소란을 가라앉혔다. 이제 그녀는 차분한 본래의 신색을 되찾고 있었다.

"우리는 지금 음뇌각주의 보고가 올라오기를 기다리고 있는 중이에요. 얼마 전에 그의 보고를 받았는데, 충격적이었답니다."

"끄응—"

진소소의 말에 이번에는 천뇌전주인 염극생이 된 숨을 내뱉었다.

데리고 갔던 수하들 세 명이 누군지도 모르는 자들에게 기습을 당해 모두 죽었다는 하곡련의 보고를 받았던 것이다. 사천의 등 대인이라는 자의 정체를 캐는 중이었다고 하니 더욱 기가 막힌다.

음뇌각주 본인이 나섰음에도 그런 일을 당했으니 어이가 없기는 진소소도 마찬가지였다.

그녀가 다시 말했다.

"우리는 그 일을 두고 상의했답니다. 결국 우리가 찾고 있는 장구봉이라는 자와 그 등 대인이라는 자가 같은 인물이거나, 깊이 연관된 자일 것이라는 결론을 내렸지요. 음뇌각주의 생각도 그와 같았답니다."

"장구봉? 아니, 그자가 등 가란 말이오?"

유대하의 눈이 휘둥그레진다. 그는 이 일이 단지 저에게 관계된 일만이 아니라는 걸 비로소 짐작했다.

진소소가 그를 달래듯 부드럽게 말한다.

"우리도 전력을 다해서 그 일에 대한 진실을 파헤치고 있으니 조만간 좋은 소식이 있을 거예요. 약속하지요."

"그럼 서안성에서 등 가 그 쳐죽일 놈을 몰아내 주시는 겁니까?"

"그가 장구봉이라는 자와 동일인이든 아니든 우리의 거점이라고 할 수 있는 서안을 차지하게 놔둘 수는 없지 않겠어요?"

"믿소이다."

비로소 유대하가 가슴을 쓸어내리며 진정한다.

*　　　*　　　*

장팔봉의 잔에 술이 찼다.

그래도 멈추지 않고 술을 따르는 자는 흑련귀 고흑성이었다.

술잔에 채워지고 있는 한 방울의 술이 마치 수은을 부은 것처럼 무겁게 느껴진다.

'응?'

장팔봉이 내심 의아하게 여기다가 이내 피식 웃었다.

고흑성이 술을 통해 자신을 시험하려 한다는 걸 느낀 것이다.

제가 놀라서 술잔을 떨어뜨리기를 바라는 게 틀림없다. 그런 망신을 줌으로써 놀리고 비웃으려는 것이다.

그의 속셈을 눈치챈 장팔봉이 이내 진원지기를 끌어올려 잔을 보호했다.

그것에 담기는 술에는 고흑성의 내력이 잔뜩 들어 있어서 어지간한 사람이었다면 그 중압감을 견디지 못하고 술잔을 놓치거나, 아니면 그것이 깨져 버리겠지만 장팔봉에게는 대수롭지 않은 일이었다.

그가 진원지기로 술과 함께 오히려 그것에 실려 있는 고흑성의 내력까지 감싸서 가두었다.

그러자 넘쳐흘러야 마땅할 술이 점점 위로 높이 올라가기 시작했다.

고흑성의 이마에 힘줄이 툭툭 불거졌다.

그들 두 사람 사이에 내력을 이용한 대결이 치열하게 벌어지고 있다는 걸 아는 사람들은 잔뜩 긴장해서 바라보았고, 알지 못하는 왕칠보와 염청학은 어리둥절해져서 그 신기한 모습을 구경하고 있었다.

지금 고흑성은 자신의 모든 공력을 기울이고 있었다. 무지막지한 힘으로 술을 따르는 건데, 그건 어떻게 해서든 장팔봉이 들고 있는 그 잔에서 술이 넘쳐흐르게 하기 위해서였다.

하지만 장팔봉은 아무런 표정이 없었다. 그저 잔을 들고 있는 것만 같다. 그런데도 신기하게 한 방울의 술도 흘러넘치지 않았다.

마치 진흙을 자꾸 덧쌓아 올리듯이 맑고 투명한 액체가 술잔 위에 점점 높이 쌓여갈 뿐이다.

고흑성의 부릅뜬 눈에 당혹해하는 기색이 어렸다. 그렇게 한 병의 술을 모두 따르는 동안 고흑성은 굵은 땀을 뚝뚝 떨어뜨렸고, 상의마저 땀으로 흠뻑 젖었다.

아무리 내공을 끌어올려 장팔봉이 쌓아 올리고 있는 그 술기둥을 무너뜨리려고 해도 요지부동이니 그렇다.

한 병의 술이 한 잔에 모두 담긴다.

높은 탑을 쌓아놓은 것처럼 그렇게 담겨 올라가니 이제는 청리목극이나 목랍길도 어리둥절해서 제 눈을 비벼댔다.

그들은 장팔봉이 무서운 고수라는 걸 잘 안다. 하지만 저와 같은 일을 할 수 있을 만큼 내공이 뛰어나다는 건, 아니, 아무리 내공이 뛰어나다고 해도 저런 일을 해낼 수 있다는 건 믿기 힘들었다.

아직도 그들은 장팔봉을 장구봉으로 알고 있는 건 물론, 그가 내공 대신 자신의 진원지기를 사용하는 특이한 사람이라는 걸 짐작하지 못한다. 그러니 더욱 놀라지 않을 수 없다.

저런 일이 가능하단 말인가? 하는 불신과 경악으로 입을 딱 벌리고 바라본다.

드디어 술병이 완전히 기울어지고 몇 방울의 술이 똑, 똑, 떨어졌다. 그것이 장팔봉이 들고 있는 술잔의 꼭대기에 차곡차곡 겹쳐진다.

마치 작고 둥근 구슬을 몇 개 쌓아 올려둔 것 같았다. 장식인 셈이다.

장팔봉이 들고 있는 술잔 위로 무려 한 자 가까운 술기둥이 생겨났다.

내내 긴장하여 그들 사이의 치열한 암투를 지켜보던 청리목극이 남몰래 안도의 한숨을 쉰다.

장팔봉이 빙긋 웃고 모두를 돌아보았다.

"잔들을 비워라. 내가 한 잔씩 따라주지. 오늘의 승리를 자축하는 축하의 술잔이 될 것이다."

마른침을 삼키고 있던 자들이 잔에 남아 있던 술을 단번에 들이켜 비우고 일제히 빈 잔을 내민다.

"거기, 너희 둘도 잔을 비워야지?"

그 말에 왕칠보와 염청학이 화들짝 놀라 얼른 빈 잔을 내민다.

장팔봉은 그들에게도 탁자에 합류하기를 권했으나 그들은 한사코 사양했다.

감히 저희들 같은 부류가 낄 자리가 아니라는 걸 잘 알았던 것이다. 이렇게 불러준 것만으로도 감격할 뿐이다.

장팔봉은 그들의 그러한 마음을 기특하게 생각했다.

우악스럽고 패악스럽기 짝이 없는 무리이지만 한 번 굴복하자 그 악착같은 성품만큼이나 절대적인 충성심을 보이는 자들이라는 걸 알았기 때문이다.

그래서 손수 술을 따라주겠다고 했으니 그들 두 악종은 감격이 지나쳐 놀랍고 두려울 뿐이었다.

장팔봉이 술기둥이 담긴 잔을 들고 일어섰다.

빙글 돌면서 그것을 흔든다.

비단 장포 자락이 펄럭이고, 엇디뎠다가 풀어내며, 성큼 물러섰다가 미끄러지듯 내딛는 발걸음이 경쾌하다.

그는 마치 길쭉한 부채를 쥐고 이리저리 흔들며 춤을 추는 것 같았다.

두 손을 활짝 벌리고 어깨를 으쓱거리며 두 발을 가볍게 움직여 팔방의 방위를 밟는다. 그에 따라 몸을 기울이기도 하고 살짝 눕혔다 일으키기도 하니 보는 사람들마다 절로 흥이 인다.

장팔봉은 모두 앞에서 바로 독안효 공자청의 염왕진무 중 그가 가장 아름답게 보았던 봉비팔황(鳳飛八荒)의 절세장법을 펼쳐 보이고 있었다.

살기를 싣지 않았고, 초식의 엄중함을 뺀 채 단지 여흥을 살려 움직이니 누가 보든 우아하고 세련된 춤사위 같았다.

그러나 그 안에 깃들어 있는 위대함을 눈치챈 사람들은 장팔봉이 보여주고 있는 단 하나의 동작도 놓칠 수 없다는 듯 눈을 깜빡이지도 못하고 바라보았다.

청리목극과 고흑성, 목랍길 세 사람은 과연 지닌바 무공의 성취가 보통이 아니었다. 그렇지 않고서는 장팔봉의 화려한 움직임 속에 담겨 있는 뜻을 알아볼 수 없는 것이다.

다른 자들이 그저 멍하니 바라보며 의아해하는 것만 보아도 그렇다.

"아!"

고흑성이 감탄성을 터뜨렸다.

그는 이와 같이 현란하면서 복잡하고, 깊은 무학의 원리를 감추고 있는 장법을 본 적이 없었다. 아니, 이와 같은 장법이 있다는 걸 들어본 적도 없다.

저대로 무지막지한 내력을 실어 손목을 뿌린다면 바위를 부술 장력이 될 것이고, 꼼지락거리는 손가락을 뻗어 찌른다면 청동의 갑주를 뚫어버리는 지력이 될 것이다.

허공을 움켜쥐고 흔들어대는 저 손의 움직임은 그대로 가히 철주(鐵柱)라도 비틀어 버릴 만큼 막강한 금나수다.

장팔봉이 그렇게 엉뚱한 시연을 해 보이는 건 인연있는 자가 얻고, 눈 밝은 자가 찾아 가지라는 뜻이었다.

그동안 수고한 자들에 대한 보상이기도 하다.

그것을 청리목극과 고흑성, 목랍길은 각자의 방식과 수준대로 보고 기억했다.

그들이 그 속에서 무엇을 얼마만큼이나 얻어 제 것으로 삼을 수 있을지는 오직 그들의 천품과 노력이 정해줄 것이다.

춤을 추면서 장팔봉이 슬쩍 옷소매를 휘저었다.

그러자 한줄기 부드럽고 질기며 강한 바람이 일어 술기둥을 때린다.

그 즉시 채찍을 휘둘러 고드름을 친 것같이 그것이 와장창,

하고 부서졌다.

허공에 크고 작은 술방울들이 무수히 흩어졌다. 장팔봉의 넓은 옷소매가 그것들을 감싸듯이 펄럭이고, 부채질하듯한다.

그러자 술방울들이 느릿느릿 허공을 날기 시작했다.

정확히 사람들이 내밀고 있는 술잔 속으로 낙하하는데, 넘치지도 부족하지도 않을 만큼 그것을 채우는 것 아닌가.

장팔봉의 술잔 위에 단단한 기둥으로 쌓였던 것이 이제는 찰랑거리는 맑은 술로 되돌아가 모두의 잔을 넘칠 듯이 채운 것이다.

그 믿을 수 없는 일에 그 자리에 있던 자들은 다시 한 번 탄성을 터뜨렸다. 놀람으로 가슴이 두근거리고, 황홀함으로 얼굴이 붉어진다.

그것이 얼마나 어려운 일이고, 신기(神技)라고 해야 마땅할 신묘한 수법인지 알아보는 자들은 역시 청리목극과 고흑성, 목랍길이었다.

그래서 그들의 감동과 놀람은 다른 사람들과 비할 바가 아니다.

"오늘의 성취를 이루게 해준 그대들을 위해 건배하겠소."

장팔봉이 제 술잔을 높이 들더니 단숨에 들이켰다.

넋을 잃고 있던 자들이 황급히 술잔을 비운다.

흑련귀 고흑성이 제 잔을 내던지고 구르듯 장팔봉에게 다가가 그 앞에 털썩 무릎을 꿇었다.

"졌소이다."

그의 말이 지나친 감동과 기쁨으로 떨려 나왔다.

만승화점에서 그러한 일이 벌어지고 있는 그 시각에 텅 빈 대통로 한복판에 우두커니 서서 그곳을 바라보는 한 사람이 있었다.

허름한 옷에 낡은 가죽신을 신었고, 긴 머리를 목 뒤에서 질끈 묶고 있다.

훤칠하게 큰 키와 잘 빠진 몸매가 날렵해 보이는 사내.

등에 한 자루 고검(古劍)을 지고 있는 것이 강호의 청년 고수로 보인다.

바로 진소소의 밀명을 받고 강호에 나온 자, 강호아였다.

그의 원래 이름은 강호(姜虎)인데, 진소소는 그 이름 뒤에 아(兒) 자를 붙임으로 해서 특별히 그를 친밀하게 여긴다는 뜻을 보였다.

어려서부터 자신의 그림자가 되도록 훈련받아 온 심복이자 유년의 기억을 공유하고 있는 동지였던 것이다.

강호아, 강호가 무심한 얼굴로 한동안 만승화점의 삼층을 바라보더니 피식 웃고 돌아섰다.

"등 대인이란 말이지? 장구봉이 아니고? 과연 그럴까?"

그는 아직 확신하지 못하고 있었다. 그러나 음뇌각주 하곡련과 마찬가지로 마음속에는 등 대인이 바로 장구봉일 것이라는 심증이 굳어가고 있는 중이었다.

그 증거를 찾아내는 일만 남았는데, 확증이 될 만한 걸 손에 쥐는 날 바로 등 대인 혹은 장구봉의 목을 칠 생각이다.

"며칠이면 되겠지. 그동안 마음껏 즐기도록 해."

마치 장팔봉을 눈앞에 두고 말하듯이 중얼거리더니 천천히 어둠 속으로 멀어져 간다.

『봉명도』제6권 끝

共同傳人

공동전인

설경구 新무협 판타지 소설

마교를 재건하라.

혈마옥에 갇히며 마교 장로들의 공동전인이 된 사무진에게 주어진 과제.
역사상 가장 착한, 마교의 교주.
하지만 역사상 가장 강한, 마교의 교주가 되고 싶다.

교주 관념을 버려요.
마교도라고 해서 꼭 나쁜 놈일 필요는 없잖아요.

지금까지와는 다른 마교.
이제 사무진이 만들어가는 새로운 마교가 모습을 드러낸다.

유행이 아닌 자유추구-
WWW.chungeoram.com
Book Publishing CHUNGEORAM

무유칠덕(武有七德), 금폭(禁暴), 집병(戢兵), 보대(保大),
정공(定功), 안민(安民), 화중(和衆), 풍재(豊財), 자야(者也).
〈좌전(左傳), 선공 십이년(宣公 十二年)〉

무에는 일곱 가지 덕이 있다.
첫째, 난폭을 금지한다. 둘째, 무기를 거두어들인다. 셋째, 큰 나라를 보전한다.
넷째, 공적을 정한다. 다섯째, 백성을 편안하게 한다. 여섯째, 대중을 화합하게 한다.
일곱째, 물자를 풍부하게 한다.

섬서성(陝西省) 육반산(六盤山)에 신력(神力)을 바탕으로
패공(覇功)을 구사하는 가문(家門), 육반루가(六盤婁家).
세상에게 외면받고 멸시당하는 환희교(歡喜敎).
육반루가의 후손과 환희교 교주의 운명적인 만남.

"넌 환희교를 지키는 수문장(守門將)이 될 거야.
강하게, 아주 강하게 키워주마."
'아버지처럼 죽지 않을 거야. 아무도 날 죽일 수 없어.
세상에서 최고로 강한 사람이 될 거야.'

유행이 아닌 자유추구 -
WWW.chungeoram.com
Book Publishing CHUNGEORAM

태룡전

『마신』,『뇌신』에 이은
작가 김강현의 또 하나의 대작!!
『태룡전』

김강현
新무협 판타지 소설

내가 이곳 미고현에 위치한 천망칠십오대에
온 지도 벌써 두 달이 넘었거든.
그런데 아직도 이해하지 못한 일이 하나 있어.
그게 뭐냐고? 우리 대주 말이야.
우리 대주님이 가장 좋아하는 게 뭔지 아나?
바로 침상에서 좌우로 데굴데굴 굴러다니는 거야.
그다음으로 좋아하는 게 그렇게 뒹굴다 잠드는 거고…….
나려타곤(懶驢打滾)!
더도 덜도 아닌 딱 우리 대주님을 지칭하는 말일세.

천망칠십오대 대주 단유강!!
격동의 무림은 그에게 휴식을 허락하지 않는다.
단유강, 그의 일보가 천하를 떨쳐 울린다!

유행이 아닌 자유추구 −
WWW.chungeoram.com
Book Publishing CHUNGEORAM

오채지 新 무협 판타지 소설

천산도객

미 도대종사의 죽음.

마침내 끝이 난 이십 년간의 정마대전.
하지만 전 무림이 까맣게 모르는 것이 있었으니…

대종사가 마지막까지 숨겨두었던 마도백가(魔道百家)의 비밀 병기.
패잔병으로 북방을 떠돌던 어느 날 신비로운 사내 비파랑을 만나는데…

"항주의 금룡관(金龍館)에… 이걸 전해주십시오."
"눈치챘겠지만 난 마인이오."
"어쩐지 당신이라면… 약속을 지켜줄 것 같아서……."

한 번의 짧은 만남이 만든 운명 같은 행보.
그의 위대한 강호행이 시작된다.

유행이 아닌 자유추구 -
WWW.chungeoram.com

Book Publishing CHUNGEORAM